# 지저귀는 새
# 노래하는 기계

소종민 평론집

소종민 평론집

# 지저귀는 새 노래하는 기계

2025년 10월 1일 초판 1쇄 발행

지은이　　소종민
펴낸곳　　도서출판 무늬
등록번호　제450-251002017000021호
주소　　　32555 충남 공주시 교당길 21-13
전화　　　041-881-2595
이메일　　muneui@hanmail.net

© 소종민

ISBN 979-11-980397-6-70　03810
값 15,000원

* 이 책은 충남문화관광재단의 2025 충남문학예술지원을 받아 출간되었습니다.

# 지저귀는 새 노래하는 기계

# 차례

# 1부
# 시적인 것의 폴리포니

# 2부
# 시의 힘

# 3부
## 살아있는 것

# 4부
## 서정의 진폭

# 머리말

1968년 4월, 김수영은 한 문학 세미나에서 자신이 "20여 년의 시작 생활을 경험하고 나서도 아직도 시를 쓴다는 것이 무엇인지를 잘 모른다"고 말한 다음에, "똑같은 말을 되풀이하는 것이 되지만, 시를 쓴다는 것이 무엇인지를 알면 다음 시를 못 쓰게 된다. 다음 시를 쓰기 위해서는 여직까지의 시에 대한 사변(思辨)을 모조리 파산을 시켜야 한다. 혹은 파산을 시켰다고 생각해야 한다"고 했다.

이를테면, 다음 시를 쓸 수 있으려면 머리를 어지럽히는, 시와 연루된 모든 생각을 지우고, 시를 처음 쓰는 것처럼 몸을 준비시켜야 한다는 말이다. 문을 열어 밤새 집 앞 골목길에 쌓인 눈에 첫발을 내려놓는 설렘과 떨림과 상쾌함처럼 깨끗이 가다듬은 몸과 마음으로 다음 시를 써야 한다는 말이다. 바깥의 맑고 차가운 대기를 깊이 들이마시고 어둠과 밝음의 경계에 서 있는 박명(薄明)의 미세한 진동을 맞이하며 걸음을 처음 걷는 아기처럼 손과 발을 조심스럽게 움직여야 한다. 오감(五感)을 모두 열어 밀고 나가는 자기 자신의 고유한 세계사적 노동인 시작(詩作) 행위다.

시인의 다음 말은 이렇다. "말을 바꾸어 하자면, 시작(詩作)은 '머리'로 하는 것이 아니고, '심장'으로 하는 것도 아니고, '몸'으로 하는 것이다. '온몸'으로 밀고 나가는 것이다. 정확하게 말하자면, 온몸으로 동시에 밀고 나가는 것이다." 그렇게 해야만 "모기소리보다도 더 작은 목소리로 아무도 하지 못한 말을 시작하는 것이다. 아무도 하지 못한 말을. 그것을—"이라며 시인은 강연을 마친다. 지저귀는 새와 노래하는 기계 사이에 무언가를 온몸으로 동시에 밀고 나가며 시를 쓰는 인간, 시인(詩人)들이 오래도록 궁금했다.

여기 모아놓은 글들은 그러한 궁금함의 산물이다. 책의 1부 시적인 것의 폴리포니에서는 여러 시인의 다양한 목소리를 들어보았다. 2부 시의 힘은 노동, 전쟁, 민주주의, 평화와 같은 사회·정치적인 주제에 초점을 맞춰 쓴 글들이다. 3부 살아 있는 것은 다채로운 생명 현상, 삶과 죽음, 자연과 인간의 관계에 초점을 두어 쓴 글이며, 4부 서정의 진폭은 시에 있어서 서정의 문제를 살펴본 글들이다.

책을 펴내기까지 노심초사 애써준 윤이주, 소현우에게 감사의 말을 드린다.

2025년 가을, 소종민

1부

# 시적인 것의 폴리포니

# 관통의 시를 읽다

## 착잡함과 간절함

고형렬의 시 「나는 ICBM」를 찬찬히 읽고 나서 떠오른 단어는 '착잡(錯雜)'이었다. 말 그대로 머릿속이 갈피를 잡을 수 없이 뒤섞여 마음마저 어수선했다. 시의 2행, "다행히 인욕의 예언은 무시되지 않았다"란 문장에서 '인욕(忍辱)'이란 단어가 눈에 들어왔다. 욕됨을 참고 견딘다, 마음을 가라앉혀 온갖 욕됨과 번뇌를 참고 원한을 갖지 않는다는 말이다. 이 시절, 우리를 욕되게 하는 건 무엇일까. ICBM, 즉 대륙간 탄도 미사일 하나가 발사되면 뭇 생명이 서로 얽혀 거처하는 지구라는 마을이 일거에 파국을 맞이하는 일촉즉발의 상황에 우리는 옴짝달싹 못하고 잡혀 있다. 천공과 대지를 맘껏 뛰어놀아야 할 상상력의 테두리에 '아이언 돔'이 처져 있다. 이렇게 되려고 살아오진 않았을 것이다. 애초에 우리는 법성(法性), 즉 모든 존재와 일체의 현상들 안에서 살아 있음을 가꾸며 지내려 했을 것이다.

신라의 승려 원효는 이렇게 말했다. "법성(法性)의 체는 간탐(慳貪)이 없는 줄을 알기 때문에 그에 수순하여 보시바라밀(布施波羅蜜)을 수행하며, 법성은 물들어 더럽혀짐이 없어 오욕(五欲)의 허물을 여읜 줄 알기 때문에 그에 수순하여 지계바라밀(持戒波羅蜜)을 수행하며, 법성은 고(苦)가 없어 성내고 괴로워함을 여읜 줄 알기 때문에 그에 수순하여 인욕바라밀(忍辱波羅蜜)을 수행하며, 법성은 신심(身心)의 상이 없어 게으름을 여읜 줄 알기 때문에 그에 수순하여 정진바라밀(精進波羅蜜)을 수행하며, 법성은 항상 안정하여 있어 그 체에 어지러움이 없는 줄 알기 때문에 그에 수순하여 선정바라밀(禪定波羅蜜)을 수행하며, 법성은 체가 밝아서 무명을 여읜 줄 알기 때문에 그에 수순하여 반야바라밀(般若波羅蜜)을 수행하는 것이다."[1]

원효 이후 1,400년이 흘러가는 가운데 1천 년쯤은 원효의 말이 일리 있게 통하였을 것이다. 하지만 지금으로부터 300~400년 전부터 우리는 스스로 법성을 흩트리고 깨뜨려 왔으니, 오늘 우리가 겪는 인욕은 이전과는 전혀 다를 것이다. 시의 5행에서 "그런 곳엔 우리 마음대로 되는 것이라곤 없다"는 문장이 바로 그 말이다. 마지막 행의 "나 ICBM은 자아가 없다, 고도를 향해 미라처럼 누워 있다"는 문장처럼 꼭 그러하길, 언제고 계속 누워 있길, "수직으로 몸을 일으켜" 세우지 않길 간

1  원효(은정희 역주), 『원효의 대승기신론 소·별기』(일지사, 1991) 340쪽.

절히 바랄 뿐이다.

이 간절(懇切)한 마음을 노래한 시가「흐르는 물에 몸을 주고」이다. 여실수행(如實修行)하며 물처럼 살아 물속에 눈물한 방울 떨어뜨리고 발을 넣고 몸을 담그며 물과 함께 '다팔다팔' 흐르길 바라는 묵연한 간절함이 시의 구절구절에 절절히 배어 있다. 다시 원효의 말을 듣는다. "여실수행(如實修行)이란 보시(布施)를 수행하는 것을 말하며, 불방일(不放逸)이란 보답을 구하지 않음을 말하니, 이와 같이 깨끗한 계율을 가져서 불퇴(不退)를 성취하며, 혹은 인욕행(忍辱行)을 닦아서 무생인(無生忍)을 얻으며, 일체의 선근(善根)을 구하되 피로하거나 싫증을 내지 아니하고 일체의 지은 일을 버리며, 선정(禪定)을 닦되 선정에 안주하지 않으며, 지혜를 충분히 채웠으되 모든 법을 희론(戲論)하지 아니한다."[2] 물과 같이 그렇게 말이다. 우리는 물처럼 살고 물처럼 흘러가야만 한다. 그렇게 오고 그렇게 가길 우리는 간절히 바랄 뿐이다.

## 가득 찬 것과 텅 빈 것

김이듬의 시「상강」은 한기(寒氣)로 가득하다. 한로와 입동 사이, 아침과 저녁의 기온이 내려가고 서리가 내리기 시작한다는 상강(霜降)의 때이니 당연하다. 이 방에 사는 나와 저 방에 사는 그가 마치 이승과 저승 사이에 있는 듯하다. 나는 미련하고 그는 떠돌고 있다. 그래도 그는 '따뜻한 죽'을 가지고 올 거라 나는 기다린다. 흐린 달빛 아래 나는 "투명하고 싸늘

---

2  위의 책 53~54쪽.

하다". 600년 전 김시습이 재미난 말을 남겼다. "귀(鬼)란 것은 음의 정기요, 신(神)이라는 것은 양의 정기입니다. 대개 귀와 신은 조화의 자취요, 음양의 양능(良能)입니다. 살아 있을 때는 인물이라 하고, 죽고 나면 귀신이라 하니 본디는 다른 것이 아닙니다."[3] 시「상강」의 나와 그 또한 조화의 자취와 음양의 양능에 의해 그 상태로 있게 된 것이고 다시 다르게 변할 것이니 한기도 언젠가 온기로 변할 것이다. 한기 안에도 온기가 남아 있을 것이다. 캐묻지 않거나 가지 않기로 하며 '나'는 기다린다. 몸은 비록 싸늘히 차갑지만, 마음은 미련한 따뜻함으로 채워져 있다.

다시 김시습은 이렇게 말한다. "귀란 굽힌다는 뜻이요, 신이란 편다는 뜻입니다. 조화의 신은 굽혔다 폈다 할 수 있으나, 울결(鬱結)된 요괴는 굽혔다가는 펴지 못합니다. 조화의 신은 조화와 어울린 까닭으로 처음부터 끝까지 음양과 더불어 하며 자취가 없습니다. 그러나 요괴들은 울결된 까닭으로 인간과 혼동되고 사람들을 원망하며, 모습을 가지고 있습니다. 산에 사는 요물은 소(魈)라 하고, 물에 사는 괴물은 역(魊)이라 하며, 산에 사는 괴물은 기망량(夔魍魎)이라 합니다. 만물을 해치는 요물은 여(厲)라 하고, 만물을 괴롭히는 요물은 마(魔)라 하며, 만물에 붙어사는 요물은 요(妖)라 하며, 만물을 유혹하는 요물은 매(魅)라 합니다. 이들은 모두 귀들입니다. 음양의 변화를 마음대로 하는 것이 곧 신이니, 신이란 것은 신묘한 작용을 이르는 것이고, 귀란 것은 근본에 돌아감을 이른 것입

3  김시습(이재호 옮김),「남쪽 염부주의 이야기」,『금오신화』(솔, 1998) 136쪽.

니다. 하늘과 사람이 같은 이치이고, 현상계(現狀界)와 본체계(本體界)가 간격이 없으니 근본으로 돌아감을 정(靜)이라 하고, 천명을 회복함을 상(常)이라 하며, 조화와 시종을 같이하면서도 그 조화의 자취를 알 수 없음이 있으니 이른바 도(道)란 것입니다. 그러므로 『중용』에서 '귀신의 덕은 성대하다'고 한 것입니다."[4]

그를 기다리는 '나'도, 나에게 죽을 가지고 오는 '그'도 온기에 의해 '울결'됨 없이 굽히고 폄을 맘껏 할 수 있다. 그러므로 이들은 공히 인신(人神)으로서 저승 같은 이승을 견인(堅忍)하며 살아간다. 이 시가 아름다운 건 그런 까닭이다.

시 「박사들의 세계」에 등장하는 김박, 이박, 변박은 「상강」의 나와 그에 비해 그 속과 겉이 많이 비어 있다. 온기도 없고 한기도 없다. 서로 잘 알지도 못하고, "누구도 무슨 말을 하고 싶은지 몰라서 쉴 새 없이 말을 하는" 이들이다. 밤눈이 밝은 올빼미나 부엉이와는 정반대다. 밤눈이 어둡다. "묵직하고 짙은 청색의 밤"에 한시도 머무를 수 없어 "가로등 있는 길"을 찾아 내려간다. 사실 이들은 올빼미와 부엉이의 형체가 다르다는 것만 조금 알고, 그 소리는 구별하지 못한다. 부엉이든 올빼미든 이 새들에게 꿈과 지혜의 상징을 부여한 이는 철학자 헤겔이다.

그는 이렇게 말했다. "이제 이 세계는 어떻게 있어야만 하는가에 대한 가르침과 관련하여 한마디 한다면, 그러한 교훈을 받아들이기 위한 철학의 발걸음은 언제나 너무 느리다는 점

---

4  위의 책 137~138쪽.

이다. 세계의 사상으로서의 철학은, 현실이 그 형성과정을 완성하여 스스로를 마무리하고 난 다음에야 비로소 시간 속에서 현상화된다. 바로 이와 같이 개념이 가르쳐주는 이것을 역사 또한 필연적으로 가르쳐주고 있으니, 즉 그것은 현실이 무르익을 때 비로소 관념적인 것은 실재적인 것에 맞서서 나타날 뿐만 아니라, 또한 전자는 후자의 실재적인 세계를 그의 실체 속에서 파악하는 가운데 이를 하나의 지적인 왕국의 형태로서 구축하게 된다는 것이다. 그리하여 철학이 자신의 회색빛을 또다시 회색으로 칠할 때면 이미 생의 모습은 늙어버리고 난 뒤이다. 이렇듯 회색을 가지고 다시 회색 칠을 한다 하더라도 이때 생의 모습은 젊어지는 것이 아니라 다만 인식되는 것뿐이다. 미네르바의 부엉이는 황혼이 깃들 무렵에야 비로소 날기 시작한다."[5]

시에서 말하는 "묵직하고 짙은 청색의 밤"은 생생한 실재, 현실이라는 젊음의 생, 바로 지금 여기, 아직 해석할 수 없고 분별할 겨를도 주지 않고 통째로 달려드는 삶의 실감, 질감, 냄새, 색깔이 아니고 또 무엇이겠는가. 이 아름다운 혼돈의 밤의 세계와 자꾸 어긋나는 김박, 이박, 변박은 자신들의 안락한 은거지로만 숨어들고 있다. 헤겔의 말처럼 저마다 지적인 왕국을 세운들 그 빛은 회색일 것이요, "생의 모습은 늙어버리고 난 뒤"일 것이다. 철학에 맞선 시(詩)의 우위는 여기에 있다.

5    G. W. F. 헤겔(임석진 옮김), 『법철학 1』(지식산업사, 1989) 36~37쪽.

## 고통(苦痛)과 통점(痛點)

이명훈의 시 「여인의 눈썹에 실금을 그렸다」에서 곱씹은 낱말은 '점(點)'과 '독(毒)'이었다. 머리에 박힌 일곱 개의 점 때문에 칠점사란 별명을 갖고 있는 까치살무사(또는 까치독사)는 우리나라에 서식하는 독사 중 가장 강한 독을 갖고 있다. 시에서 '태기산 봉복사의 칠점사'는 "매월당 무늬였다"고 말한다. 자장이 창건하고 원효가 중건한 봉복사와 매월당 김시습의 연관은 알 수 없고, 매월당과 칠점사, 즉 까치살무사의 사연도 알 수 없다.

시인은 봉복사 뒤꼍 한 기왓장에서 '몸 말리는 칠점사'를 보았고, 자신의 업(카르마)이 점으로 있을 거란 생각을 하며, 점의 유래를 생각한다. 점은 "먹물로 웅크렸다가 그림자로 따라다"닌다. 뱀 같다. 다시 만난 칠점사에 '나'는 처음의 두려움보다는 "서늘한 안도"가 들고 '안부'도 묻는다. "처마 아래 봉선화"를 보았던 기억이 저기 웅크려 있는 칠점사의 모습과 겹친다. "칠점사는 흑매"고 "나는 검푸르게 변해간다." 꽃과 뱀이라는 두 상관물이 '나'의 연상 아래 '나'와 더불어 서로 몸을 섞는다. 그것으로 칠점사와 매월당은 한 연관을 얻는다.

파블로 네루다의 「점」이란 단시(短詩)가 떠오른다. "고통보다 넓은 공간은 없고,/ 피 흘리는 그 고통에 견줄 만한 우주는 없다." 이명훈 시의 화자 역시 점에서 업을, 삶의 고통을 보는 것 같다. 고집멸도(苦集滅道)란 말이 알려주듯이 고(苦)는 깊은 깨달음의 진입지점이다. 시인 이상(李箱)은 이렇게 말했다. "폭풍이 눈앞에 온 경우에도 얼굴빛이 변해지지 않는 그런 얼굴이야말로 인간고(人間苦)의 근원이리라. 실로 나는 울창한 삼림 속을 진종일 헤매고 끝끝내 한 나무의 인상(印象)을 훔쳐오지 못한 환각(幻覺)의 인(人)이다."[6] 폭풍에 몰아치는 벼랑 끝에 서서 평정심을 잃지 않을 수 있는 사람은 고통의 심부를 지나온, 고(苦)의 의미를 몸과 마음으로 꿰뚫은, 관통의 인(人)일 것이다.

이상은 "울창한 삼림"을, 다시 말하면 온갖 고통을 헤쳐나왔다. 하지만 돌이켜보니 "한 나무의 인상을 훔쳐오지" 못했고, 그러므로 자신은 환각의 인이라고 말한다. 뿌리를 내리지 못한 자신의 허허로운 인생을 되돌아본 듯하다. 이상의 고(苦)는 어쩌면 영육(靈肉)에서 빠져나가지 못하고 고황(膏肓)에 침입해 착근(着根)되었을지도 모르고, 이른 죽음의 원인일지도 모른다. "저 독을 피하지 않고 내가 독이 되었던 지점은,/ 전생 어느 계곡에서 알몸을 씻어낼 때, 그쯤이었을" 거라고 시의 화자는 진술한다. 그는 스스로 독이 된, 중독(中毒) 상태에 있다. 위태롭다. '저물녘 산 능선'의 실금은 독에 취해 떠오른 환각이리라.

「한 평에 쓰는 편지」에서, 시의 화자는 고(苦)의 다양한 형상을 더듬으며 탐미(耽美)한다. 이 역시 중독의 현상으로 여겨진다. 우루무치에서 떠도는 그대, 한 평 방에 머물었을 선원들, 울산 바닷가의 이주노동자들, 철 지난 바닷가에서 술잔을 기울이고 있는 주객들, 보내려 했다는 편지와 보낼 곳 없는 편

6  이상(김주현 주해), 「동해(童骸)」, 『증보 정본 이상문학전집 2 소설』(소명출판, 2009) 315쪽. *필자가 오늘 말로 바꾸어 인용함.

지…. '나'는 "벽 속의 웅크린 이력"을 쓸 자격이 없다고 물러선다. '지상에 발붙이면 비취색 청자가 된다'는 걸 알지만 '나'는 '깨진 청자'로만 남으려 한다. 편지를 열면 아무것도 씌어있지 않을 것 같아 겁먹어 색(色)의 세계를 떠날 수 없는 '나'는 중독과 환각에 애써 매달린다. 되도록 몽유(夢遊)에 오래 머물고 싶어 한다. 관통(貫通)은 꿰뚫음이고, 다른 관통(觀痛)은 통증을 보는 것이다. '나'의 고(苦) 안에 무엇이 있는지 봄으로써 이를 뚫고 지나갈 수 있지 않을까. "잘려나간 풀 냄새를 맡으며 제가 잘려나갔을 때, 그 냄새를 아무도 맡지 않기를, 아니 그 냄새가 없기를" 시의 주인공은 소망하지만 관통한 후엔 더 이상 냄새에 연연치 않을 것이고, 염려하는 일도 사라질 것이다. 「한 평에 쓰는 편지」에서 우리는 고(苦)의 테두리로만 걸어 다니는 고독한 약자의 형상을 만난다. 쓸쓸히 고행(苦行)하는 시 안의 '나'에게 다정한 우애의 편지를 건넨다.

### 시간(時間)의 방향

이영재의 시 「빛의 흔적」을 읽으니, 실금 같은 여러 가닥 빛살이 시냇물처럼 천천히 고요하게 가없이 흘러가는 비현실적 풍경이 그려진다. 그런데, 이 풍경 안에 침묵·오해·위선·반성·흉터·폭력·직시·시간·죄책·관계·인위와 같이 질량을 가진 낱말들이 음표처럼 얹혀 있다. 어떤 사건의 구체적인 실상은 지워져 있으나 그 사건의 여파(餘波)들이 시의 재료다. 시는 잠언 같고 수수께끼 같다. 시의 내면에 다가서는 방편으로, "반성이 꿰뚫고 지나가는", "반성이 그어놓은 반성의 흉터",

"아주 오래전의 죄책으로 관통된 반성의 흔적"이라는 구절에서 '반성'이라는 낱말에 주목해본다. 김수영의 시 「절망」에도 '반성'이 있다. 아니, '반성하지 않는다'가 있다. "풍경이 풍경을 반성하지 않는 것처럼/ 곰팡이 곰팡을 반성하지 않는 것처럼/ 여름이 여름을 반성하지 않는 것처럼/ 속도가 속도를 반성하지 않는 것처럼/ 졸렬과 수치가 그들 자신을 반성하지 않는 것처럼/ 바람은 딴 데에서 오고/ 구원은 예기치 않은 순간에 오고/ 절망은 끝까지 그 자신을 반성하지 않는다."[7] 이 반성은 되돌이킬 만한 것이 없어 무시해도 좋을 그 무엇에 불과하다. 반성의 무게가 없다. 그래서 '바람과 구원'은 다른 데서 온다. 이영재 시의 '반성'은 다르다. 무게가 있다. 오해와 위선과 시선과 폭력과 죄책으로 얽힌 관계가 낳은 인위(人爲)를 반성하기 때문이다. 그렇지만 이 또한 '나'와 '우리'가 시간을 관통하며 저지른 '빛의 흉터'이므로 피하지 않고 직시할 수 있다면 그 자체로 눈부신 일이다. 눈 감을 수 있다. 그렇게 읽어본다.

「작별」은 앞의 「빛의 흔적」의 분위기와는 사뭇 다르다. '무작위'로 지나온 시절을 문학이라는 '작위'로 담아낸다. 시 후반부에 "작위를 관통하는 무작위와 무작위를 관통하는 작위 사이에 쏟아지는 문장들"이 시 「작별」이다. 아홉 살 때의 '나'와 '증조할머니', 배꼽 냄새와 담배 냄새, 쥐약을 먹고 죽은 강아지와 천장을 뛰어다니는 쥐들과 또 무엇들과…. 모두들 "별들"처럼 반짝인다. 무작위의 세계 위에 작위의 문학을 쌓는 '나'에게 관통되고 있다. 의도치 않게 시간은 흐르고, 모두와 작

7  김수영, 「절망」, 『김수영 전집 ① 시』(민음사, 1981) 247쪽.

별하여 있지만 다시 모두 '나'에게 와서 '별'을 짓고 있다. 작(作), 별, 하고 있다. 흐르는 시간 위에 시작과 끝을 잊은 다른 시간이 겹쳐 다시 흐른다. 백석의 어느 시 같고, 박상륭의 어느 문장 같다.

이를테면 이렇다. "저 읍은, 나중에 천천히 속곳 살큼 열리는 데로 따라 내려가, 그 내정을 진하게 느껴도 좋은 것이었다. 허긴 지금도 마찬가지일지도 모르지만, 열세가 좀 더 덜 되었을 때에는, 처음 닿게 된 촌락이나 읍의 입구에 서면, 가슴이 설레어서 빨리 들어가 보지 않고는 견디질 못했었다. 그러나 지금은 그러기 전에 먼저 그런 촌락이나 읍을 다른 방법으로 사모하기를 바라고, 그런 뒤, 저 설레임을 잠시의 비밀로서 간직한다. 어쨌든, 사람 사는 곳은 다 그렇고 그런 것이다. 울타리엔 빨아 넌 월경대가 걸려 있고, 어느집 마당 귀퉁이에서는 금잔화가 피고 있거나, 또 섬돌 위에서 파리를 가득히 물고 자는 엷은 뱃가죽에 채독병 든 아이, 유리갑 속에 든 알이 큰 눈깔사탕, 그 뚜껑 위의 먼지, 도가집의 술찌꺼기 냄새, 정미소의 꺼그러운 먼지, 웃음소리는 그러나 별로 없고, 개장 국집, 생사탕집, 저녁녘, 어쩌다 곱창 구워지는 냄새가 나는 골목을 지나다 보면, 으레 병든 목소리의 작부의 노래가 느려터지게 흘러나오고 있고, 떼뭉친 건달이패들, 해수 걸린 노파의 기침 소리, 소박맞고 돌아가는 며느리의 누런 삼베적삼에서는 땀냄새가 풀신거린다. 그런 것이다. 그러나 지금은, 어떻게 그런 것들을 즐길 것인가를 조금쯤 알고 있는 것이다. 그러기 위해서 무엇보다도 먼저, 노독을 푸는 것이 나의 방식이다."[8]

박상륭의 말처럼 '사람 사는 곳은 다 그렇고 그런 것'이어서 우리는 저마다의 방식으로 '노독을 푸는 것'이고 '어떻게 그런 것들을 즐길 것인가를 조금쯤 알고 있는 것'이다. 시 「빛의 흔적」의 명상과 시 「작별」의 회상은, 그래서 한 몸이다. 이영재는 추상의 높이와 구체의 깊이를 시에서 합일시키며 고유한 시절을 지내고 있다. 유일한 시간이 지나고 있다.

### 파국과 사랑의 도래

장무령의 시 「창문」은 독일 표현주의 드라마를 연상시킨다. 호텔 창문, 우리는 불결을 나누었다, 침대 아래 해변을 무너뜨린 주문진 바다, 침대가 출렁일 때마다 분비물이 쏟아졌다, 전화를 받고 침대에 모로 누웠다, 나의 머리카락을 쓰다듬는 너의 손가락, 바짝 마른 침대에 앉는다 등과 같은 표현으로 에로틱한 상황을 연출하고, 손가락은 자꾸 길어져 천정에 닿았다, 벽마다 물감이 흘러내렸다, 너의 손가락이 밀물처럼 바다로 사라질 때, 창문에 톱날이 파고든다 등과 같은 표현으로 초현실적인 상황을 조성한다. 시의 4연에 "아홉 번째 최종 면접엔 여섯 개의 지루한 방이 준비돼 있었다/ 미소 짓는 총장의 눈동자에선 비린내가 났다"는 표현은 『소송』(카프카)의 한 장면을 떠올리게 한다. 그렇다면, 우리가 "분명하게 말할 수 있는 것"은 무엇일까. 어떻든 '우리는 '불결(不潔)하다'는 메시지인가.

극작가 헤르만 바르는 표현주의를 이렇게 정의한다. "그토

---

8  박상륭, 『죽음의 한 연구』(문학과지성사, 1985) 182~183쪽.

록 끔찍한 공포, 그토록 치명적인 공포로 가득 찬 시대는 결코 없었다. 세상이 그토록 심각하게 침묵한 적이 없었다. 인간은 결코 그렇게 작았던 적이 없었다. 인간이 그렇게 두려워한 적이 없었다. 기쁨이 그렇게 멀리 있었던 적이 없었고, 자유가 그렇게 죽은 적이 없었다. 이제 절실히 요구한다. 자신의 영혼을 위해 인간이 비명을 지르자, 모든 시간은 고통의 절규가 된다. 캄캄한 어둠 속에서 예술은 절규하고, 구원을 요청하고, 정신을 요구한다. 이것이 표현주의다."[9]

전 유럽이 1차 세계대전으로 불바다가 되기 직전, 표현주의 예술가들이 느꼈던 파국의 징조이다. 장무령 시인 역시 우리 시대의 어떤 파국을 예감했던 걸까. 『꿈의 노벨레』와 『라이겐』을 쓴 아르투어 슈니츨러는 이렇게 말했다. "깊은 생각(Tiefsinn)은 세계를 결코 밝히지 못하지만, 분명한 생각(Klarsinn)은 세상을 더 깊이 바라본다."[10] 우리가 "분명하게 말할 수 있는 것"은 동사(動詞)들일지도 모른다. 기다렸다, 쏟아졌다, 흘러내렸다, 갉아먹었다, 누웠다, 감춘다, 본다, 파고든다, 줄지어간다 등과 같이 말이다. 무엇을 그렇게 하는지, 왜 그렇게 하는지 우리는 모른다. 동기가 무엇인지, 원인이 무엇인지, 결과가 어떻게 될 것인지도 모른 채 자동인형처럼, 개미처럼 그저 줄지어 무언가 행(行)하는 데 열중하는지도 모른다. 기록은 색과 냄새를 갉아먹고 있고, '나'는 '너'에게 "이젠 늙은 정규직이야"라고 판결하고 있다. 번쩍이는 '가장 밝은

9  Hermann Bahr, *EXPRESSIONISMUS*, Delphin-Verlag, München, 1920. p.111. *인터넷판
10  장 아메리(안미현 옮김), 『죄와 속죄의 저편』(도서출판 길, 2012) 55쪽에서 재인용함.

빛'조차 불결하고, 불안하다. 그 빛이 ICBM 같은 것의 폭발에서 온 건지도 모르기 때문이다.

시「창문」으로 우리가 파국의 불안에 놓인다면, 시「무간(無間)」에서는 '너'를 향한 '나'의 사랑에 젖게 된다. 카드빚에 시달리고, 여고생들이 자취방 벽에 붙어 담배를 피워대고, 아버지가 동네 입구에서 피 흘리고, 선배들은 산속으로 도망치고, 고교 동창은 몸에 불을 질러 병원에 누워 있고, '나'는 고혈압으로 두통이 일고, 고라니는 로드킬 당하고…, 그렇지만 '나'는 술집 앞에서 '너'를 기다린다. 지금은 '무대 왼쪽에서 오른쪽으로' 도래하는 '너'를 초롱한 눈으로 바라본다. '너'는 '나'에게 "가을서리처럼 어깨에 닿았"던 이고, "예고 없이 도래한" 사람이다. '내가 가장 슬플 때'나 '가장 기쁠 때'나 '너'는 한결같이 '무표정'했지만, '나'는 언제나 '너'를 보고, '너'를 기다린다. 주변이 무간지옥이어도, '나'에게 '너'는 사이가 없으므로 무간(無間)이다. 이보다 치열한 사랑은 없다. 이성복의 '정든 유곽' 연작만큼, 아니 그 이상 아름다운 연시(戀詩)다. 한 구절씩 다시 읽으며 '너'가 되어 보고 '나'도 되어 보면 족하다. 파국이 와도 '나'는 '너'로 인해 평온한 얼굴을 굳건히 지킬 것이다.

_ 〈시의시간들〉(2024년 겨울호)

# 밤의 노래

## 돌과 거즈 한 장

12월 3일의 밤은, 86년 전 독일에서 있었던 '수정의 밤 (Kristallnacht)'을 연상시켰다. 1938년 11월 9일 밤부터 다음 날 새벽까지, 독일 전역의 유대인 가게와 집이 파괴되었다. 모든 거리는 산산이 부서진 유리창들로 뒤덮였다. 깨진 유리 조각들이 크리스털처럼 빛났다. 12월 3일 그 밤의 사태를 겪은 탓일까. 김경후 시 「입동」이 예사롭지 않게 읽혔다. 시 2연의 첫 구절, "밤을 향해 우리는 돌을 던진다"는 시구에서는 파울 첼란(1920~1970)의 시가 떠올랐다.

> 미래의 북녘으로 흐르는 강에
> 나는 그물을 던진다, 당신이
> 망설이고 괴로워하면서

돌에 새긴

그림자를.[11]


　당신이 '돌에 새긴 그림자'는 무엇일까. 누군가의 비문일 수도 있고, 가슴에 살아 있는 죽은 형제일 수도 있다. 인류 전체일 수도 있고, 어둠으로 가득한 자신일 수도 있다. 역사의 무게 같은, 당신이 새긴 그림자는 내게로 와 그물이 되고 나는 '미래의 북녘'으로 흐르는 강에 그물을 던진다.

　"당신도 아는" 그 밤에 "밤을 향해 우린 돌을 던진다"는 「입동」은 첼란의 시에 이렇게 응답한다. 나와 당신이 밤을 향해 함께 돌을 던진다. 우리는 "덜 아픈 쪽"을 골라 '감람석'과 '장미석'을 굴리거나, 가슴 한가운데 '청금석'을 피워내기도 한다. 칠흑 같은 밤, 나는 당신이 있음을 알고, 당신도 내가 있음을 안다. 떨어져 있더라도 속마음으로 서로를 전할 수 있다. "검은 달빛 눈물"처럼, "바다에 내리는 눈송이"처럼 "검은 바다 밑바닥의 돌"은 여린 빛을 잃지 않는다. '돌'은 밤에 갇힌 당신과 나의 넋두리이자 생의 조각들이다. 상처 입은 영혼의 아픔들이 조그만 모양의 여러 빛깔로 반짝이며 흔들린다. 모든 미의 심연에는 돌 모양을 한 아픔들이 쌓여 있다.

　시 「내일은 다시 오늘」은 하얀 평면의 시다. 「입동」의 깊은 어둠과 대조적이다. 시 1연의 인물은 두께와 깊이를 잃은 정적, 매끄러운 평면 상태의 침묵 속에 있다. 묵묵히 채널만을

11　파울 첼란(허수경 옮김), 『파울 첼란 전집 2』(문학동네, 2020) 26쪽. *시 원문과 대조하여 수정, 인용함. 다음은 시의 독일어 원문이다. "In den Flüssen nördlich der Zukunft / werf ich das Netz aus, das du / zögernd beschwerst / mit von Steinen geschriebenen / Schatten."

돌린다. 리모컨을 쥐고 버튼을 누르며, 다시 채널을 돌릴 뿐이다. 오늘도 모니터에는 아비규환과 긴급상황과 이상기후의 갖가지 정보가 어제와 똑같이 흐를 뿐. 화면 앞에서 이리저리로 채널을 돌리는 이 사람은 어떤 소식을 기다리고 있는 걸까. 그가 기다리는 소식은 무엇일까. 숱한 존재자들이 혼란을 겪고 있는 가운데, 화면 앞에서 채널을 돌리며 기다리는 소식은 무엇일까. 소식은 없고 기다림만 깊다.

그때 기다림에 "쪼그라들고 단단해지면서"도 달랑 "가슴에 붕대 한 장 덮고 누군가들의 불을" 끄고 있다는 "우유니 소금사막 선인장"을 떠올린다. "백 년 동안 흰 거즈 한 장 두께만큼 자란다"는 선인장의 기다림을 상상한다. 소금사막의 선인장은 아주 느리고 매우 미세하지만, 자라고 있고 그처럼 또 누군가는 어제와는 다르게 어딘가를 향해 나아간다는 믿음. 그 믿음만이 소식을 기다리는 자의 가슴을 태우는 열불을 끌 수 있다. 달팽이처럼 느려도, 겨자씨와 같이 미미하더라도, 백 년에 거즈 한 장 두께로 자라는 얇디얇은 붕대 한 장으로도, 선인장은 상처와 고통을 치유(治癒)할 수 있다. 나와 당신이 오늘의 전모를 다 알 순 없듯이, 우리가 감지하지 못하는 때, 알 수 없는 곳에서 매번 변화가 일어난다.

유대교 신비주의 사상가들, 즉 카발라주의자들 사이에 이런 우화가 있다고 한다. "평화의 왕국을 재건하기 위해서 모든 것들이 파괴되었다가 다시 완전히 새로운 세계가 시작될 필요는 없다. 그저 이 찻잔 하나, 이 관목 한 그루, 이 돌 한 알, 이렇게 모든 것들이 그저 조금씩만 자리를 옮기기만 하면 된다. 하지만 이 조그만 자리바꿈을 이루어내기가 너무도 어렵고 그 자리바꿈의 기준을 마련하기가 너무도 어렵기 때문에 이 세계의 일은 인간의 힘으로는 버거울 뿐"[12]이라는 이야기다. 누군가는 이 우화를 이렇게 해석했다고 한다. "그 이야기는 저곳에서 모든 것은 이곳처럼 되어 있다고 말한다. 지금 우리의 방이 그러한 대로 도래할 세계에서도 우리의 방은 그러할 것이다. 우리 아이가 지금 자는 곳에서, 도래할 세계에서도 우리 아이는 자게 될 것이다. 우리가 이 세계에서 입고 있는 옷은 우리가 그곳에서도 입게 될 것이다. 모든 것은 지금과 같을 것이다. 아주 약간만 다를 뿐이다."[13]

이렇듯 세상의 운행에서 일어나는 "아주 약간만 다를 뿐"인 미세한 변화에 민감하게 반응하여 뜻이 모호하더라도 일어난 느낌만큼은 되도록 온전한 언어로 표현하려 애쓰는 이들이 시인일진대, 이들이 굳이 그렇게 하는 까닭은 미미해 보이는 표현 하나가 새로운 세상을 이끌어올지도 모른다는 막연(漠然)하지만 실은 선명(鮮明)하게 일어난 마음 때문일 것이다.

### 뿌리와 균형

김석영의 시 「드러난 뿌리」에서, 곱씹어 보는 말은 '드러남'이다. 시에서 나무뿌리는 표면으로 올라와 있다. "아이의 맑은 눈동자"로 관찰되는 '드러난 뿌리'는 침해받지 않아야 할 대상으로서 더럽혀선 안 된다. 비록 그 속에 "투명한 어둠"이 있

---

12 조르조 아감벤(이경진 옮김), 『도래하는 공동체』(꾸리에, 2014) 77쪽.
13 위의 책 77~78쪽. *여기서 '누군가'는 독일의 문예비평가 발터 벤야민이다.

다 해도, "쉽게 들켜버릴 하찮음"이라 해도 함부로 대해서는 안 된다. 뿌리와 아이를 동시에 바라보는 무명의 화자는 어느 덧 나무와 자신을 동일시한다. 만일 자신의 약점이나 실수 또는 한계 같은 것이 의도치 않게 드러날 때, 우린 당혹(當惑)해진다. 상황이 바뀌지 않는다면 이 감정이 공포(恐怖)로 변질될 것이다. 자신의 취약함이 자기도 모르게 밖으로 드러나 있었다는 사실을 깨닫게 되면, 그 감정은 얼마나 복잡할 것인가. "자신의 뿌리가 공포일 수도 있겠다"는 구절은, 자신의 뿌리 자체가 공포라기보다는 자신도 모르게 뿌리가 드러날 때 느끼는 공포감으로 여겨진다.

불가피하게 우리 자신의 허약함이 노출될 때, 이 상황을 어떻게 넘어서야 할까. 시인이 선택한 단어처럼 이미 드러난 뿌리의 공포를 자신의 "어깨", "근육", "지붕"으로 인정(認定)하며 지울 수 있지 않을까. 시인은 공포감을 내면화하지 않고 '드러난 뿌리'에 한 걸음 다가서고, 그 뿌리를 만져보고 관찰하고 이해하는 길로 나아가는 것 같다. 시인은 폴 발레리의 시구를 인용하며, 시인의 나라에는 "무덤들 사이에서 지붕이 철썩"이고, "집마다 붉은 기와" 지붕이 있다고 말한다. 공포로 다가왔던 자신의 뿌리를 든든한 자기 믿음으로 전화시킨 것이라고, 이 구절을 읽는다.

"지붕"은 한계를 인정함으로써 획득된 자기 믿음을 은유하는 낱말이리라. 공포감을 주었던 자신의 뿌리가 어떤 세파(世波)에도 굴하지 않을 든든한 '지붕'이 된다. "태양" 빛을 받으며 나무와 시인과 우리는 믿음을 키우며 살아간다. 이 시의 행간이 넓은 것은 숱한 굴곡을 다 말할 수 없기 때문이겠다. 행과 행 사이에 오래 시달린 공포, 공포를 넘어서기 위한 싸움 같은 것이 침잠되어 있다. 「드러난 뿌리」는 한 시인의 성장 시편으로 읽힌다. 시인 곁에 니체의 말을 놓아본다.

"새해에.—나는 아직 살아 있다. 나는 아직 생각한다. 나는 아직 살아야만 한다. 아직 생각해내야 하니까. 나는 존재한다. 고로 나는 생각한다. 나는 생각한다. 고로 나는 존재한다. 오늘날에는 누구나 자신의 소망과 가장 소중한 생각을 감히 말한다. 그래서 나도 지금 내가 나 자신에게 이야기하고 싶은 것, 이 해에 처음으로 내 마음을 스쳐가는 생각,—앞으로의 삶에서 내게 근거와 보증과 달콤함이 될 생각에 대해 말하고자 한다. 나는 사물에 있어 필연적인 것을 아름다운 것으로 보는 법을 더 배우고자 한다.—그렇게 하여 사물을 아름답게 만드는 사람 중 하나가 될 것이다. 네 운명을 사랑하라(Amor fati) : 이것이 지금부터 나의 사랑이 될 것이다! 나는 추한 것과 전쟁을 벌이지 않으련다. 나는 비난하지 않으련다. 나를 비난하는 자도 비난하지 않으련다. 눈길을 돌리는 것이 나의 유일한 부정이 될 것이다! 무엇보다 나는 언젠가 긍정하는 자가 될 것이다!"[14]

시 「어부가 말한다」의 공포는 되돌이킬 수 없는 재난에서 비롯한다. 이 시는 어느 어부가 딱 한 번 본 '대왕산갈치'로 인해 공포에 사로잡혀 헤어나오지 못한다는 이야기다. "어부는

---

14  프리드리히 니체(안성찬·홍사현 옮김), 『즐거운 학문/메시나에서의 전원시/유고(1881년 봄-1882년 여름)』(책세상, 2005) 255쪽.

알았다/그 물고기를 보긴 전으로 돌아갈 수 없다"는 것을. "이제 어부는 어디서나 그것을 떠올릴 수 있다". "어부는 말한다/방둑이 곧 무너지고/침대 끝까지 파도가 덮쳐올 거라고". 어부는 그 공포 때문에 "두 눈을 감지 않는다". 눈을 감으면 바로 어둠이 몰려오고, 어둠 속에선 그게 더 잘 보이기 때문이다. 어부는 더 이상 꿈꿀 수 없다. 잠드는 것조차 두려우리라. 어부에게 '대왕산갈치'는 곧 지진해일이자 세상의 종말이다. 그 이미지가 뇌리에 박혀 일상이 잠식당한다. 어부는 더 이상 삶의 주체(Subject)가 되지 못한다. 공포에 종속(subject)되어 버려서다. 이 시는 지구 표면에 거주하는 인류의 위기 상황에 관한 우화로 읽힌다. 산업문명이 야기한 생태계의 훼손은 임계점을 넘어서 복원 불가능해 보인다. 그러므로 시의 전면을 장악한 공포는 우리 모두의 공포다. 「어부는 말한다」는 "유한한 세계의 시대"(발레리)가 시작되었음을 고지(告知)한다. 끝이 정해진 세계에서 우리는 어떻게 살아갈 수 있을까. 실재(Real)의 암흑을 들여다본 '어부'가 제정신을 갖고 살아갈 수 있을까.

「어부는 말한다」의 "은빛 물결의 표면"은, 「드러난 뿌리」의 '무덤 사이로 철썩이는 붉은 기와지붕'과 상응한다. 우리는 출렁거리는 경계지점에 서 있다. 우린 언제든 난파될 수 있는 표면에 떠 있다. 나날이 심화되는 사태로 인해 비극적인 결말이 강하게 예측되지만, 아직 우리는 서로 마주하며 대지에 머물러 있다. 헤겔의 말처럼 우리에게 필요한 것은 "부정적인 것에 머무는" 능력일지도 모른다. 비관의 어떤 극점에 우리는 도달해 있지만, 전혀 다른 시간의 열림을 고대(苦待)한다. 세계의 비참을 겪는 몸과 마음엔 재와 먼지가 쌓이지만, 예기치 않은 순간에 바람이 불어올 것을 믿는다. 언제 어디서 불어올진 알 수 없지만, 이 바람을 타고 일말의 빛과 소리와… 한 점의 청신한 기운이 당도(當到)할 것을 믿는다. 어둠 속의 빛처럼 꿈이 꿈틀거리고, 우린 다시 평온한 균형을 찾을 것이다.

## 휘파람과 흔적

'내 안의 회색'이 자라는 것을 멈추게 하고 싶다는 정우신의 시「몰드」의 몰드(mold)에는 세 가지의 다른 뜻이 있다. 우선 금형(金型)·주형(鑄型)·거푸집을 일컫는 말인 동시에, 생물체의 골격과 형체가 없어지고 그 흔적만 남은 화석(化石)을 뜻하기도 한다. 게다가 곰팡이란 뜻도 있다.

"자라는 것을 멈춰야 하는데"(1연), "견디다 못해"(2연), "그럴 때면… 몇 년 동안 나가질 않고"(4연) 등과 같은 구절로 짐작하건대, 몰드란 제목은 아마도 곰팡이리라. 오랜 시간, 시의 화자는 "내 안의 회색"이 자라는 걸 막지 못한다. 그 시간 속에서 "소나무 몇 그루"는 고독을 견디지 못하고 부러지고 "당신과 수평을 맞추"려고 '내'가 무릎을 꿇을 때면 "나의 동굴"로 뱀이 들어와서는 "몇 년 동안" 나가질 않는다. 적설처럼 쌓인 내 안의 회색은 곰팡이다. 무릎을 꿇을라치면 들어오는 뱀이 있어, 바람 중에 가장 작은 바람일, 희고 가볍고 기다란 뱀의 휘파람만이 곰팡이의 흔적이 새겨진 세계를 휩싸며 돈다. 시인은 색깔도 없이 긴 호흡과 낮은 톤으로, 복잡다단

한 생의 고단한 걸음을 표현하는 것 같다. 다만 그 길을 피하지 않고, 걸음을 멈추지 않는다. 체념할지언정 포기하진 않는다. 그렇기에 여기 '내 안의 동굴'이란 장소감(場所感)이 비장하다.

1958년, 어느 한 시인이 "뒤집어진 세상의 저쪽에서는/나는 비틀거리지도 않고/추락도 안했으리라"고, 푸념한 적이 있다. 이쪽의 나는 추락했고 비틀거린다. 그러면서도 시인은 비장함과는 다른 코믹함을 선보인다. "그러나 이 눈망울을 휘덮는 시퍼런/작열의 의미가 밝혀지기까지는/나는 여기에 있겠다"고 선언하면서 "내 몸은 아파서/태양에 비틀거"리나 그래도 이 자리에 있겠다고, 햇빛에 겨울 보리가 싹트고 강아지와 골짜기가 평화롭지 않냐고, 모두들 "평화의 의지"를 일구고 있지 않냐고,[15] 시인은 말한다. 옛 시인이 쓴 과거의 시가 오늘의 시인을 격려하고 기운 북돋기를 소망한다. 시는 종종 미래를 향해 과거에서 날아온 편지가 되기도 한다.

시 「실리콘」의 화자는 수업을 연 교수자(教授者)다. "스스로 죽음/필연적 죽음/갑작스러운 죽음"(2연), "몸통 옆/손톱 두 개/한쪽 귀/아랫입술 여러 개"(6연)란 표현으로, 이 수업이 죽음학(thanatology) 강의거나 법의학(forensic medicine) 또는 해부학(anatomy) 강의가 아닐까, 짐작한다. 그렇지만 수강자들에겐 아무런 반응이 없다. 7~9연은 더욱 당혹스럽다. "나는 사랑이 어떻게 복원되는지/빈자리를 눌러본다."(7연)는 진술은 무슨 의미일까. 죽음의 유형이 나열되고, 분리된 신체

---

15 김수영, 「동맥(冬麥)」, 『김수영 전집 ① 시』(민음사, 1981) 118쪽.

들이 전시되는 와중에 '나'는 '사랑의 복원'을 시도한다. '빈자리'는 버튼이었을까, 아니면 보형물이 제거된 부분이었을까. 이어서 "사족보행로봇 한 마리"와 "사람 한 무더기"(8연)가 출현한다. 마지막(9연)엔 '생물'이 태워지고, '바람'은 녹아내리고 있다.

강의실이 '빈자리'를 누르는 '나'의 행위에 의해 전장(戰場)으로 변한 게 아닐까. 8, 9연은 AI 로봇이 수행하는 국지전과 핵무기가 사용된 전면전을 연상시킨다. 분리되고 조각난 사물-신체를 연결하고, 한 방향으로만 퍼지는 음향-언어를 양방향으로 교류시킬 의도로써 '사랑'이란 이름의 전류(電流)를 흘려보내려 한 '나'의 행위가, 의도치 않게 '생물'을 태우고, '바람'마저 녹아내리는 파멸을 일으킨 건 아닐까. 이런 이해는 아마도 단순 서사일 것이다. 시인이 의도한 이중삼중의 의미를 지닌 이미지들을 한 방향으로만 이해할 수는 없으리라.

그렇다 해도 「실리콘」에서 작동하는 이미지들은 디스토피아 SF 서사를 상상케 한다. 시의 연과 행들은 온-오프 단락(短絡) 형태로 된 듯하고, 시의 각 개체형상이 전기신호의 점멸로 작동하는 반도체(半導體)처럼 느껴지기도 한다. 촉매(觸媒)로만 작동되는 이미지들인 셈이다. 생명현상에 관한 기계론적 해석들, 상당 부분 기계장치에 의해 생명현상을 유지하고 있는 인간-신체들. 신체의 보형물로 이용되는 실리콘은 반도체 칩으로 사용된다. 우리들이 기계-인간이자 인간-기계라는 실상을 누구든 쉽게 부정할 수는 없을 것이다. 바로 이 지점이 정우신의 시가 발아되는 전제인 듯하다.

시인의 시에 촉발되어서 여러 의문들이 꼬리를 잇는다. 거대과학과 미세기술의 시대에 우리 인간은 어떤 촉매로 작용할까. 인류는 실리콘-칩을 어떻게 사용하고 있는가. 우리는 인간과 지구를 어떻게 구성해나가게 될까. 그럴 겨를 없이 AI에 의해 인류는 절멸될 것인가. 미래는 어떻게 될까. DNA와 같은 유전물질을 이용한 바이오-칩이 만들어져 실리콘-칩을 대체하게 된다면 인공 생명도 출현하게 될까. 우리가 원하는 생명의 모습은 혹시 이런 건 아닐까.

"우리는 어렸을 때부터 무엇을 혐오스럽고, 구역질 나는 전형적인 이미지로 여기도록 배워왔는가? 공포문학과 공상과학소설이 우리를 소름 끼치게 만들려고 할 때마다 무엇을 끌어들이는가? 그것은 살아 있지만, 지성이 없고, 끈적거리는 어떤 것…, 질척거리면서, 침처럼 질질 흘러내리거나 물처럼 녹아내리고, 냄새가 나고, 끈적끈적하거나, 꼴록꼴록 소리를 내거나, 부패되거나 물러져, 구더기가 들끓는 어떤 것…, 착 들러붙어서 꼼짝도 하지 않거나, 슬금슬금 스며 나와 늘어나는 아메바나 균 같은 것…, 침이나 똥, 콧물이나 오줌, 땀이나 고름, 피와 같은 느낌을 가지고 있는 것들이다. …한마디로 말해, 그것은 무엇이든 유기적이고, 탄생과 성, 죽음, 부패와 같이 뒤죽박죽인 것이다. 우리는 우리 몸의 내부와 마찬가지로 질척거리는 것을 보고 움츠리면서, 임상적으로 말끔하고, 선이 또렷하고, 건조하고, 단단한 고체이고, 냄새가 없고, 균도 없고, 영구적인 것에서 안전을 찾는다. 바꿔 말하면, 무엇이든 생명이 없는 것(오늘날의 도시화된 산업세계를 채우고 있는 고층

건축물과 그 건물의 인테리어를 이루는 유리, 알루미늄, 스테인레스 강철, 플라스틱과 같이 생명이 없고, 번쩍거리면서 메마른 것)을 찾는다."[16]

우리는 생명현상의 "전형적인 이미지"에서 벗어나 "생명이 없는 것"의 말끔한 이미지를 원하는 건 아닌가. 무결(無缺)한 영생을 실제로 실현하려는 무모한 시도들이 어디에서 어느 정도까지 실행되고 있을까. 유한한 생명의 우연성을 제거하려는 판단과 행위들이 가장 위험한 게 아닌가. 의문은 쌓여가고 풀어야 할 문제가 산적(散積)해 가지만, 우리 인류가 중대한 기로에 서 있다는 건 능히 짐작할 수 있지 않을까.

## 집과 빛

최백규의 시는 마음에서 흘러나온 노래인 듯 들린다. 읽는다기보다는 귀로 듣는 느낌이다. 어느 시절 김민기가 그렸던 곡조가 환청처럼 겹친다. 시 「재개발」의 주인공은, "빛이 머무를 자리가 없"는 집에 산다. "내일이 가슴을 파고든다 어제도 덜 잊었는데/오늘 밤을 어떻게 해야 하나"며 그는 중얼거린다. "우리가 철거당하지 않는 것이 의아하다"는 어머니와 함께 살며 "언제까지 이 집에서 잠들 수 있을지" 걱정한다. 가난의 내력과 생활의 이력이 쌓여 저절로 흐르는 눈물 같은 이 시는, 썰물이 밀려가듯 "눈물이 흐르는 쪽"으로 해가 진다며, 얼굴

---

16  클라우스 에메케(오은아 옮김), 『기계 속의 생명: 생명의 개념을 바꾸는 새로운 생물학의 탄생』(이제이북스, 2004) 173쪽. *윗글은, T. Roszak, Where the wasteland ends : Politics and transcendence in postindustrial society(London: Faber&Faber, 1972, p.96)에서 저자 에메케가 재인용한 것임.

에 흐르는 눈물이 가장 반짝이는 일몰 무렵에 끝난다. 비탄엔 빠지지 않으며 애잔하게 흐른다. 한겨울 보금자리를 찾아 날아가는 기러기 떼들처럼 어디론가 향해 달려가고 있는 자동차 행렬을 그가 무심히 바라보고 있다. 창가에 앉아 고장난 라디오를 고치기도 하고, 앞집 담벼락의 철조망이나 칠 벗겨진 현관을 물끄러미 바라보기도 한다. 어머니는 늦은 설거지를 하고 우리는 방에 누워 천정을 보며 이런저런 생각을 한다.

철거와 재개발, 도시 변두리 교외 지역, 김포나 부천, 성남이나 안양, 동두천과 의정부 같은 데. 공터 한켠에 쌓인 연탄재와 망가진 자전거, 먼지 풀풀 날리며 사방치기 하는 새카만 아이들…. 「저문 강에 삽을 씻고」와 「난장이가 쏘아올린 작은 공」 같이 70년대 작품에서 보았던 풍경이, 이 시에서 재발견된다. 쓸쓸하여도 온기가 있는 '지상의 거처'들에서 문학이 피어난다. 그 정서가 낯익다. 그는 자신의 목소리로 「가난한 사랑 노래」를 부르고 있다. "어두운 뒷모습 속에도 성실히/피가 돌고 있다"는 구절에선 그가 더욱 믿음직하게 느껴진다. 꿋꿋한 온기의 자세가 견지되는 까닭이다. 민중 정서로 엮인 우수(憂愁)가 그의 시에 있다.

가난한 사람들이 거처에서 내몰리고, 가족과 이웃이 어쩔 수 없이 헤어져야 하는 '재개발'은 아직도 성행 중이다. 대한민국에서 토지·건물의 소유권은 거주(居住)의 권리보다 절대적 우위에 있다. 전체 인구의 44%는 무주택자다.[17] 거대자본과 국가권력의 의도에 따라 대단위 토지의 수용 빈도가 높아지는

---

17  2023년 주택소유통계 조사(통계청)

추세다. 21세기 현재의 도시재생·문화도시·젠트리피케이션은 70~90년대의 재개발과 다르지 않다. 외양만 다를 뿐, 질적으론 같다.

"바짝 마른 나무는 연기 한 줄기 내지 않고 잘 탔다. 그 나무는 몇 시간 전까지만 해도 꼽추네 마루로 깔려 있었던 것이다. 사람들이 꼽추네 집을 무너뜨렸다. 쇠망치를 든 사나이들이 한쪽 벽을 부수고 뒤로 물러서자 북쪽 지붕이 거짓말처럼 내려앉았다. 그들은 더 이상 꼽추네 집에 손을 대지 않았고, 미루나무 앞 털여뀌 풀 위에 앉아 있던 꼽추는 일어서면서 하늘만 쳐다보았다. 그의 부인은 네 아이와 함께 종자로 남겨 놓았던 옥수수를 마당가에서 땄다. 쇠망치를 든 사나이들은 다음 집으로 건너가기 전에 꼽추네 식구들을 말없이 바라보았다. 아무도 덤벼들지 않았고, 아무도 울지 않았다. 이것이 그들에게 무서움을 주었다."[18]

오늘날, 철거는 일상적이다. 제대로 된 보상 없이 거리로 내몰리는 사람은 지금도 비일비재(非一非再)하다. 1978년, 조세희가 묘사한 철거 장면은 지금 현재의 풍경과 다르지 않다. 결국 「재개발」의 정서 역시 낡은 것이 아니다. 최백규의 시는 보이지 않는 곳으로 유폐된 감각, 오래전부터 있어 온 감각을 독자에게 재분배한다. "프롤레타리아의 밤"을 다시 도래시키고, "감각적인 것의 나눔"을 다시 실행하는 것[19]이다.

시 「월요일」의 주인공은 출근을 안 해도 아무도 찾지 않는

---

18  조세희, 「뫼비우스의 띠」, 『난장이가 쏘아올린 작은 공』 (문학과지성사, 1978) 12쪽.
19  '프롤레타리아의 밤'과 '감각적인 것의 나눔'은 철학자 자크 랑시에르의 용어다.

사원이거나 비정규직이거나 백수일 듯하다. 부재중 전화도 없을 만큼 외톨이인 건 분명하다. 아무 데서도 불러주지 않는다. 월요일은 그에게 아무것도 요구하지 않는다. 다만 월요일이 지나가고 다시 돌아오면서 일어나는 마음의 생동과 갈등들이 있을 뿐이다. '월요일'은 '나의 부재'를 더욱 도드라지게 만든다. 평일의 시작인 월요일에 '나'는 '부재중'이다. 시「월요일」은 남겨진 자의 무게감과 부재(不在)가 일으키는 존재감이 부각되는 시다.

그래선지 앞의「재개발」에 비해, 훨씬 가라앉아 있고 무겁다. 냉장고 아래 어디에서 물이 새고 있는 방에서 '나'는 혼자서 점심을 먹고 빨래를 하며 조간신문과 밀린 공과금 고지서를 본다. 문밖으로 누군가 지나가고 어느 방인지 문 두드리는 소리도 난다. 방에서 직장으로 사람들 대부분이 출근한 월요일이다. 원룸촌 같은 데서 지내고 있는 '나'는 여전히 방에 머물러 있다. 오늘도 어제와 같은 자리다. 아직도 '나'를 찾는 전화는 없다. 저녁쯤 되었을까. 장지와 같은 이곳에서 오늘 몫의 심기일전 의례를 지낸다. '나'는 "장지에 머무르는 심경"으로 "찬물로 얼굴을 깨끗하게 씻는다." 낮에 잠깐 생각했던 '흰빛의 기슭'이 떠오른다. 죽지 않고, 절망이 없고, 천장이 없는.

'나'는 질긴 사랑, 질긴 그리움을 모른다. 모르기보다는 질기게 사랑하고 질기게 그리워할 여유가 없었을 것이다. '아침'이 이 방까지 오려면 더 걸릴 것 같다. 그래도 '그대'가 있어 이 커다란 세상, 십자가 너무 많은 이 도시에서 사랑 같은 것, 그리움 같은 것에 조금이라도 젖어도 보고, 상처 입어 아파도 보며, 오래 기억할 것들을 남겨둘 수 있는 게 아닐까.

아일랜드의 다큐멘터리 감독 로라 워딩턴은, 아프간 난민과 이라크 난민이 경찰을 피해 국경을 넘어 영국으로 가는 노정을 필름에 담았다. 상영시간 27분짜리 「경계/국경선(Border)」(2004)이라는 작품이다. 감독은 난민의 도주에 아무런 도움, 어떤 개입도 하지 않고 그들의 뒤를 따르며 촬영했을 뿐이다. 영상에는, 국경지대의 서치라이트와 군경을 실은 트럭의 헤드라이트를 피해 어두운 풀밭에 몸을 감추고 붙잡히지 않을 만한 곳으로 뛰다가 웅크리고, 다시 걷고 뛰는 이들의 모습이 반복해서 등장한다. 결국 많은 수의 난민이 경찰에 붙잡힌다. 울음 섞인 모습으로 절규하고 항의하다 어디론가 끌려가는 이들의 얼굴에서 "눈물이 흐르는 쪽으로 지"는 해를 바라보는 「재개발」의 화자가 보이고, 박명이 드리운 어두운 새벽을 걷는 난민들의 대열에선 수평선을 향한 기슭의 흰빛(「월요일」)이 겹쳐 보였다.

미술사학자 디디-위베르만은 워딩턴의 〈경계/국경선〉에 관해 이렇게 말했다. "그녀는 이 모든 것에서 오직 반딧불-이미지들만을 끌어낼 수 있었다. 그것은 소멸이 임박한 이미지들이고, 긴급히 도주해야 하는 까닭에 언제나 움직이는 이미지들이다. (…) 때때로 출현하는 것은 기품이다. (…) 그것은 느닷없는 뜻밖의 아름다움이다. 예컨대 바람 부는 밤에 한 쿠르드족 난민은 그의 모포를 온전한 휘장으로 삼아 춤을 춘다. 그 휘장이 그의 위엄을 장식하고, 어딘지 모를 그의 근본적인 기뿜(…)을 장식한다."[20]

소멸 임박, 긴급 도주와 같은 반딧불-이미지는 최백규의 시 곳곳에 있다. 어딘지 모를 그의 무정한 웃음이랄까, 마냥 가라 앉지만은 않는 그런 경쾌함이 느껴지는 시인이다.

_ 〈시의시간들〉(2025년 봄호)

---

20  조르주 디디-위베르만(김홍기 옮김), 『반딧불의 잔존-이미지의 정치학』(도서출판 길, 2012) 152~153쪽.

# 다른 날을 맞이하는 마음

## 시와 타자

이번 '관통'의 시를 읽으니, 몇몇 작품에서 공통된 단어들이 눈에 띄었다. 우선 '너'라는 낱말이 자주 등장했다. 고선경, 김성열, 유선혜, 황인찬의 시에 나타난 '너'는 각기 다르면서도 유사한 느낌이 들었다. '너'라는 말은 구체적인 듯 보여도, 맥락에 따라 또 추상적이기도 하다. 현실주의 맥락에 매우 충실한 시인이 아니라면, '나'를 제외한 모든 것에 '너'라는 낱말을 붙일 수 있다. 나아가 시인의 의도에 따라 '나'조차 대상화하여 '너'라고 칭할 수도 있다. 급기야 비인격체인 동물이나 사물 객체들도 '너'가 될 수 있다.

이른바 '너'는 '타자(他者)'다. 타자는 '나'를 성립하게 하는 절대적 존재자다. '너'라는 타자 없이 '나'는 이루어질 수 없다. 나를 구성하는 타자는 무수(無數)하다. 17세의 랭보(1854~

1891)가 이렇게 말한 적이 있다. "나는 타자(他者)다."

그도 그럴 것이 나는 하나의 타자(Je est un autre)니까요. 구리가 나팔로 깨어난다면, 거기에 구리의 잘못은 없습니다. 제게는 이게 명백합니다. 나는 내 사상의 개화에 참관합니다, 그것을 바라보고 그것을 듣습니다. 내가 악궁을 한 번 튕기면, 교향곡이 저 깊은 곳에서 술렁이거나, 펄쩍 무대 위로 올라옵니다.

늙은 멍청이들이 '나'라는 것에서 줄곧 잘못된 의미만 찾아내지 않았더라면, 무한히 먼 옛날부터 소리 높여 저자임을 자처하면서 외눈박이 지성의 산물을 쌓아 올린 저 수백만의 해골들을 우리가 쓸어낼 필요도 없었을 겁니다!

시인이 되기를 원하는 사람의 첫 번째 연구는 자기 자신에 대한 전적인 인식입니다. 그는 제 영혼을 탐색하고, 검사하고, 시험하고, 깨우칩니다. 그것을 알게 된 다음에는, 그것을 경작해야 합니다. 이게 겉보기론 간단합니다. 어떤 두뇌든 자연스러운 발달이 이루어진다는 거죠. 그러니 그토록 많은 에고이스트들이 저자를 자칭하며, 또 허다하게 많은 이들이 그들의 지적 진보를 자기 공으로 여기는 겁니다! 하지만 제 말은 영혼을 괴물스럽게 만들어야 한다는 겁니다. 콤프라치코스를 전범으로 삼는다고나 할까요! 얼굴에 사마귀를 심어놓고 그것을 경작하는 사람을 상상해보십시오.

제 말은, 투시자(Voyant)여야 하며, 투시자가 되어야 한다는 겁니다. 시인은 모든 감각의 길고, 거대하며, 조리 있는 착란을 통해 투시자가 됩니다. 온갖 형식의 사랑, 고통, 광기, 그는 자기 자신을 탐색하고, 자기 안에서 온갖 독을 길어내어, 거기서 정수만을 간직합니다. 모든 믿음을, 모든 초인적 힘을 동원해야 할, 이루 말할 수 없는 고문이지요, 거기에서 그는 누구보다도 위대한 환자, 위대한 범죄자, 위대한 저주받은 자가, 또한 지고의 학자가 됩니다! 그는 미지에 도달하니까요!

그러므로 시인은 진정 불을 훔치는 자입니다. 그는 인류를, 심지어 동물들까지 책임지고 있습니다. 그는 자신의 창안물들이 느껴지게, 만져지게, 들리게 해야 할 것입니다. 그가 저편으로부터 가져온 것에 형체가 있다면 형체를 부여하고, 형체가 없다면 형체 없음을 부여해야 합니다. 하나의 언어를 찾아낼 것.[21]

고선경의 시 「에펠탑 사진을 찍어 보내지 않았더라면」에서, '너'는 '나'와 결혼할 수도 있었던 연인이다. '나'는 누군가의 프러포즈를 거절했고, 롯데리아에서 스케치북을 엿보다가 아이에게 꾸지람을 받았다. 스스로 싫어하는 짓을 너무 많이 하여 한심스럽고, 네가 보낸 에펠탑 사진을 보면서 분노도 인다. '나'는 무엇을 하고, '너'는 무엇을 하고 있는가. 나에게 '너'는 돌이킬 수 없는 과거이자 이루어질 수 없는 미래다. 그 사이에

---

21 장 니콜라 아르튀르 랭보(위효정 옮김), 「1871년 5월 15일, 폴 드므니에게 보낸 편지」, 『랭보 서한집』(읻다, 2021) 67~68쪽. *강조 표시는 인용한 필자가 함.

있는 '나'는 무엇인가. 너무 평범하고 한심스러운 '나'의 처지에 자괴감이 든다. 「프띠 세흐보」에서, '너'는 같이 식당에 있었는데 금세 사라지고 없다. 프랑스 가정식을 좋아하지 않는 '나'를 '너'는 아는지? 이런저런 이야기를 하려고 했는데, '너'는 의자나 코트나 투명 인간이 된 것 같고, 지금 '나'의 곁에는 없다. '나'는 언제 '너'를 잃어버렸는지 알 수 없다. 심상(尋常)한 일상의 일부였던 '너'가 사라지고 없을 때 '나'는 무엇이 될 수 있을까. 평이해 보이는 이야기의 바닥에 비상(非常)한 공허함이 흐르고 있다.

김성열의 시 「이야기」에도 '너'가 있다. 시에서 '너'는 "젖은 혼을 불로 증발시킨다"거나 "좋은 정신은 건조하다"는 '말'로써 존재한다. '내'가 가장 좋아하는 말, 즉 "말을 아끼고 삶을 태울 것/ 그때 빛이 들어오니까" 역시 '너'의 말이다. 그 말들에 관한 주석들(아리스토텔레스, 헤라클레이토스, 오비디우스, 이종태의 문장들)로 인해, '너'는 텍스트와 문장을 남긴 저자들이란 걸 눈치챌 수 있다. '나'는 이들의 문장을 내면의 기본음과 배음(背音)으로 육화(carnification)하는 과정에 있다. 그러므로 문장을 '나'에게 전하는 복수(複數)의 '너'는 '나'의 내면을 만든다. 이 말들에 '사로잡힐 때'에야 나와 세계에 관한 믿음이 시작된다. 사랑으로 가득 찼던 "이전의 말"을 지워야 할 때, "나는 운다". 그리고 "어떤 말도 남아 있지 않아서", "이야기는 끝이 난다". 그만큼 '나'는 '이전' 텍스트의 문장에 충실하였다는 뜻이다. 한편, '너'로 텍스트를 의인화했듯이 '나'라는 화자 역시 텍스트일지도 모른다. 적어도 '나'는 "텍스트의 바깥은 없다"고 생각하는 사람일 것이다.

유선혜의 시 「영원한 품을 찾아서」의 "나는 너의 품 안에 있"고, '너'도 "나의 품 안에 있다". "너와 나는" 퀸사이즈 침대 위에서 13인치 노트북으로 영화를 보고 있다. 너와 나는 "과장된 불행"과 "사산된 미래"와 "어린 시체의 체온" 같은 "방안의 공기"에 둘러싸여 있다. 오직 현재만 있을 뿐, 기억할 만한 과거나 기대할 만한 미래도 없다. 나와 네가 서로 품에 안겨 있을 때만 세상은 있고 그 바깥에는 관심 없다. 이는 극도의 '나·너' 중심주의로서, 재난과 같은 세상살이에는 전혀 무관하고 싶은 수동적인 태도다. 이처럼 이 시를 읽으면, 곧 어둠에 삼켜질 '나와 너'가 보인다. 시의 말미에 "차갑고 조그만 아침이 우리의 품 안에서 잉태된다"와 "너와 나는 곧 몸을 일으킨다"는 구절이 있지만, 이 역시 어둠을 감당하기에는 미약한 몸짓에 불과해 보인다. 나와 너는 고립되어, 예측 불가능할 뿐 아니라 볼 수도, 느낄 수도 없는 미지의 타자 앞에서 소멸을 기다리고 있다. 절망적이다.

황인찬의 「드론 회수하기」는 너("당신")에게 호소(呼訴)하는 시다. 태풍이 불고 벼락이 치는 너무 더운 여름에는, "시를 멈춰"달라고, 그래야 '당신'을 구할 수 있다고 시의 화자가 간절히 부탁하고 있다. 그렇지만, "당신"은 응하지 않는다. 아니, 우리도 알지 못한 사이에 당신이 이에 응한 듯 시가 끝났는데도 "시가 멈추지 않는다". "당신 시의 은유가 계속되고 있다". '시의 운명'을 은유하는 시일까. '당신'이란 조난의 위기에 처한 시 또는 시인을 말하는 것일까. 재난 상황에서도 끝을 모르는 시작 행위의 오만함을 풍자하는 걸까. 아니면 극한 상황에 도달할 때에만 시는 생명력을 얻는다는 것일까. 어떻든 이 시의 "당신"은 시 쓰는 사람 또는 시 자체라는 것, 그것만큼은 분명하다.

### 날짜와 규칙

김성열의 시 「해인」은 수수께끼 같은 12편의 일기(日記) 메모와 이 시에 관한 소회(所懷)가 담긴 부기(附記)로 구성되어 있다. 시인 스스로 밝힌바, 이 시는 "다층으로 겹쳐진 장소에서 체험을 행위로 엉켜 들어가게 하는" 효과를 노린 듯하다. 그렇지만, 일기의 마지막 날짜인 "201×. 4. 16."과, 부기 부분에 실린 허수경 시인의 말, 단원고 학생 고해인 양의 이름 등에 의해 시의 무게중심이 '세월호' 쪽으로 쏠려 있다. 그 결과, 사적인 체험의 고유성('일기' 부분)이 사회적 비극의 파장 안으로 수렴되는 역효과를 낳는다.

바로 이어진 "한 풍경이 펼쳐진다"는 말도 시의 무게감을 단번에 앗아간다. '풍경'은 사건과 기억에서 물러서는 말일 수밖에 없다. "201×. 8. 14."의 메모에서처럼 기투(企投) 없이 "일상을 떠받치고 있는 사상의 어깨는" 결국 "발밑이 없"는 허망함에 빠지고, 악무한의 풍경에 현혹된다. 결단과 편향 없이 중간계에 머물 때 도착(倒錯)이 일어나고 외설(猥褻)이 구현된다. "우리는 한참 시간이 지나서야" 그 사건을 "이해할 수 있을 거라는" 허수경 시인의 멘트 역시 오독의 위험을 안고 있다. "한참 시간이 지나서야"라는 말을, 다른 데로 관심을 옮겨 다른 일을 하고 난 연후로 이해해서는 곤란할 것이다.

고유한 날짜들이 기입된 12개의 에니그마(enigma)는 시적 화자의 상흔(傷痕)들이다. 생계와 학업을 병행하는 삶의 도정에서 일어난 크고 작은 사건들, 순정과 배신과 비난과 절망과 다짐의 날들이 오버랩되는 가운데, 묵묵히 길을 걷고 있는 한 형상이 떠오른다. 사건들의 여파가 파도 같고, 사건들의 한복판에 '나'는 도장처럼 찍혀 있다. 바다의 풍랑이 쉬면 삼라만상의 온갖 사물이 남김없이 도장 찍히듯 그대로 바닷물에 비쳐 보인다는, 해인(海印)의 뜻처럼 살아내면 되지 않을는지.

어떤 '날짜'들은 몸과 마음이 찢어지는 상처를 입은 때와 장소를 가리킨다. 시인이란, 제 심신에 난 상처를 자꾸 헤집어 덧나도록 만듦으로써 '기억'을 보존, 재생하는 역할을 맡는 이들이다. 그날의 의미가 먼 훗날 온전한 모습으로 드러날 테지만, 그때까지 우린 갈라진 틈에, 그 심연에 착근(着根)되어 혼란스러워하고 방황하고 시를 짓고 울고 웃으며 부대끼며 살아갈 도리밖에 없다. 그 삶의 돌출들이 쌓이고 쌓여 더께가 지고 마침내 딱지 앉을 때도 다가올 것이다. 그러기 전에 시인은 어디로든 가지 못할 것이다. 새살이 솟아도 흔적은 남을 것이고, 끝까지 시인은 흔적의 자리까지 되짚을 것이다.

　　이제 시가 자신의 몸에 상처 또는 절개(切開)로서 지니는 날짜를, 때로는 기억처럼 여러 가지 기억이 한데 모인 내력의 표지로서 시간과 장소를 표시하는 날짜를, (…) 절개 또는 상처를 말한다는 것은 시가 속으로 들어왔다는 것

을, 시는 자신의 날짜가 입은 부상과 함께 시작된다는 것
을 말한다.[22]

유선혜의 시 「어제와 똑같다」는 어젯자 일기다. 무겁지 않
다. 그렇다고 해서 가벼운 건 아니다. 시의 화자는 간밤에 배
고팠던 것 같다. 냉장고엔 먹을 게 하나도 없어 그 문을 열었
다 닫았다 하다가 명상이 시작된 것 같다. 밤만 되면 늘 배가
고프다. 어제와 똑같다. "밤에는 잠을 자고 낮에 깨어 있어야"
하건만 시의 주인공은 잠 못 들고 먹을 걸 찾는다. 규칙을 어
김없이 어기는 반례인데, 반례조차 반복되어 또 하나의 규칙
이 된다. "귀납적 추론의 허점"을 보여주는 칠면조의 역설(逆
説)도 생각한다. 밤이 오고 낮이 되고 "매일 빠짐없이 해가 뜬
다는 사실"이 잔인하다고 생각한다. 그렇다. 어떤 규칙은 잔
인하다. 무자비하다. 우리에겐 통제 가능한 규칙, 변경 가능한
규칙도 있지만, 통제 불능·변경 불가의 규칙도 있다. 믿을 수
없고 믿기 힘들어 바꾸는 규칙도 있지만, 그럴 수 없기에 그
저 따를 수밖에 없고 믿을 수밖에 없는 규칙도 있다. 사회계약
과 같은 규칙은 개정, 폐기하거나 새로 제정할 수 있지만, 자
연의 섭리 같은 규칙은 그럴 수 없다. 아니다, 그렇지 않다. 우
리 인간종들의 의심(疑心)하는 능력이 비대해져 과학이건 기
술이건 비약적으로 거대해진 탓에 자연의 규칙들이 부서지고
있다. 의심을 멈추지 않으면, 어쩌면 살아남을 방법조차 없어

22   자크 데리다(정승훈·진주영 옮김), 「『쉬볼렛: 파울 첼란을 위하여』 중에서」, 『문학의 행
위』(문학과지성사, 2013) 521~522쪽.

지게 되지 않을까. 그래서 시의 화자는 "믿지 않으면 살아남을 방법이 없다"고 한 걸까. 그래서 "나는 규칙에 순응한다"고 작은 목소리로 선언하는 걸까. 무의미한 듯 의미를 만들고, 뜻 있는 듯 뜻 없는 말을 만드는 시인의 말놀이가 재미있고도 서늘하다. 그 밤, 배고픔은 면했는지 궁금해진다.

## 욕망의 블록

장대송의 시 「은사시나무 잎을 반짝이게 하는」은, 욕망이 달려간 길을 잘 보여준다. 비틀거리던 욕망이 제대로 스텝을 밟으며 춤을 춘다. 연필 밥도, 아흔 할머니 잔칫날도, 공중화장실 낙서도, 전봇대에 붙은 스티커도 모두 화사한 아카시아 꽃잎 같은 욕망의 춤이다. 70년대가 가고, 80년대도 가고, 90년대도 가면서 어느덧 춤이 사라졌다. 한 시절들이 파노라마처럼 흘러가 다시는 되돌릴 수 없게 되었다. 오늘 '나'는 생애 첫날처럼 연필을 깎고 있다. 위층 집 개의 하울링이나 내 쓸쓸한 노래나 매한가지. 다시 돌아올 수 없는 시간을 애달파하고만 있다. 춤은 다시 돌아오지 않고, 노래만이 바람에 실려 반짝이는 은사시나무 잎을 스치며 저 멀리 흘러간다. 색불이공(色不異空), 공불이색(空不異色). '색'은 '공'과 다르지 않고, '공'도 '색'과 다르지 않다. 시인은 색에서 공으로 넘어가고, 다시 공에서 색으로 넘어오는 세상사의 욕망-현상학을 한 편의 시로 보여준다. 투박한 듯 세심하고, 촘촘한 듯 성글다. 여러 시절을 한데 모으고, 그 시절에 머물게 한다. 쓸쓸하면서도 밝고 맑다. 인간과 동물과 사물이 서로 섞여 춤을 춘다. 영랑(永

郎)의 시 마냥 찬란한 슬픔이다. 이 시의 주인공은 하나이되, 여러 시절에 나뉘어 있고 여러 장소에 걸쳐 있다. 연필, 전봇대, 공중화장실, 공장 지하, 변기통, 하울링, 뺨을 스치는 바람한 자락 모두 이미지 연상의 도구가 된다. 이 도구의 이름들(words)은 동사, 형용사, 조사, 부사의 도움을 받아 서로 연결되고, 분리되고, 결합한다. 이 낱말들은 장소와 행위와 대상에 따라 욕망의 진폭과 속도를 생산하고, 욕망의 4차원적 복합체로 구축된다. 여러 존재자와 접속하는 이 시의 화자는 아래 분열자 '렌즈'의 모습과 크게 다르지 않다.

분열자의 산책. (…) 가령 뷔히너가 재구성한 렌츠의 산책. 이때의 렌츠는 그의 선한 목사 집에 있을 때와 전혀 다르다. 이 목사는 종교의 신과 관련해서, 부모와 관련해서 렌츠의 사회적 지위를 억지로 지정한다. 반면, 산책할 때 렌츠는 다른 신들과 함께 또는 전혀 신 없이, 가족 없이, 부모 없이, 자연과 함께 산속에, 눈 속에 있다. "아버진 뭘 바라지? 아버지가 내게 더 좋은 걸 줄 수 있을까? 불가능해. 날 평화롭게 내버려 둬." 모든 것은 기계를 이룬다. 별들이나 무지개 같은 천상 기계들, 알프스 기계들, 이것들은 렌츠의 몸의 기계들과 짝짓는다. 기계들의 끊임없는 소음. "온갖 형태의 깊은 삶과 접촉하는 것, 돌들, 금속들, 물, 식물들과 영혼을 교감하는 것, 달이 차고 기욺에 따라 꽃들이 공기를 빨아들이듯 꿈에 잠겨 자연의 모든 대상을 있는 그대로 맞이하는 것, 렌츠는 이런 것들이 무한한 지복의 느낌임에 틀림없다고 생각했다." 하나의 엽록소 기계 또는 광합성 기계가 되기, 또는 적어도 이와 유사한 기계들 속에 자기 몸을 하나의 부품처럼 슬며시 밀어 넣기. 렌츠는 인간과 자연의 구별보다 앞서, 이 구별이 설정한 모든 좌표보다 앞서 자리해 있다. 그는 자연을 자연으로 사는 것이 아니라 생산과정으로 산다.[23]

장대송의 시가 욕망의 분열을 환하게 보여준다면, 황인찬의 시「한정식집을 갔어요」는 한 지점으로 욕망이 수렴되는 모습을 보여준다. 음식을 먹으려고 '한정식집'에 모인 사람들 사이에, 음식에 관한 '말'들이 오간다. 상에 잔뜩 진열된 음식을 두고 "난 이거 못 먹어"라고 말하는 누군가는 식욕을 자제하며 체면치레하고 있는 것처럼 보인다. "이 나무에 열린 것을 먹으면 죽으리라"는 '창세기'의 말은 금기(禁忌), 즉 욕망의 중지 명령이다. 그러나 얼른 먹으라고만 한다. "안 먹으면 죽어/얼른 먹어"란 말은 먹어야 살 사람에겐 선의의 요청이지만, 먹기 싫은 사람에겐 폭력적인 언사다. '복스럽게 먹으면 복이 온다'는 말은 교과서적인 관습용어인데, 식욕과 도덕 규범을 합일시키려는 의도가 엿보이는 말이다. 마침내 "입에 음식이 가득해서 무슨 말을 하는지는 모르"는 식탐(食貪)이 등장한다. 사회적 시선, 금기, 강압적 폭력, 관습화된 규범, 무절제 같은 억압 기제들이 생물학적 욕구와 욕망의 원활한 진로를 훼방한

<hr>

23 질 들뢰즈·펠릭스 과타리(김재인 옮김),「1장 욕망 기계들」,『안티오이디푸스』(민음사, 2014) 24쪽.

다. 게다가 한정식, 한국, 한국인의 정이라는 이름으로 포장된 억압 기제의 한국적 코드(code)까지 접속되어 있다. 이 시는 흔히 지나칠 만한 일상의 한 장면을 포착하여 다양한 욕망의 양상을 잘 표현하고 있다.

> 한 기계는 흐름을 방출하고, 이를 다른 기계가 절단한
> 다. 젖가슴은 젖을 생산하는 기계이고, 입은 이 기계에 짝
> 지어진 기계이다. 거식증의 입은 먹는 기계, 항문 기계, 말
> 하는 기계, 호흡 기계 사이에서 주저한다. 바로 이렇게 모
> 두는 임시변통 재주꾼(bricoleurs)이다. 각자 자신의 작은
> 기계들이 있다.[24]

들뢰즈와 가타리의 언급처럼, 우리는 "각자 자신의 작은 기계들", 즉 욕망의 조각들(bloc)을 모아 다른 욕망을 생산한다. 이 욕망을 저 욕망에다 연결하고, 분리하고, 결합한다. 자동기계가 되어 욕망의 블록들을 이리저리 옮겨 놓는다. 인간은 저마다 욕망으로 놀이하는 '브리콜뢰르'들이다. 국가, 사회, 개인뿐만 아니라 문학도, 시(詩)도 모두 욕망의 '브리콜라주'[25]인 셈이다. 문제는 해방(解放)이다. 저마다 자유롭게 살아가는 방향으로 몸과 마음을 기울일 수 있는가, 그것이 문제다.

---

24  위의 책, 23쪽.

25  브리콜뢰르는, 인류학자 레비-스트로스가 『야생의 사고』(1962)에서 사용한 개념으로, 손재주꾼을 가리킨다. 그는 우연히 얻은 재료를 길들여지지 않은 야생(野生)의 사고(思考)로써 재료의 잠재적 능력을 끌어올리는 사람이다. 그가 만든 도구 또는 작품을 '브리콜라주'라고 부른다.

## 반짝이는 시간들

장대송의 시 「애자」는 반세기 전부터 밤나무 전봇대에 박혀 있는 애자(礙子) 이야기다. "늘 문밖에 서 있게" 된 애자는 제 근처를 "분주히 날아다니는 붉은머리오목눈이"나, "흰 눈을 무심히 쳐다보며 견딘 개"를 이웃 삼아 "무수히 많은 봉우리의 표정" 같은 걸 살피며 살고 있었다. 자기와 이름이 같은 아이가 어느덧 백발이 성성해져 우연히 스쳐 지나간 일도 있었다. 애자는 "얼핏 봐야 피는 꽃"이다. 아무도 주목하지 않는, 언뜻 마주친 순간에만 눈에 들어오는, 하루살이 같은 애자는 그런 '무엇'이다. 사물이되 사물 같지 않고, 동물도 식물도 아닌 비유기체이고, 존재라고 불리기보다 비-존재라고 불리는 게 더 어울리는 것 같고, 입이 없어 몸으로 말을 하는, 소리 없는 말을 온몸으로 송전하는 '무엇'이다. 곁에 오래도록 묵어서 시간의 목격자 같은 사물들이 있다. 그런 사물들이 아주 우연히 우리 눈에 부딪혀 "하얗고 날카롭게 빛"나는 순간이 있다.

(그가) 파도 표면에 떠다니는 무언가를 나에게 가리켰습니다. 그것은 작은 깡통, 정확히 말하자면 정어리 통조림 깡통이었습니다. 우리가 물고기를 대주던 통조림 공장의 증거물이나 된 듯 그 깡통은 햇빛을 받으며 떠다니고 있었습니다. 그것은 햇빛을 받아 반짝반짝 빛나고 있었지요. 꼬마 장은 "보이나? 저 깡통 보여? 근데 깡통은 너를 보고 있지 않아!"라고 저에게 말했습니다. (…) 그렇지만 어떤 면에서는 그 깡통이 나를 응시하고 있었습니다. 깡통

은 빛을 발하는 지점, 즉 광점(光點, light point)에서 나를 응시하고 있었습니다. 그 광점에는 나를 응시하는 모든 것이 자리 잡고 있었습니다. 이는 결코 은유가 아닙니다.[26]

스무 살 때 '정어리 통조림 깡통'이 자신을 응시하고 있음을 눈치챈 자크 라캉처럼 무언가를 본다는 행위는 그 무언가를 내 안에 들이는 과정이다. 시인은, 무기체인 애자의 말을 마음의 귀로 새겨듣고 다시 글로 옮겨 적었다.

송기원 시인(1947~2024)이 떠나신 지 벌써 열 달이 되었다. 그 사이 이곳엔 무슨 일이 있었나. 시간이 쏜살같고, 시절의 잔영(殘影)만이 남아 있다. 시인은 기러기처럼 북쪽 하늘로 날아간 듯하다. 시인은 시에 "기러기는/자취를 남길 마음이 없고//물은 그림자를 남길 마음이 없고"[27]라고 적었지만, 이 문장들이 곧 시인의 자취이고, 그림자다.

시인은 말년에 선(禪)에 깊이 몰두한 듯하다. 다사다난했던 일생을 행간이 넓은 단형시(短形詩)로 간추린 데서도 알 수 있다. 말 더 보탤 것 없는, 말 끊어진 곳을 시인은 오래 더듬었으리라. 시인은 이렇게 정리한다. "시(詩)가 언어를 놓칠 때/선(禪)이다. (…) 선이 언어로 모습을 보일 때/시다."[28] 시인은 시와 선 중에서 어느 한쪽으로 기울지 않는 평정(平正)한 마음을 좋아했을 것이고, 또 그 마음 들여다보는 일을 재밌어했

---

26 자크 라캉(맹정현·이수련 옮김), 「8. 선과 빛」,『세미나 11. 정신분석의 네 가지 근본개념』(새물결, 2008) 149쪽.

27 송기원 잠언시집『그대가 그대에게 절을 올리니』(살림, 2023) 21쪽.

28 위의 책 51쪽.

을 것이다.

우리는 태어나 말을 배우고 말로써 인연을 맺고 나중에는 말조차 잃는 일을 겪으며 말에 휘둘려 마음을 잃고 다시 마음을 일으켜 말을 잇고 그러다 말을 줄이고 말을 지우고 마음도, 몸도 지우는… 끝을 맞이한다. 시인은, "사물에 자아(自我)가 빈/공(空)과//사물 자체가 없는/무(無)는 다르다."[29]고 하였다. 우리는 색(色)과 공(空)의 세상을 살다가 무(無)로 돌아간다. 다정다감했던 시인은 먼저 돌아갔다. 많은 벗을 여기다 두고 저기로 넘어갔다.

> 與君同步又同行 그대와 함께 걷고 함께 행하며,
>
> 起坐相將歲月長 일어서고 앉고 서로 거느리며 오랜 세월 함께 했노라.
>
> 渴飮飢湌常對面 목마르면 마시고 주리면 먹으며 늘 서로 얼굴 마주했으니,
>
> 不須回首更思量 모름지기 머리 돌이켜 다시 생각지는 말지어다.[30]

『금강경오가해(金剛經五家解)』의 한 구절이다. 마치 시인이 남긴 유언(遺言)처럼 들려 마음을 울린다.

_〈시의시간들〉(2025년 여름호)

---

29  위의 책 73쪽.

30  무비(無比) 역해(譯解), 『금강경오가해(金剛經五家解)』(불광출판사, 1992) 352~353쪽.
*야부 도천(冶父 道川)의 송(頌). 번역된 문장 일부를 수정하여 싣는다.

# 혹한에 대비하는
# 팔월의 초목처럼

## 아버지와 운명

문동만의 시 「타관의 늙은 감나무 아래서」는 아버지 없이 자란 아버지의 아버지가 되어주고 싶은, 그 아버지의 아들이 지닌 깊은 마음이 표현되어 있다. 시에서처럼 '내'가 만약에 아버지의 아버지가 될 수 있다면, "거칠게 아귀를 쥐었던 것을/얍삽하게 쥐었던 허망들을 다 내려놓으라"고 이끌어 가난해도 착하게, 나이 들어서도 착하고 곱게 삶을 살아보게 하고 싶은 것이다. 그리하여 아버지의 운명은 물론, 나의 운명과 나의 실존마저 온통 뒤바뀌고 설령 없어지더라도 아버지가 참다운 삶의 맛을 보게끔 하고 싶은 마음이, 이루고 싶어도 이룰 수 없는 슬픔이 이 시의 바탕을 적시고 있다. 이 아들은 이미 오래전 아이의 아버지가 되어서 '어린 아버지'를 생각하는 것이다. 꿈결로 쓴, 그리움으로 가득한 시다.

> 나의 아버지가 나의 곁에서 조을 적에 나는 나의 아버지가 되고 또 나는 나의 아버지의 아버지가 되고 그런데도 나의 아버지는 나의 아버지 대로 나의 아버지인데 어쩌자고 나는 자꾸 나의 아버지의 아버지의…… 아버지가 되느냐 나는 왜 나의 아버지를 껑충 뛰어넘어야 하는지 나는 왜 드디어 나와 나의 아버지와 나의 아버지의 아버지와 나의 아버지의 아버지의 아버지 노릇을 한꺼번에 하면서 살아야 하는 것이냐
>
> ── 이상(1910~1937), 「오감도(烏瞰圖) 시 제2호」
> (조선중앙일보 1934년 7월 25일 朝刊 4면)

「프랜차이즈와 시」에는 슬픔 조금, 익살도 조금 있고, 씁쓸함마저 조금 있다. 뼈다귀를 뜯으며 세상도 맛있게 뜯고 시와 함께 지내던 '젊은 날'이, 맛이 절반으로 뭉텅 줄어든 오늘에 대비되고 있다. 바야흐로 '시'조차 과거와 현재 사이에서 볼품을 잃어가고 있다. 시의 화자는 우울에 빠져 있다. 슬픔(Trauer)과 유희(Spiel)를 양축으로 삼는 희비극(喜悲劇)의 정조는 기본적으로 멜랑콜리(melancholy)하다. 파국으로 치닫는 세계 안에서 별난 낙 없이 재미없게 하루를 살아내야 하는 시인의 어두운 자의식이 느껴진다. 그렇지만 운명이나 성격은 다 스스로 만들 수 있는 것이고, 언제나 그랬듯이 또 하

루 버티며 살다 보면 불현듯 선물처럼 다가오는 빛나는 날들
도 있다.

운명이란 '살아 있다'는 죄에 연결된다. 이 이어짐은 살
아 있는 것들의 스스럼 없는 상태와, 아직 남김없이 흩어
지진 않은 그림자와 서로 응답하곤 했다. 그러나 실은 인
간은 그림자에서 벗어나 있어 결코 완전히 그림자에 잠기
지 않으며, 그림자가 드리워져도 자신의 최상의 부분은 드
러내지 않은 채 머물 수 있었다. 따라서 인간은 근본적으
론 운명을 지닌 존재가 아니다. 인간의 운명을 주재할 이
도 없다. 법 집행자들만이 있으니, 이들은 어디서든 운명
을 마주칠 수는 있었다. 그런 연유로 이들은 모든 형벌에
관여하여 눈이 먼 채로 피의자들의 운명을 지시할 수밖에
없었다. 허나 인간은 결코 이런 판결에 넘어가지 않는다.
아주 단순하기 짝이 없는 인간만이 그림자 같은 것에 넘어
가 (그저 그냥 살아 있다는) 자연적인 죄와 불행에 자신을
연루시켜 영문도 모른 채 거꾸러질 뿐이다.
— 발터 벤야민(1892~1940), 「운명과 성격」에서

## 바람, 바다, 열차
"나의 걱정은 까만 내 얼굴이/그 아이 얼굴에 검정물 들일
까 봐 대답을 주저했지"(「돌아가고 싶지 않았다」)… 이 조심
스러운, 순결한 자의식 때문에 그 사람의 물음에 대답하지 못
하고 결국 말 한마디 붙이지 못하고 오래오래 떠나와 '희미한

백열등'처럼 먼 기억으로 그 사람은 남아 있다. 「바람 앞에 서기 위해」는 앞 시의 사연을 잇는 두 번째 스토리인 셈인데, 그 사람을 아는 이에게서 "언니 결혼했어요"라는 말을 듣고는 더 묻지 않는다. '나'는 "내가 손을 내민 건 이름을 바꾸고" "내가 다가서면 표정을 바꾸고" "내게 오는 모든 이름들은 손아귀를 빠져" 나간다고 생각한다.

> 배는 항로를 바꾸지 않았고
> 나는 나에게로 돌아가는 길을 가지 않으려고
> 휴일도 쉴 수 없었지
> 돌아가지 않기 위해 나는 버릇처럼
> 고의로 자주 길을 버려야 했지
> 그건 <u>나를 바람 앞에 세워놓는 일</u>이었지
> ―「돌아가고 싶지 않았다」 마지막 연

> 살아 있는 것을 향해 손을 뻗었으나
> 내가 붙든 건 언제나 죽은 새였지
> 후회가 없었던 건 아니지만 아니 온통 후회뿐이지만
> 다만 <u>나를 바람 앞에 세우기 위해서</u>
> ―「바람 앞에 서기 위해」 마지막 연

"나를 바람 앞에" 세우는 건 바람 쐬려고 그러는 게 아니고, 그렇다고 바람에 맞서려고 그러는 것도 아니다. 그날 거기까지 온 '나'를 바람에 맡기려고 그런 것이고, 바람에 휩쓸려 가

게 하려고 그런 것이다. '나'는 바람에 날아갈 준비가 돼 있었던 게다.

실 같은 비가 끊임없이 불투명한 바다에 내렸다. 바다와 하늘은 구별할 수 없이 같은 잿빛으로 연해 있었다. 왓카나이[稚内]에 가까워짐에 따라 빗발은 굵어져 갔다. 넓은 해면(海面)에서 펄럭이는 깃발처럼 커다란 파도가 일었다 부서지고 끝없이 출렁거렸다. 바람이 마스트에 부딪히자 불길한 소리가 울렸다. 대갈못이 느슨해진 듯 삐걱삐걱 배의 어딘가가 끊임없이 삐걱거렸다. 소오야[宗谷] 해협에 들어섰을 때는 삼천 톤에 가까운 배가 딸꾹질에 걸린 듯 울렁거리기 시작했다. 파도의 엄청난 힘에 의해 확 들어올려져 한 순간 허공에 떴다가 쑥 내려앉았다. 그때마다 소변이 찔끔하며 아랫배에 찌르르한 불쾌감이 스치고 지나갔다. 잡역부들은 얼굴이 누렇게 떠, 배멀미가 난 듯 눈을 찌푸리고 웩웩거리고 있었다.

(…) 하코다테를 함께 출항한 다른 게 공선은 어느 사이엔가 뿔뿔이 흩어져 시야에서 사라져 버렸다. 하지만 가끔씩 배가 큰 파도에 실려 위로 솟구쳤을 때 물에 빠져 양손을 흔드는 사람처럼 요란스럽게 흔들리고 있는 두 개의 마스트만이 멀리 보이곤 했다. 그리고 파도의 부르짖음 속에서 분명 그 배에서 울리고 있는 듯한 기적이 간간이 세찬 바람을 타고 들려왔다. 그러나 다음 순간 이쪽 배가 물에 빠져 허우적거리듯이 골 아래로 굴러떨어져 갔다.

— 고바야시 다키지(1903~1933), 「게 공선(工船)」에서

어디로든 돌아가고 싶지 않았던 '나'는 바람에, 바다에 몸을 맡긴다. 여기 게잡이 배에 탄 잡역부 중 한 사람이 된 것 같다. 그 사연이 절박하든 그렇지 않든 언제든 무덤 같은 바닷속에 매장될 수 있는 일개 '조센진' 잡역부와도 같은 사람. 막장에, 거친 바람과 파도에 너무 오래 서 있던 한 사람이, 기억도 가물가물한 수십 년 전의, 비좁은 책방에 서로 엉덩일 붙이고 서 있을 수밖에 없던, 주산 칠 단이라던, 내 현장사무실 번호를 물어 전화를 했다던 그 사람을 찾고 있다. 지금 말이다.

새벽 두 시. 달빛. 열차가 평원 한가운데 멈추어 섰다.
멀리 시가지의 불빛들이
지평선 위에 차갑게 깜빡인다.

마치 어떤 사람이 너무 깊은 잠 속으로 들어갔을 때,
자기 방으로 돌아오면서 자신이
그 꿈속에 있었던 사실을 기억하지 못하듯.

아니면 어떤 사람이 너무 깊은 병 속으로 들어갔을 때,
그 사람의 생애 모두가 몇 개의 깜빡이는 점들, 지평선 위
작고 차가운 불씨 떼가 되듯.

열차는 완전 부동(不動)으로 서 있다.

새벽 두 시. 환한 달빛 속, 별이 거의 눈에 띄지 않는다.
— 토마스 트란스트뢰메르(1931~2015), 「선로(線路)」

"그날 그 칠흑 같은 어둠 속 아득했던 봄밤의/완행열차"는 끝날 때까지 이 사내의 가슴속에서 천천히 쉼 없이 트란스트뢰메르의 열차처럼 부동(不動)의 모습으로 달려가리라.

## 내전(內戰)과 인간(人間)

"어느 쇠락한 길거리" "허름한 가게 하나 세 내어" "점빵이나 하며 남은 한 세월 보내면 좋겠"다는(「모두가 위대한 세상을 꿈꾸며」) 시인 송경동의 '위대한' 꿈은 꼭 실현되어야 한다. 물론 세상이 시인에게 수시로 싸움을 걸어 조금 지연되고 있다. 시 「내란의 내면에 대하여」에 의하면, "자연 속 생물들"은 이미 오래전부터 "내란을 겪고 있던 것"이고, "1,100만 비정규직 노동자들"도 "이미 내란을 겪고 있었"으며, "성소수자 여성 장애인 이주민"들 역시 "모두 이미 내란을 겪고 있"었던 것이다. 정확히는 세상은 이미 오래전부터 내전(內戰) 상태에 돌입해 있다.

신자유주의의 공격은 훨씬 더 급진적이고 야심 찬 목표를 가지고 있다. 임금노동자들에게 일정한 사회적·법적 보호를 제공하는 '포드주의적 타협'을 중심으로 구축된 임금제도를 해체하고, 사회적·법적 보호 없이 유연한 방법으로 노동하는 자기 경영자 개념으로 대체하는 것이다. 이는 우버화(uberization)[31], 긱 이코노미(gig economy)[32], 플랫폼 자본주의 등 다양한 이름으로 불린다. 물론 아직은 세계적으로 '전통적인' 임금제가 주류를 이루고 있기 때문에 이 새로운 모델이 현재 주도적인 위치를 점하고 있다고 보기는 어렵다. 그러나 대부분의 노동법 개혁은 전반적으로 임금제가 보장하던 복지를 약화하는 방향으로 진행되고 있다. '프레카리아트(precariat)'[33]의 확대는 노동의 사회적 범주를 점점 불분명하게 만들고 있다. (…)

이제 임금제도와 그것을 둘러싼 사회적·법적 보호 체제가 표적이 된다. 더 넓게는 노동 자체가 지닌 '민주주의적 잠재력'이 위협받는다. 노동이 토론과 협력을 통해 민주주의를 경험하고 발명하는 중심 공간이라는 의미에서 그러하다. 달리 말하면 노동이 대안적 합리성, 즉 공동선(共同善)과 그것이 내포하는 민주주의의 급진적 개념을 학습하는 장이 될 가능성 자체가 표적이 되는 것이다. 경제적 성과와 경쟁이라는 신자유주의적 규범성이 파괴하고자 하는 것은 바로 노동을 통해 공동으로 규범을 구축할 수 있다는 가능성이다. 결국 우리는 수익성이라는 추상적 규범이 '좋은' 노동을 결정한다는 기준에 의문을 제기할 수 있을 때,

---

31  공유경제의 대명사인 우버(Uber)에서 파생한 신조어로, 새로운 기술을 토대로 중간 매개자 없이 소비자와 서비스 제공자 간 직접 접촉을 가능케 하는 경제 현상이다.

32  임시로 하는 일이라는 뜻의 긱(gig)과 경제를 뜻하는 이코노미(economy)의 합성어로, 단지 아르바이트, 비정규직 프리랜서 등에게 필요에 따라 일을 맡기는 경제 형태를 말한다.

33  불안정함을 뜻하는 이탈리아어 프레카리오(precatio)와 무산 계급을 뜻하는 독일어 프롤레타리아트(proletariat)의 합성어로, 클릭 노동(clickwork)처럼 저임금 또는 무보수로 제공되는 모든 불안정한 형태의 노동을 뜻한다. '클릭 노동'이란 온라인 플랫폼을 통해 제공되는 작고 단기적인 노동, 즉 미세노동(microwork)의 한 형태로, 데이터 라벨링, 설문조사 참여, 콘텐츠 분류 등과 같이 AI 시스템이나 디지털 플랫폼 운영에 필요한 작업을 말한다.

그리고 각 상황에서 진정으로 유용하고 가치가 있는 것이
무엇인지 질문을 제기할 때, 비로소 노동을 통해 새로운
규범을 구축할 수 있을 것이다.[34]

신자유주의적 자본주의의 광포한 전횡을 민주주의적 자본주의 개혁 프로그램으로 막을 수 있을까. 너나없이 1인 경영인이자 노동자인 오늘의 시장 질서를, "노동의 사회적 범주"를 지우고 노동의 "민주주의적 잠재력"을 해체하여 자본의 생산력으로 흡수하는 경제 활동을, 자원·노동·데이터 등 다양한 공공 자원을 대규모로 추출하여 이윤으로 만드는 채굴 자본주의의 약탈 체제를 무엇으로 중단시킬 수 있을까.

그럴 수 있는 건 오직 아래로부터의 분출과 연결뿐이다. 지구 사회의 내전을 중지시킬 민중 주권의 발동만이, 내전을 먹고 사는 신자유주의 폭력을 제거할 수 있다. 그전까지는 시인의 "가난한 시"가 계속 분출될 수밖에 없다. 분출된 시를 우리는 연결하고, 도처에서 새로운 "시"가 분출되게 하고, 또 연결하고… 지치는 일 없이 매일 같이 실어나르고 메꾸고 보듬고 수선하고 사랑하며 살아 나가야 한다.

이설야의 시 「오늘 단톡방을 나간 사람은」은 마치 그런 투쟁의 일상, 일상이 곧 투쟁인 상황을 그린 듯하다. "너무 멀리 가거나 뒤로 돌아"간 계절을 되돌려야 하고, "단톡방에 올렸다가 삭제한 말들"은 사라지지 않고 어느 갓길로 흘러 들어간 거

---

34  피에르 다르도·크리스티앙 라발 외(정기헌 옮김), 『내전, 대중 혐오, 법치 – 신자유주의는 어떻게 지배하는가』(원더박스, 2024) 235~236쪽, 238쪽.

같고, "한 시절이 피를 철철 흘리며 지나가"며 "서로의 날개를 찢"고 있다. 서로 말을 칼 삼아 흉중 깊이 상처를 내고, 조용히 사라지고, 모였던 방이 울며 녹기 시작한다. 시의 '단톡방'은 마치 '지구' 같다. 반은 인간이고, 반은 비인간인 우리 인간들. 서로를 믿기 어렵게 되자 '나'도 '나'를 믿기 어려워졌다. 결국 '나'는 '나'를 해(害)할 것이다. 너나없이 근시(近視)가 심해져 맹목(盲目)에 이르렀다. 인간은 아래와 같다.

　　인간은 도망치듯 질식 상태를 피한다.
　　상상을 초월하는 탐욕으로 끝없이 비축하며 칩거하는 인간은 두 손에 의해, 갑자기 불어난 강물에 의해 해방될 것이다.
　　예감 속에서 날카롭게 벼려지는 인간, 내면의 침묵을 벌채하여 여러 개의 무대로 나누는 인간, 이 두 번째 인간이 빵 만드는 사람이다.
　　한쪽 사람들의 몫은 감옥과 죽음, 다른 쪽 사람의 몫은 말씀의 유목.
　　창조의 경제를 넘어서고 행동의 피를 강대하게 만드는 것, 그게 바로 모든 빛의 의무.
　　우리는 악마의 만능열쇠와 천사의 열쇠가 나란히 잇대어진 둥근 고리를 쥐고 있다.
　　의식(意識)의 여명이 우리 고통의 쓰라린 능선 위로 나아가며, 날라 온 진흙을 내려놓는다.
　　혹한에 대비하는 팔월의 초목처럼 여물어 단단해지기.

한 차원이 다른 차원의 열매를 가로지른다. 서로 적수인
차원들. 속박의 멍에와 떠들썩한 혼례에서 멀리 비켜나,
나는 보이지 않는 잠금쇠의 쇠를 두드린다.[35]

　더 나아질 수 없을 것 같았던 상황도 연유를 알 수 없게 홀연히 호전되기도 하는 게 세상의 이치인 모양이다. 어두운 시대거나 밝은 시대거나 어떤 상황이 일단락되기 무섭게 "보이지 않는 잠금쇠"를 찾아내고 가만히 묵묵히 그 "쇠를 두드리"는 이들이 있다. 바로 당신, 시인(詩人), 당신들이다. "당신은 당신을 닫아 버렸"지만, "당신 눈동자에 아직 흐린 안개가" 끼어 있지만, "죽은 벌레 옆에 누운 하늘/모두 길을 잃"은(「폐업」) 듯하지만 다시 먼지를 툭툭 털고, 그릇을 닦고, 바닥을 청소하고, 곧 가게 문을, '점빵' 문을 열 것이다.

### 눈의 노래

　"악몽 같기도 하고 개꿈 같기도 한 세상에서/눈을 떠보니, 하얀 눈 위로/다시 눈이 내린다"(「눈 위에 눈」). 황규관 시인은 "눈은 어디에서 오는 걸까", "눈은 어떻게 찾아온 걸까" 하고 묻지만, 눈은 말이 없다. 그저 "아무 결심도 없이" "들판에 까마득히" "잠깐 쉬었다가 다시" 푹푹 내린다. "벼랑을 견디는 시간"에도 "반짝반짝 살아 있다는 듯" 눈이 내린다.

---

35　르네 샤르(심재중 옮김), 「머리말(1938)」, 『격정과 신비』(을유문화사, 2023) 23~24쪽.

나타샤를 사랑하고

눈은 푹푹 날리고

나는 혼자 쓸쓸히 앉아 소주를 마신다

　　　— 백석(1912~1996), 「나와 나타샤와 흰 당나귀」에서


눈이 오는가 북쪽엔

함박눈 쏟아져 내리는가


험한 벼랑을 굽이굽이 돌아간

백무선 철길 위에

느릿느릿 밤 새워 달리는

화물차의 검은 지붕에

　　　　　— 이용악(1914~1971), 「그리움」에서


　　1930~40년대의 시에서 '눈' 하면 떠오르는 작품들이다. 50
~60년대의 김수영도 '눈'이란 제목으로 세 편을 썼다. "젊은
시인이여 기침을 하자/눈을 바라보며"라는 구절이 들어 있는
1956년의 「눈」이 있고, "까딱마시오 손 하나 몸 하나/까딱마
시오/눈 오는 것만 지키고 계시오" 하는 1961년의 「눈」도 있
다. 마지막, 1966년에 쓴 「눈」은 여섯 줄로 된 짧은 시다.


　　눈이 온 뒤에도 또 내린다

　　생각하고 난 뒤에도 또 내린다

　　응아 하고 운 뒤에도 또 내릴까

한꺼번에 생각하고 또 내린다
한 줄 건너 두 줄 건너 또 내릴까
폐허에 폐허에 눈이 내릴까

창밖에 눈이 내리고, 시인은 눈 내리는 걸 보면서 무언가
(아무래도 시인 듯) 쓰고 있다. 쓰다가 또 눈을 본다. 그러다
또 쓰고, 맨 끝에 "폐허에 폐허에 눈이 내릴까"라고 적는다. 시
인은 자신의 '시작 노트'에 위 시에 대해서 이렇게 말한 적이
있다.

발뺌을 해두지만 나는 정치사상을 이야기하고 있는 것
은 아니다. 시의 스타일에 관해 이야기하고 있는 것이다.
상이(相異)하고자 하는 작업과 심로(心勞)에 싫증이 났을
때 동일하게 되고자 하는 정신(挺身)의 용기가 솟아난다.
여기 게재한 3편 중에서 「눈」이 그것이라고 생각된다. 이
시는 "폐허에 눈이 내린다"의 여덟 글자로 충분하다. 그것
이 쓰고 있는 중에 자코메티적 변모를 이루어 6행이 되었
다. 만세! 만세! 나는 언어에 밀착했다. 언어와 나 사이에
는 한 치의 틈서리가 없다. "폐허에 폐허에 눈이 내릴까"
로 충분히 "폐허에 눈이 내린다"는 숙망(宿望)을 달했다.
낡은 형의 시다. 그러나 낡은 것이라도 좋다. 혼용되어도
좋다는 용기를 얻었다. 완전한 희생. 아니 희생의 한 걸음
앞의 희생. 독자여, 우쭐거려 미안하다. 그러나 내가 의외
로 '낡은 것'만은 확실하다.

— 김수영(1921~1968), 「시작 노트 6」에서

이 노트는 시인 자신이 이젠 형식 문제에서 완전히 자유롭다는 선언으로 들린다. "나는 언어에 밀착했다. 언어와 나 사이에는 한 치의 틈"도 없다는 말도 거리낌 없이 한다. 형식의 낡음과 새로움을 넘어 "완전한 희생"을 할 수 있는 용기를 시인은 얻었다. 이 모두 "폐허에 눈이 내린다"는 구절을 얻음으로써 가능해진 일이다.

폐허에 (그리고) 폐허에 (무심히, 개의치 않고, 처참해 보이지만 그래도 상관없이, 인간의 일들에 조금도 섞이지 않고, 자연의 일을 수행하며, 인간사를 또 하나의 전경(前景)으로 만들며, 폐허 한복판, 알몸으로 털퍼덕 주저앉아 더러운 걸 입에 넣고 있는 어린 것의 초롱초롱한 눈동자 안으로) 눈이 내린다.

모든 행간을 수용하는 한 개의 시구(詩句). 무언가 꼭 들어가야만 할 것 같은, 그런 모든 걸 모조리 지워도, '희생의 한 걸음 앞의 희생'을 감행하여서 그 한 구절만 있으면, 행과 행 사이, 음절과 음절 사이의 침묵에서, 그 빈 자리에서 그것(이름 붙일 수 없는 그것)이 저절로 살아나기 때문이다.

벼랑 끝에 선 이가 부르는 "설움이 뼈가 된 노래"(「꽃 하나 피운다」) 사이로 "반짝반짝 살아 있다는 듯"(「눈 위에 눈」) 눈 한 송이, 무심히 떠돌고 있다.

_ 〈시의시간들〉(2025년 가을호)

# 열여섯 개의 목소리

권성훈, 권오영, 권현지, 김병호, 김태경, 문성해, 박헌규, 배경희,
유종인, 윤의섭, 이미영, 전영관, 정세훈, 조길성, 조원효, 최지인의 시

## 멜랑콜리 맨

"한때 누군가를 목숨처럼 매달고"(「복제 골목」), "수명이
다한 꽃들"(「네온사인 꽃」), "썰물이 지나간 자리"(「행복한
밥상」) 같은 구절에서 짐작되듯, 권성훈의 시들은 무언가 끝
난 뒤의 시점에서 시작된다. 아침이나 새벽 풍경은 없고, "색
색의 꽃을 끓이는 번화가 밤"(「네온사인 꽃」)이거나 "적나라
한 오후"(「행복한 밥상」)에 시간이 놓여 있다. 시에 등장하는
사건들뿐만 아니라 사물이나 사람들 역시 부패했거나 퇴색되
고 박제되어 있다. "부풀어 오른 독성의 시간"(「네온사인 꽃」)
이다. 현재가 그러하므로, 미래를 구성할 수 없다. 뼛속에 기
록된 과거의 기억만을 양식으로 삼아 살아갈 뿐이다. 「네온사

인 꽃」에서는 "수명이 다한 꽃들이 … 나비같이 퍼덕이다가 내려온다."「행복한 밥상」에서는 "서로의 육탈에 기대어 달그락거리며 왔던 길을 향해 간다."「복제 골목」에서는 "하얗게 박제된 당신의 족적을 빠져나"가고 있다.

이미 죽은 삶이다. 이건 오로지 '당신'의 부재 때문에 생겨났다. "오랜 동안 당신을 나로 입력하던 날"(「복제 골목」)은 이젠 없고, "어두운 당신을 가질 수 있"(「네온사인 꽃」)었던 것도 이미 지난 계절이 되어 있으며, 당신과 나누었던 행복한 밥상도 이젠 "반쪽 얼굴도 잊고 눈알도 빼 먹은 채"(「행복한 밥상」) 물린 지 오래다. 그이를 찾아 헤매지만, 흔적조차 찾을 수 없다. 생사확인조차 할 수 없는 지경에까지 왔다. '끝'은 과거의 일이었지만 끝나지 않았다. 끝은 이미 오늘로 연장되어 있고, 내일도 여전히 늘어져 있는 끝을 확인하게 될 것이다. 끝은 과연 끝날는지. 권성훈의 시는 온몸, 온정신을 그이에게 바치고는 매듭 한 가닥도 짓지 못한, 바보 같은, 한심하고 지독한, 산채로 풍화되어 가는, 어리석은 육신의, 찬란한 사랑 노래다.

### 드림캐처

권오영의 시는 꿈 같다. 호주의 대형 산불 뉴스, 〈곡성〉 또는 〈월요일이 사라졌다〉 같은 영화를 잠자기 전에 본 듯하다. 대체로 그 풍경은 어둡고, 향냄새나 탄내가 난다. 네 편의 시들에는 불안과 공포와 위험과 거짓과 강요와 폭력의 정황이 가득하다. 그렇지만 그 꿈이 마냥 악몽인 것만은 아니다. 잠을 간섭하는 쓸데없는 꿈을 나무라고, 겨울 강을 건너는 나비의 고단함을 걱정하며, 타일 바닥에 떨어진 아기를 걱정하기도 한다(「꿈의 꿈」). 나아가 진실과 거짓, 확실과 불확실이 분별없이 섞여 있음을 직시하고, "진실을 지켜보는 동안 새날이 온다"는 믿음을 지녀보려고 애쓴다(「월요일이 사라졌다」). 세상이라는 현실은 깊이를 강요하고 얼굴에 상처를 내지만, "순전히 내부의 방식으로 꽃밭을 키워낼 거"라는 다짐과, "우물은 혼자 깊어지는 법이"라는 깨달음을 침묵하게 할 수는 없다(「월요일이 사라졌다」). 이렇듯 권오영의 '꿈'은 부정적 현실을 직시하고, '새날'에 관한 믿음을 드러내고, 삶의 깨달음과 다짐을 엮는 장치로 기능한다. 시인에게 '꿈'은 하나의 무대다.

「기상도」에선 "거리가 하나의 극장"(「기상도」)이다. 모래폭풍과 미세먼지와 폭발음과 비명소리와 겨울비가 난무하는 1월, 대형화면에서 '오늘의 지구'가 상영되고 있다. 지구의 먼지와 소란을 막아줄 모자와 이어폰과 마스크와 우산은 '나'를 지켜줄 소품들이다. 토끼 모자를 쓴 여학생은 마냥 명랑하고, 이어폰을 꽂은 아이는 마네킹 같다. 저마다 마스크를 하고 유령처럼 비껴가고, 이리저리 뛰어다니는 우산들이 어떤 얼굴을 하고 있는지 모른다. '악몽' 같은 현실을 열심히 피하다가 간신히 잠들면, 다행스럽게 '좋은 꿈'을 만날 수 있을까? 꿈의 시공을 함부로 침범하고 간섭하는 현실을 우리는 제압할 수 있을까? '악몽'에서 벗어날 수 있나. 꿈을 잠식하는 습관이 든 현실을 수리할 수 있나? "늙은 귀에서 마법의 비둘기들이 쏟아져"(「월요일이 사라졌다」) 나오듯 문득 현실이 마법처럼 순해질 수 있을까? 계속 꿈꿀 수 있을까?

## 더 복서

권현지의 시는 드라마틱하다. 네 편의 시 모두 도입과 전개가 있고, 폭발 또는 절정을 보여준 다음, 다시 처음으로 돌아간다. 「시소」를 제외한 세 편의 시들은 흰 종이 위의 영문 필기체(「언박싱」), 파이 위의 글씨와 공작새 부리 안의 문장(「불꽃놀이」), 천장까지 쌓인 책(「빛나는 이파리」)처럼 문자와 문장과 텍스트에서 드라마를 시작한다. 시에 진입하는 열쇠인 상형문자들이다.

「언박싱」은 깊이 감춰 두었던 유년시절을 꺼내는 시다. 버스를 탔던 기억, 베란다 정원, 애완동물로 키운 이구아나 '둘리'. 반전이 일어난다. 스튜디오, 아나운서, 초대석, 행위예술가들, 피가 흐르는 끔찍한 발. 절뚝거리며 돌아와 화초에 물을 준다, "목이 마를 거야 … 죽어갈 수도 있잖아" 하면서. 시인이자 둘째 딸이며 둘리의 언니로서 '나'는 변주나 복선으로 자신을 완성하지는 않겠다고 다짐한다.

「불꽃놀이」에는 심야의 호수공원을 무대로 초현실의 풍경들이 난무한다. '불꽃놀이'이자 '도깨비 시장'이다. 축제 같다. 파이, 포도, 햄버거, 스테이크 등 시에는 먹을거리들이 가득하고, 사람들은 '먹는다'. 모두 욕망대로 마음껏 발산한다. 소소한 희열과 가벼운 흥분이 감지되는 시다.

「빛나는 이파리」는 시 쓰는 일의 어려움이라든가 고독함, 과도한 자의식 같은 내면의 풍경들이 할머니와 함께 했던 시간과 어우러져 표현된다. "투명과 투명 사이/ 문을 박차고 나간다/ 세계의 망치를 들고/ 화분을 차례로 깬다/ 빛나는 이파리/ 반들반들 윤이 나는 것들을 밟고,/ 간다/ 이 세계엔 규칙이 없다"(「빛나는 이파리」). 시인의 표현처럼 시를 쓴다는 건 그렇게 무언가 깨나가는 걸지도 모른다. 얼굴에 멍이 가득하고 숨이 끊어질 듯해도 주먹을 앞으로 내미는 복서처럼 말이다.

## 숨은 사람

김병호의 시에 나타나는 사물이나 사람들은 대체로 젖어 있다. '당신'이나 구름, 눈과 비, 빨래들, 수도원 담장이라든가 물가에 서성대는 고모의 모습이 그러하다. 날씨와 계절에 민감한데, 겨울 하늘의 구름은 "차가운 지느러미를 달고"(「어제는 겨울」) 흐르며, 가을에는 "초록을 꺼뜨린 나무들이 밑줄로 서"(「나만 듣는 말」) 있다. 창밖에 눈이 펄펄 내리자 "처음으로 돌아갈 수 없는 슬픔처럼/ 허기가"(「아무도 모른다고 하였다」) 진다. 편편이 마음을 아리게 하는 구석이 있다. 떠돌고 떠나고, 만났다가는 금세 헤어진다. 시에는 자주 구름, 바람, 허공, 허기가 나타나는데, 무언가를 찾아 흔적을 더듬다가 마음 내키지 않으면 거기다 두고 온다. 무수한 떠남엔 다 사연이 있어 보이나 무슨 일이 있었는지는 밝히지 않는다. 사건의 파장과 영향이 '나'에게 남아 있어 '나'는 그 울림 또는 메아리에 깃들어 살고 있다. 몹시 쓸쓸하나 더 깊게 파고들지는 않는다. 애이불상(哀而不傷), 슬퍼하되 슬픔이 지나쳐 상처가 되게는 하지 않는다. 무겁지 않고 깊지 않도록 '우울'을 잘 길들여 몸에 지니고 다니는 듯하다.

한편, 직설과 하대가 아닌 에두르는 높임말은 아픔과 고독과 그리움을 담담히 듣게 하는 효과가 있다. "거기 누구 없어요?"(「아무도 모른다고 하였다」) 하고 부르는 건, 최초의 사건이 자신 안에서 더 멀어지지 않도록, 없어지지 않도록 하려는 의도에서다. 그렇게 "두고 온 것이 많은 어제"는 "또박또박 건너오지 못한 어제"였거니와, 오래도록 앓아 "나는 다만 어제"(「몽타주」)가 되어 있음도 아프게 고백하는 것이다. "우리 소관 밖의 일들"이나 "구름의 의중을 묻는 일", "당신의 안부를 대신 슬퍼할 일"과 "무엇이 되는 일"(「나만 묻는 말」)들 따위는 이젠 온전히 자신의 일이다. 내다버려도 누구도 뭐라 할 수 없는 일. 김병호의 시는 '잃음'과 '잊음' 사이에서 서성인다.

## 세탁기 돌리기

김태경의 시는 투명하고 담백하다. 기교가 많지 않다. 살림살이가 비록 피로를 부르지만 늘 새로운 의지로 다시 삶의 현장으로 나가는 모습이 선명하게 그려진다. 일상에서 느끼는 복잡한 심정을, 되도록 간결하고 정돈된 단어와 구절로 엮는다. '생각나는 것 전부를 쓰지는 않겠다'는 내면의 원칙이 있어 보인다. 김태경의 시는 3·4조의 정형률을 따르는 시조(時調)이기도 하다. 기본 자수가 정해지는 제약에도 불구하고, 위태롭고 불안한 생활인의 내면을 잘 표현하고 있다.

「꿈을 꾼다」는 직장 일을 마치고 돌아온 회사원의 노곤한 하루를 세탁에 빗대어 표현한 시다. "헌 옷 같은 표정"에 "팽창했던 그의 얼굴", "덜 덜 덜 흔들렸던 하루"를 빈방 구석에 부려놓는다. 오늘과 내일과 불안을 한데 넣어 깨끗이 빨아 표백하고 싶고, '쌓인 빛'과 '너덜대는 미래'를 유연제로 풀어서 가지런히 펴고 싶다. 「보이지 않는 영토」는 수평을 이루지 못한 채 기울고 모서리 진 아픈 기억들, 네모, 세모 각지게 살다 여기저기 깨진 삶이 동그라미를 닮았으면 하는 마음을 드러낸 시다. 귀퉁이에 웅크린 자신의 모습을 발견하며 다시 조율하여 균형을 찾기를 바라고 있다.

「고무찰흙의 시간」은 나와 너 스스로 찰흙 빚듯 내 자신의 질감과 모양과 시간을 만들 수 있다고 말한다. 지금은 시간의 힘에 '주저앉아버린 앉은뱅이'가 되어 있지만 곧 자신을 사랑하게 될 거라고 확신한다. 「b(플랫)」는 반음 내림표 b의 모양에서 빗방울을 연상한 시다. 잎사귀의 잘린 반쪽도 b을 닮았다. b은 단조(短調), 즉 어둡고 슬픈 마이너 음계. 일이 힘들어 "뻣뻣해진 양어깨가/ 반음만큼 낮아"지기도 한다.

## 천국과 지옥의 식사

"숟갈을 입에 넣을 때마다/ 나는 왜 찌르르 화살이 꽂히는 것 같을까." 문성해의 시 「화살」은 이렇게 시작한다. 숟가락이라는 '둥근 화살'에 얼굴이 단련되는 것, 밖에서 쉼 없이 안으로 침범하는 것. 문성해는 그것을 '식사'라고 명명한다. 마지막 연도 충격을 준다. "내 얼굴에서 입이라는/ 과녁이 사라지면/ 마침내 숟가락은/ 안식의 붉은 녹을 얻겠지".

식재료를 먹기 좋게 다듬고 조리해서, 시각적으로도 보기 좋게 담고, 나름의 관습과 예절에 따라 음식을 먹고 나누는 행위 일체를 '음식 문화'라 한다. 문성해의 '식사'는 '문화적 행위'와는 다르다. 생물학적 연속성을 유지하는 영양소 섭취과정이라고 볼 수도 있지만, 그조차 낭만적인 해석일 수 있다. 문성해의 '식사'는 문화 행위라기보다는 경제적 재생산 과정에 가깝다. 이 식사에는 격렬한 내부 드라마가 있다. '숟가락이라는 이름의 화살이, 입이라는 과녁을 향해 쳐들어오는' 장면 저 깊이에는 만성적 궁핍과 무한 반복되는 수치와 모멸, 인간과 비인간의 경계소멸 등의 지옥도가 잠복해 있다.

시인은 차라리 "살 속에 붉고 선득한 고래고기 한두 점을 섞은 채"(「울산사람」) 살아가는 '울산 사람들'이 되길 소망한다. 민중의 야생적 삶이야말로 일체의 꾸밈없는 자유의 삶, 활기로 가득한 사람다운 삶이니 말이다. 모래로 범벅이 된 미꾸라지를 한입에 삼키는 두루미에서 시인은 이와 흡사한 야생미를 발견한다. 감격하고 슬퍼한다(「사유지」). 산양처럼 거친 사내애들을 둘씩이나 낳아 기르는 당당한 친구의 모습에서 '어머니-대지' 같은 거대한 생명력(「산양을 찾아서」)을 느낀다. 이들과 한데 어우러져 살아갈 때, 시인의 식사는 천국의 것으로 바뀌리라.

## 생사장(生死場)

박헌규 시 가운데 「지휘봉」을 제외한 「죽은 카나리아 들고」, 「[틀]을 바라보는 기관뿐인 人間의 모노드라마」, 「머나

먼 접시」까지 3편의 시에는 평면도형과 입체도형, 캘리그래피(calligraphy), 다이어그램(diagram)이 들어 있다. 이 작품 속 캘리그래피는 문자를 축소, 확대, 비틀기 등으로 변형하거나, 특정 단락이나 문장을 역삼각형이나 가운데가 비어 있는 정사각형 모양으로 시각화한 것이다. 「머나먼 접시」에서 다이어그램은 접시 모양의 타원형 도형이기도 하다. 작품 안에 시각 요소가 적극적으로 사용되는 까닭은 정신계의 무의식적 층위에서 일어나는 무수한 교차와 다양한 전위(轉位), 순간적 수렴과 지속적 발산과 같은 입체 운동을 평면 텍스트로 표현하기에는 충분하지 못하다고 판단했기 때문일 것이다.

예의 텍스트를 읽는 과정에서 일어나는 의미화 역시 금기나 검열과 같은 억압 요소를 과감히 표출하는 방향으로 구성되어 있다. 「죽은 카나리아 들고」에서 시적 화자는 죽은 카나리아를 들고 소각장으로 간다. 잉꼬, 토끼, 햄스터 상자에 든 기니피그, 좁아지고 냄새나는 '나', 좁아진 하느님이 소각장으로 향한다. 텍스트의 오른편에 4층짜리 사각 도형이 그려져 있는데, 소각장이자 납골당으로 짐작된다. 제일 위층에서도 '소각장이, 납골당이 어디냐'고 묻는 목소리가 끊임없이 들린다. 소각되어 하얀 뼈로 추려지더라도 목소리만은 환청으로 살아 계속 길을 물을 것이다.

「[틀]을 바라보는 기관뿐인 人間의 모노드라마」에서는 하늘을 갉아먹는 '수은빛공기벌레'가 작품의 중심 역할을 맡는데, 문자를 남용하거나 오독하는 인간의 변형으로 여겨진다. '하느님'의 일관된 주관 아래 사각의 캘리그래피로 된 '무덤자

궁/자궁무덤' 내부를 떠다니는 이 벌레는 태어남(生)과 죽음(死)을 한 몸으로 하여 삶과 죽음/주검을 맘껏 희롱하는 존재로 그려진다.

「머나먼 접시」는 시-텍스트와 인간-신체를 동일시하면서 신체의 각 부분을 한곳으로 모아놓는다. 모양은 자웅동체 즉 '안드로자인(Androsine)'이고, 모인 곳은 접시 모양의 다이어그램이다. 하나에는 "씹다 만 미래가 썰다 만 옛날을 먹어치우는 교양─그게 머나먼 미래야?"라고 적혀 있고, 또 하나에는 "씹다 만 옛날이 썰다 만 미랠 찍어 삼키는 교양─그게 머나먼 옛날이야?"라고 적혀 있다. 마지막 다이어그램에는 reserved for co-suicide(동반자살을 예약함)라고 적혀 있다. 하지만 죽음은 혼자만의 것이라 예약은 곧 취소되고 환불조치될 것으로 보인다.

시 「지휘봉」에서의 '뭇 개체'는 군사조직과 학교, 체제, 기관, 각종 틀, 언어, 병원 같은 것에 압착되어 있다. 지휘봉에 휘둘려 삶과 죽음 모두 부정되고 뒤집혀 있다. '나'는 어떻게 되어 있나? 시들을 읽으며 떠오르는, 무거운 질문이다.

**감자 혁명의 날**

배경희의 「녹색 감자」는 "의심과 거짓말을 일삼"아 "검은 죄를 생산하"는 TV와 신문을 풍자하는 시다. 그냥 흰색이기 때문이라는 "이유 없는 이유"로 낙인찍어 죄를 만들고 칼날을 휘두르는 황색언론을 비판하며 마지막 연에서 "때때로/ 칼날 꽉 문/ 단단한 무릎" 기억하는지 묻는다. 이제 "햇빛 든 녹색

감자의 혁명"을 두려워하게 될 거라고 경고한다.

시 「이어가기」에는 "유리 속 사체", "부패한 부드러운 살", "식탁 위 해골"이 등장한다. 살아 있는 유기체는 부패하고, 주검은 화려하다. '부패해 가는 추한 生'을 고정하여 '생생한 죽음'으로, '아름다운 주검'으로 부활시키는 것이다. 삶을 "썩은 몸에서 쏟아지는 구더기들"이라고 부정적으로 정의하는 한편, "죽음이 살아 있다"며 죽음에 삶과 아름다움을 부여한다. 생과 사의 아이러니를 말하는, 이 시의 부제는 '데미안 허스트'다. 죽은 유기체에 투명 실리콘을 부어 굳혀서 '生의 표정'을 연출하는 것으로 이름을 얻은 미술가다.

「햄릿증후군」은 과일가게에서 어떤 자두를 골라야 할까를 고민하는 장면에서 시작된다. 어느 것이 달콤할까? 고를 수 없다. "두 갈래 길에서도 어디로 갈지 모르듯" 말이다. 어느덧 '살아온 시간들'도 그렇다고 생각한다. 선택은 '바람의 긁힘' 같은 사소한 차이에 따른다. 화려한 삶의 길을 욕망하지만, 우연적인 사건이 선택의 순간에 개입하는 일을 누구도 막을 수 없고, 자유로울 수 없다. 햄릿증후군과 같은 선택 장애에 시달릴 수밖에 없지만, 그래도 자신의 인생을 무책임하게 방치할 수는 없는 노릇이리라.

「20세기 동물농장」에 사는 201호에서 204호까지의 이웃주민들은 소심하고 겁이 많아 서로 깊이 관심 두려 하지 않지만, 서로 비슷한 서민성을 지니고 있다. 비록 소시민적이지만 순박하고 정겹다. 염소 부부, 얼룩말 노총각, 뚱뚱한 여우 여사, 중년 아저씨 늑대와 같은 캐릭터 덕분이다.

배경희의 시에는 자신과 타인들이 식물(채소, 과일 등)과 동물(염소, 얼룩말 등)로 자주 변신한다. 현실의 냉엄함을 견디는 한 방편으로 우화적 요소를 도입하는 것이다. 그렇게 하면 세상은 한결 감당할 만하고 조금은 안심할 수 있는 대상으로 축소시킬 수 있는 장점이 확실히 있다.

## 봉투의 입담

유종인의 시들은 화려하다. 하려는 말을 이해하는 데 까다로움이 없다. 「불멸의 시집」은 시로써 얻고 싶은 성취, 시인으로서 자신의 미래에 관한 소망을 피력한다. 「먼동」은 아직 어둠이 가시지 않는 새벽에 일어나 만물이 깨어나는 장면이 주는 에로틱함에서, 「봉투의 내력」은 편지봉투 같은 걸 보면 봉투 안에 입바람을 넣는 버릇에서 착안되었다. 봉투에 지폐 대신에 넣을 수 있는 건 무얼까? 그런 궁리의 산물을 소개한다. 「푸른 모과」 역시 이해하기 어렵지 않다. 8월의 모과에서 전생을 떠올린 듯, 시적 화자는 옛사람으로 변신하여 나귀를 탄다. 옛 시절로의 상상 여행이다.

이처럼 시의 속내는 간결하고 명료하지만, 시의 옷은 매우 화려한 장식을 갖추었다. 「불멸의 시집」에서 자신의 시가 "비주류의 끝 모를 권속"이며, "거의 읽히지 않는 즐거움"이라고 자조한다. 하지만 그럴수록 더욱 "내 시집의 … 두꺼운 표지는/ 테러리스트의 총탄을 … 막아낸 방탄복"이기를 바라고, "나의 시집은 … 장례식을 마친 유족의" 목베개로 부풀어 올랐으면 하고, '나의 시집'을 "아무 쪽이나 펼치면 그대는 그날의 운세"를 보게 되길 바란다. 나아가 '나의 시집'이 "인간의 선악으로만 갈릴 수 없는 내통"이 되거나 "소름 돋는 사랑의 조견표", "무한의 경이 서린 눈매", "광야의 바람이 다다른 느릅나무 밑의 앉을깨"가 되길 바란다. '나의 시집'에 베푸는, 헌정의 뜻이 담긴 화려한 꽃무늬다. '먼동'을 두고 "아무리 온 맘을 다해 눈을 질끈 감아도/ 소용없이 밝히어 오는 사랑"(「먼동」)이라 칭하거나, "등나무 그늘과 소나무 섬잣나무 그늘도 한 종족인 팔월"(「푸른 모과」)로 그려내는 시인의 솜씨가 탐스럽다.

봉투에 관한 명상이라고 할 「봉투의 내력」은 별도로 흥미진진하다. 빈 봉투 속이 문득 "낮별들도 가만 다가와 뭐가 있나 눈을 들이미는 동굴"로 여겨진다. 명상의 시작이다. "붉은 낙엽 한 장" 넣어 금일봉이라 하고, "갈잎에 떨어진 가을 무당거미"는 배당금이라면, "절간의 풍경소리 반 줄"을 가만히 봉투에 넣을 수도 있겠다 하며 점입가경, 봉투에 담길 뭇 풍경들을 휘몰이조로 열거하다가 "후우— 마지막 한숨이 황금을 낳게" 하였으면 하고 '봉투의 입담'을 마친다. 물, 공기, 풍경, 사람까지도 '화폐'와 교환이 가능한 이 시절에 '봉투'를 매개로 '시' 한 편과 '지폐' 한 장을 자리바꿈하는, 이토록 거침없는 상상은 특별한 해석의 욕구를 부추기는 데 부족함 없어 보인다.

### 모래 한 알의 무게

모래 한 알도 분명히 무게가 있다. 바로 여기 있다. '모래 한 알'은 그저 공간을 점유한 물체가 아니라, 시공에 벌어진 어떤 충돌이자 생과 사의 마주침이며, 각성의 순간인 존재론적 사건이다. 윤의섭의 시 「불사」는 그렇게 읽힌다. 한자가 병기되지 않은 제목이나, 부처의 집인 '불사(佛寺)'이거나 죽지 않는다는 '불사(不死)'일 수도 있고, 시의 중심은 모래가 아니라는 '불사(不沙)'일 수도 있겠다. 그도 아니면, 시에서 표현하고 싶은 것은 말 이상의 것, 말을 넘어선 것, 말로 다할 수 없는 깨달음이어서 '불사(不詞)'일 수도 있으며, 이런 모든 해석을 모두 사양하겠다는 '불사(不辭)'일 수도 있다.

「이몽」 역시 다른 꿈(異夢)이든 두 개의 꿈(二夢)이든 상관없겠으나 그 꿈은 '상승의 욕구'와 관련 있다. 또한 그 욕구를 근심하는 심리도 있다. "나는 거짓 희망처럼 걷는 중이고 희망을 걷어내는 중이다"와 같은 구절은 '걷는 것은 걷어내는 것'이라는 지침으로 종합될 수 있다. "스스로 알게 된다는 건 저버릴 줄도 안다는 것"이라는 구절 역시 이중으로 구속되는 자아의 무거운 상황을 드러낸다. 언제나 지금을 배반하는 기억들. 어쩌면 기억이란 늘 현재의 필요에 의해 재구성되는 것일 수도 있다.

기억은 언제나 망각의 침해를 받기 마련. "내가 잘못 기억하고 있었다는 걸 알았는데도/ 너는 영화처럼은 바뀌지 않았다"로 시작하는 「클리셰」는 기억의 불충분성, 오류로 가득한 기억, 기억과 긴밀하게 연결되어 있는 정체성, 기억의 핵심에 위치한 부재(不在)와 같은 화두를 던진다. 잘못된 시간에 관한 잘못된 기억조차 '길'이라는 생(生)이어서, 잘못 들어선 곳이다 하고 깨닫는다 해도 그대로 가야만 하는 길일 뿐이다. 윤의섭에게 '시'는 길이라는 생에서 깨닫는 한 줄 아포리즘 같은 것일 수 있다. 천지사방에, 또 내 안에 도저한 허(虛)함, 무의미, 허무, 니힐리즘 같은 허상들과 연일 격투를 벌이는 듯하다.

「친절한 계절」에서 느껴지는 과한 자의식은 검열 기제의 내면화일 수도 있고, 쾌감을 동반한 자학의 습관일 수도 있다. "알 수밖에 없을 지경에 이른 때는 눈에 보이는 모든 것이 물어봐 줄 때"는 "가장 혼자일 때이기도 한데 괜히 모두 친절하게 여겨지는 때이기도" 하다는 마지막 진술이 그러하다. 허나, 다 가정일 수밖에 없다. 지금 보이는 걸 쓰는 것이고, 지금 본 것이 다 본 것일 수도 없으니. 내일이면 보이지 않을 것이고 다른 걸 볼 것이니 말이다.

### 왼손이 말을 건다

이미영은 사람의 목소리에 민감한 귀를 가진 시인이다. 시 「왼손의 유전」에는 여러 개의 목소리가 들린다. '기생수'라고 놀리는 아이들의 목소리가 들린다. 또 그건 '기초생활수급자'를 줄인 말이야 하는 목소리도 있다. "깊이 생각하지 마" 하는 왼손의 목소리, "꼭 그렇게 다 말해야 합니까" 하는 오른손의 소리 없는 목소리와 '그러지 말라'고 충고하는 왼손의 목소리도 들린다. "도대체 행방불명된 시선은 어디에서 찾아야 합니까?" 하고 항변하는 오른손의 목소리를 아무도 받지 않는다. 박수치며 낄낄대는 왼손의 웃음소리. "아버지, 왼손이 이상해요" 하는 아이 목소리와, "나를 닮아서 그렇단다" 하며 잘린 왼손을 불쑥 내미는 아버지 목소리. "기생수다!" 얼떨결에 튀어나온 아이의 목소리. "잘린 플라나리아는 없어진 몸통이 다시 자라낸대요" 하는 왼손의 목소리. 밤마다 왼손이 하는 말에 귀 기울이는 아버지와 아이의 말없는 목소리. 카프카 같고, 「난장이가 쏘아올린 작은 공」 같다.

「암스테르담」의 1~5연은 한 사람의 목소리로 전개되지 않는 것 같다. 모든 연이 누군가에게 들려주는 이야기나 독백, 진술로 되어 있는데 듣는 사람과 말하는 사람이 다 달라 보인다. 하지만 무엇보다 시인의 목소리를 우리 독자들이 듣는 점은 분명하다. 안네의 일기, 학살, 성에 이제 막 눈뜬 사춘기 소녀들. 어두운 옥탑방이나 숨어든 옷장 안에서, 다락에서, 뒷방에서 아주 작은 소리로 키득대는 목소리에 귀 기울인다.

"여기가 어딥니까?" 또는 "우린 지금 어느 사거리를 뺑뺑, 돌고 있는 겁니까?"(「뺑뺑, 사거리」)와 같은 목소리에 누가 답을 들려줄 수 있을까? "심하게 구겨진 금요일이면/ 넌지시 은밀한 코너링을 부탁하고 싶어진다"는 승객은 어느 정류장에서 버스를 탄 것일까? 분명히 구석과 창가를 좋아하는 다른 승객들에게서 동류의식을 지니는 화자(話者)는 아마 창에 부딪혀 깨진 빗방울의 궤적을 무심코 손가락으로 더듬고 있을지도 모른다. 그 얼굴에서 '나'를 발견할 수 있는가? 그 얼굴에서부터 흘러나와 발바닥을 흥건히 적시고 있는 목소리를 들을 수 있는가? 한두 개 단어로 주제를 말할 수도 있을 이 4편의 시들은, 또 그렇게 단정 짓고 싶지 않은 시들이기도 하다. 다시 얼굴을 더듬고 목소리를 다시 듣고 싶기 때문이다. 울림이 애잔하다.

## 바람이 분다, 살아봐야겠다

전영관 시인은 지하주차장에서 올라오는 냄새로 청소하는 분들의 사연을 읽는다. "코로 노동을 읽는다"(「용역」). "아무도 찾지 않는 계단 밑"은 그녀들의 "식당이고/ 쪽잠을 나누는 평상이고 친정이다". 그녀들은 "눅눅한 잔재들을" 치워주는 사제들이니 신께서 이들을 각별히 보살필 것이다. 살림 걱정으로 가득한 이들의 머리 위에, 연일 짐 지느라 고단한 이들의 등에, 무겁게 또 다시 한발 내딛는 이들의 다리에 "환기구에서 신이 고용한 햇살이 쏟아진다." 무한한 연민과 무언의 격려가 깃든 시인의 시선은 섬세하고 따뜻하다.

시 「목련 때문에」에서 시인은 순백의 목련을 바라보면서 유서와 염려, 일을 마친 수컷과 요절, 위험과 '거짓말 같은 시'를 읽어낸다. 생이 불현듯 가져오는 희열의 순간은, 눈에 스치는 뭇 대상들에 관한 무심한 관조에서만 얻어지는 것. 그 자체 구도(求道)와 다름없는 이 시는 특별한 미감을 선사한다. 아름다움 곁에서 시인은 가만히 에로틱한 동행을 하고 있다.

시 「춘수(春瘦)」에는 겨우살이를 마치고 난 사내 하나가 고적하게 승강장에 서 있다. 사내의 얼굴은 여위었다. 그 얼굴 위로 하염없이 봄볕이 내린다. 상스럽고 캄캄한 나날을 회상하고 체념하지만 사내는 다시 이 환승역에서 열차를 기다린다. 바람이 분다. 올이 풀린 코트자락 가장자리만 펄럭인다.

용돈으로 드린 백만 원을 통장에 고스란히 남기고 아버지는 먼 길을 가셨다. 시 「휴가비」 1~3연은 아버지의 유품을 정리하다 발견한 통장을 보고 울었다는 사연을 들려준다. 화자(話者)의 아들이 화자에게 백만 원 조금 안 되는 휴가비를 준다. 눈물 쏟을 일은 없어야겠다 싶어 화자는 남김없이 돈을 다 쓸 생각이다. 아버지와 아들이 만나는 일이란 "몇 안 되는 부의금 봉투를 헤아리며/ 아비의 외로움과 막막함을 짚어보는 것"이다. 이 시는 고인의 일생과, 죽음 이후 밀어닥칠 슬픔, 오늘의 '나'를 미리 찬찬히 짚어보게 한다. 마음 먹먹하다.

## 십자가 질 사람

정세훈 시인에게 '시'는 삶과 동의어인 듯하다. 아니 어쩌면 삶이 시보다 더 우위에 있거나 앞선 것으로 보이기도 한다. 「동면」에서 시인은 겨울비 내리는 전철역에서 갈 곳 없는 노숙자의 잠자리를 살피고, 정해진 궤도를 따라 오래 달려온 전동차에서 '우리들의 겨울날'을 본다. '승산 없는 생의 승부'는 어찌 결정 날 것인지 알 수 없다. "생이 무언지 제대로 젖어보지 못한" 채 "포기하지 말아야 할 것을 어쩔 수 없이 포기"하는 일이 반복되기도 한다. 다시 우리는 '동면'에 들어갈 수밖에 없다.

「그 해 첫눈」에서는, 생애 처음으로 집을 장만한 기쁨과 설렘이 표현된다. 마침 첫눈이 펑펑 내리던 날이었다. "어느 해 맑은 이른 봄날/ 햇빛이/ 너무 밝고 따스하여" 문간 셋방살이에 속절없이 울었던 날들이 묻히고 있다.

오랜만에 지리산에 오르며 군데군데 패인 웅덩이를 본다.

"고여 흐르지 못하는 물"(「지리산」)이 많았다. 부르튼 발을 웅덩이에 담그자 "물꼬 트라! 물꼬 트라!" 환청같이 난데없는 목소리들이 엉겨 붙는다. "속세의 막힌 슬픔"이 여기까지 따라온 듯하다. 몸과 마음은 오랜만의 등산에서도 쉬질 못하고 있다. 고단하고 냉혹한 현실의 삶이 "발목을 한사코 부여잡"는 것이다.

부활절이다. 어느 광장에서 모형 십자가를 지는 체험을 하고 있다. "누가 지고 갈 것인가/ 적격자를 찾고 있다". 으레 벌어지는 기념행사이지만, 시인의 눈에는 예사롭게 보이질 않는다. "인류의 구원을 위해" 십자가를 질 적격자는 누구인가? 시인은 저마다 "자신은 적격자가 아니라 한다"고 빼는 사람들을 본다. 힘이 없어서, 나이가 많아서, 지병이 있다며 다들 십자가를 외면한다. 누가 저 십자가를 지고 갈 것인가? 예수는 과연 부활할 것인가? 시인의 물음은 타인들에게, 그리고 자신에게 향하고 있다.

## 방 안에 우물이 있어

"방 안에 우물이 있는데/ 일 년 사시사철 수온에 변함이 없다".(「우물」) 물맛도 좋고, 여름엔 시원하고 겨울엔 따뜻하다. 마르지도 넘치지도 않는 우물인데, 가끔 잠 못 드는 새벽이면 우물에 뜬 달빛에서 어떤 말씀이 터져 나온다. 조길성 시인이 말하는 '우물'은 무엇일까? 스무고개 놀이 같은 수수께끼다. 시 「문득」에서는 산소호흡기를 단 금붕어가 "연민을 모르는 고기는 좋은 고기가 아니야" 하고 말을 한다. 뒷문 밖 쪽방 구석에서, 꽃들이 애를 쓰고 있다. 지혜로운 말을 전하던 금붕어를 놓치자 "폭설을 뚫고 뛰어나온 피투성이가/ 유리창 속에서 떡떡 이빨을 부딪고 있다".

한편, 「눈보라」에서는 '앞 못 보는 사람'에게 보일 '무엇'을 '귀 먹은 사람'에게 물어가며 쓰고 있다. 신생아실에서 "가득 비참한 꽃들은 피어" 난다니, '꽃'은 '특정한 어떤 사람'을 뜻하는 듯하다. 상황이 여러 모습으로 달라지지만, 계속해서 '무언가'를 계속 쓴다. 마치 눈보라는 마구 무엇을 붓으로 쓰는 모습 같기도 하다. 머리카락은 헝클어져 있고, 눈은 광기 어려 있으며, 술은 식었고 찬도 이미 차가워져 있을 듯하다. "곧 흰 종이에서 피비린내"가 날 듯하다. "빨랫줄도 없이 무릎 없는 얼굴들을 널어놓고 지나가는 새벽이다"(「연애불가촉천민」)와 같은 구절도 쉽게 이해할 수 있는 대목이 아니다.

조길성의 시들은 예외 없이 '초현실'의 풍경으로 가득하다. 실제 있을 법한 장면으로 진행하다가 초현실적 사물이나 상황이 '자연스럽게' 밀고 들어온다. 현실 운동이 도무지 예측 불가한 지경에 이르면, 그 현실을 '초현실'로 느낄 수밖에 없으리라. 오래 곱씹을 만한 표현들로 반짝인다. "내가 죽고 내 몸을 구성했던 원자들이 자유로워졌을 때 … 내가 결코 가 볼 수 없었던 온 우주를 널리 다녀보기를 바란다고 이야기한 사람"이라든가, "나쁜 꽃들이 깊은 생각에 골몰하고 있는 밤", "꽃들은 옳았다 너무나 옳아서 숨이 막혔다" 같은 구절이다.

**남자는 언어를 앓았다**

조원효 시의 제목은 「청계천 담화」, 「홍대 여관」, 「안성 광신 로타리」, 「새절역 고시텔」에서 보듯 구체적인 지명들로 되어 있다. 장소(place)란 개인의 구체적 경험이 각인된 주관적 공간이다. 그 장소엔 특별한 기억과 사건 그리고 잊을 수 없는 사람이 있기 마련이다. 지금 그 장소가 사라졌다 해도 이미 나를 구성하고 있는 낙인(stigma)으로 존재한다. 주체에게 장소는 절대이자 필연이다.

하드보일드한 살인극이자 추리극인 「청계천 담화」를 지배하고 있는 감각은 촉각이다. "달팽이가 끈적거리며 허벅지 위를 기어가고 죽은 발목이 잎사귀를 간질이고"라든가, "수조 속의 손가락", "그네가 툭 끊어져 발등을 산산조각 내버릴 때도" 같은 구절이 그 예다. 아버지 또는 어머니에 관한 기억은 어둡고 검은 끈끈한 점액질의 물과 같다. '청계천'은 오래 그런 촉각으로 상기될 것이다.

「홍대 여관」을 관통하는 이미지는 상하 운동이다. 계단과 엘리베이터, 술래잡기, 칸막이, 욕조와 싱크대와 같은 낱말들이 공간적 배경을 구성하고 있다. 좋아했던 또는 사랑했던 사람에 관한 기억인 듯. 지금은 서로 떠나 있으므로 '기억'으로서 존재하는 것일 테다.

「안성 광신 로타리」는 아마도 폭력에 가장 많이 노출되었던 장소일 것이다. '교과서, 책장, 페이지, 멍청한 새끼, 빈 종이, 청 자켓, 담배, 의자'는 학교를 다녀 본 10대의 필수 기억 단어 아닌가. 그때의 정서가 '찐득한' 촉감 속에 표현되고 있다.

「새절역 고시텔」의 인물들은 각기 독립 공간을 점유한다. 삶의 독립성을 유지하면서 서로 경계하거나 관심을 기울인다. 관계 맺음의 코드를 선별하거나 배제하는 작업을 각자의 공간에서 진행하고 있는 것이다. 이 시의 중심인물은 시인 자신이고, 시점은 현재가 아닐까? "다음날부턴가 남자는 언어를 잃었다"는 #3의 구절이 그 증거다. 모든 시들이 장소와 연관된다는 점에서 조원효의 시는 영화적이다. 영화적인 것과 시적인 것의 무수한 교환을 무리 없이 진행하고 있는 시인이다.

## 세계-내-존재

최지인의 시 「문제와 문제의 문제」는 종말론 이야기로 읽힌다. "네가 언제 어디서든 내 생각을 읽을 수 있"는 새로운 세계의 "미래에는 전쟁이 일어"날 거라고 짐작하기 때문이다. 그런 와중에도 너와 나와 그는 "회사에서 밤샘 작업하고/ 책상에 엎드려 쪽잠"을 자고, "굶어죽지 않으려면 일해야" 했다. 종말로 치닫는 세계에 탑승한 이들이 속엣말을 한다. "노래하지 않는다면/ 나는 곧 잊혀지겠지"(4.), "이미 벌어진 일은 되돌릴 수 없다"(7), "모두 한마음으로 힘들어하겠지"(8.), "항상 그래넌/ 그렇게 변명하지"(9.), "계속 나아가지 않으면 고이기 마련이지"(0.). 소외되고 단절되어 있으면서도 디지털 커뮤니케이션의 이면에서 들려오는 속엣말들에 귀 기울인다.

각자 닫힌 마음으로 세상과 사람들, 자신에 관한 단언을 하고, 부정명제를 통해서 삶의 이치를 규정한다. 그것으로 현재의 '나 자신'을 용인하고 있다. 나, 너, 그의 취약함을 부정명제로 은폐한 다음, '세계'가 객관적으로 그렇다고 말한다. 변명 같은 단언이다. 그렇지만 그럼에도 약한 이들은 같은 조건의 세계에 닮은꼴을 하고, 아직은 함께 살아가고 있다. 서로를 알지 못하지만, 굳이 말하지 않아도 충분히 알 것 같은, '세계-내-존재'들이니까.

「제대로 살고 있음」은 더욱 본격적으로 '여러 개의 목소리'를 들려준다. 속말이 아닌 공개적 수다, 말 걸기, 진실한 충고, 정치적 발언, 언성을 높인 말다툼인 목소리다. 목소리가 표면으로, 지상으로, 대기로 상승하는 일이 바로 '제대로 살기'다.

「포스트 포스트 펑크」와 「진북」은 앞의 목소리 시편들과 유(類)를 달리한다. 두 편 모두 자전적 느낌이 난다. 「포스트 포스트 펑크」는 일탈과 질투와 분개의 날들에 힘을 쏟은 만큼 "나이 들게 하는" 거란 걸 마침내 알게 되었다는 시다. 「진북」은 아버지의 아버지 그리고 아버지. 그리고 서른하나가 된 '나'의 전사(前史)가 무심하고 건조한 톤으로 진술된다. 많은 사연들이 진술의 행간에 가득하겠지만 다 묻고 뼈대만 추려서 보인다. 살까지 붙이면 너무 장황할 테고, 구차스러울 테니까. 그건 시인의 스타일이 아닐 테니까.

_『목소리들-16인의 시인들이 함께하는 앤솔로지』(청색종이, 2020) 해설

2부

# 시의 힘

# 세계에서 또다시
# 추방당한다 하더라도

노동시의 과거와 현재

**1**

전태일의 분신은 반세기가 지난 지금도 수많은 이들의 가슴에 살아 있다. 1970년 11월 13일, 자신을 불길에 내맡겨 '어린 생명'을 구하려 했던 전태일의 실천과 사상은 노동자들이 문제해결의 주체로 일어서는 데 결정적인 계기가 되었다. 그는 노동조합운동의 시작을 열었고, 노동문학운동의 개시를 고하였다.

재단사로 일하느라 노동환경 조사를 하느라 지친 와중에도 전태일은 손에서 책을 놓지 않았다. 그는 어린 시절을 회상하는 수기를 비롯해 소설 세 편의 초안, 일기, 진정서, 설문지, 업체 설립 계획서 등 다양한 형식의 글을 썼다.[36] 일기에는 김소월의 시를 자주 옮겨 적었다. 어느날의 일기에는 가곡「그 집 앞」의 가사 밑에 "내 영혼의 촛불 뒤로 샛별아 숨어라"라고 자기 문장을 적어놓기도 했다. 1970년 4월의「소설 초안 3」과 같은 해 8월 9일 일기에는 유서로 여겨지는 대목이 있다.

> 사랑하는 친우(親友)여, 받아 읽어 주게.
>
> 친우여, 나를 아는 모든 나여.
>
> 나를 모르는 모든 나여.
>
> 부탁이 있네. 나를, 지금 이 순간의 나를 영원히 잊지 말아 주게.
>
> 그리고 바라네. 그대들 소중한 추억의 서재에 간직하여 주게.
>
> 뇌성 번개가 이 작은 육신을 태우고 꺾어버린다 해도, 하늘이 나에게만 꺼져 내려온다 해도, 그대 소중한 추억에 간직된 나는 조금도 두렵지 않을 걸세. 그리고 만약 또 두려움이 남는다면 나는 나를 영원히 버릴 걸세. 그대들이 아는, 그대 영역의 일부인 나. 그대들의 앉은 좌석에 보이지 않게 참석했네. 미안하네. 용서하게.
>
> 테이블 중간에 나의 좌석을 마련하여 주게. 원섭이와 재철이 중간이면 더욱 좋겠네.

36  전태일기념사업회가 전태일의 글을 모아 엮은『내 죽음을 헛되이 말라』(돌베개, 1988)에서 볼 수 있다.

좌석을 마련했으면 내 말을 들어 주게. 그대들이 아는 그대들의 전체의 일부인 나. 힘에 겨워 힘에 겨워 굴리다 다 못 굴린, 그리고 또 굴러야 할 덩이를 나의 나인 그대들에게 맡긴 채 잠시 다니러 간다네. 잠시 쉬러 간다네.

어쩌면 반지의 무게와 총칼의 질타에 구애되지 않을지도 모르는, 않기를 바라는 이 순간 이후의 세계에서 내 생애 다 못 굴린 덩이를, 덩이를, 목적지까지 굴리려 하네. 이 순간 이후에 세계에서 또다시 추방당한다 하더라도

굴리는 데, 굴리는 데, 도울 수만 있다면, 이룰 수만 있다면.

— 소설 초안 3 [37]

이 결단을 두고 얼마나 오랜 시간을 망설이고 괴로워했던가? 지금 이 시각 완전에 가까운 결단을 내렸다.

나는 돌아가야 한다.

꼭 돌아가야 한다.

불쌍한 내 형제의 곁으로, 내 마음의 고향으로. 내 이상(理想)의 전부인 평화시장의 어린 동심 곁으로. 생(生)을 두고 맹세한 내가, 그 많은 시간과 공상 속에서, 내가 돌보지 않으면 아니 될 나약한 생명체들.

나를 버리고, 나를 죽이고 가마. 조금만 참고 견디어라. 너희들의 곁을 떠나지 않기 위하여 나약한 나를 다 바치마. 너희들은 내 마음의 고향이로다… (중략)

37  위의 책 151~152쪽.

…오늘은 토요일. 8월 둘째 토요일. 내 마음에 결단을
내린 이 날 무고한 생명체들이 시들고 있는 이 때에 한방
울의 이슬이 되기 위하여 발버둥치오니, 하느님, 긍휼과
자비를 베풀어 주시옵소서.

— 1970. 8. 9 [38]

두 글에는 은유와 상징이 있고 절박한 마음의 진동이 있으
며 상념들을 한데 모으는 고요한 멈춤이 있다. 응축과 휴지(休
止)의 반복이 아마 그의 말투와 닮았을 리듬을 만든다. 한문장
두문장 나아가며 말에 담긴 정황과 의미를 감싸는 정신의 윤
곽이 생성된다. 이러한 것이 시의 성격이라면, 이 두 글은 분
명히 시적이다.

「소설 초안 3」의 "굴리다 다 못 굴린, 굴려야 할 덩이"는 노
동이 제대로 대접받는 세상에 관한 환유(換喩)일 것이다. 전
태일은 "어린 동심"[39] "나약한 생명체" "나의 나인 그대"를 살
릴 노동, 억눌린 노동을 해방하는 노동, 그것을 "덩이"로 표현
하였다. 그에게 노동은 완전함을 뜻하는 원(圓)과 구(球)의 형
태이다. 그 안은 따뜻하며 우리가 궂음 없이 즐거이 한데 모일
수 있다. 서로 연민하고 우정을 나누며 손잡고 껴안는다. 한
울타리 안의 우리는 지상으로 내려온 하늘의 사람이 된다. 그
의 노동은 성자적 실천에 가깝다. 8월 9일 일기에 드러난 "너

---

38  위의 책 172~173쪽.

39  전태일이 그토록 연민했던 "평화시장의 어린 동심"의 한명이었던 신순애는, 열세살에 평
화시장 '시다'가 되었다. 청계피복노조의 노동교실이 개설한 중등교육과정에서 글을 배웠다.
40여년 뒤, 그는 여성노동자의 자기 역사쓰기를 실천하여 『열세 살 여공의 삶』(한겨레출판,
2014)을 출간했다.

희들의 곁을 떠나지 않기 위하여" "나를 죽이고" 가는 역설적인 결단은 죽음과 삶이 순환한다는 그의 강한 믿음에 따른 것이었다. 그는 노동을 사랑의 운동이라고 믿었다. 그 사랑이 동심원으로 퍼져 세상을 보듬고 아우르게 되면, 자신은 다시 돌아오게 될 거라고, 그는 믿었다.

그의 분신 앞에서 지식인들은 크게 분노했고, 몹시 부끄러워했다. 몸을 일으켜 노동자의 형제로서 싸움에 나섰다. 자본과 국가의 폭력은 연일 노동을 외진 곳에 매장하려 했다. 전쟁과 분단으로 인해 노동·노동자라는 말은 공산주의를 연상시키는 적성(敵性) 언어로 취급되었다. 불가피하게 노동은 민족·민주·민중의 외피를 쓸 수밖에 없었고, 지식인들은 기꺼이 노동을 보호하는 책임을 맡았다. 박정희 유신체제의 폭압에 저항한 문인·언론인·학자·종교인들은 『사상계』 『세대』 『청맥』 『다리』 『씨울의 소리』 등의 정론지와 『창작과비평』 『문학과지성』 같은 문예지를 매개로 필봉을 휘둘렀다. 개발독재 권력의 허위이념과 거짓 선전을 격파하고 몰아내고자 힘썼다. 쓰고 외치고 나아가며 노동을 지키려 애썼다. 신음을 흘리고, 틈나는 대로 고함을 질렀다. "번개가 머리칼을 태우고 천둥이 귀를 찢어도/겁내지 말라 외쳐대는 친구들의/고함소리가 들리고 노랫소리가 들렸다."[40] 노동의 시는 "울안의 타는 마음을 끌어내어"[41] 어두운 세상을 밝히는 힘찬 노래가 되었다.

---

40  신경림, 「산역(山驛)」, 『농무』(창작과비평사, 1975)

41  조태일, 「불타는 마음들」, 『가거도』(창작과비평사, 1983)

# 2

노동자·농민·학생·지식인의 총력을 모은 87년 대투쟁은 뜨거웠다. 1987년 8월 17~18일, 현대그룹노조 5만여명 노동자들이 중장비를 앞세워 민주노조 건설, 임금인상, 근로조건 개선을 요구하며 거리시위에 나섰다. 울산은 노동자의 해방구였다. 87년 노동자 대투쟁의 중심에서 노동자 시인 백무산이 솟아올랐다. 그의 시는 팽팽한 긴장과 단호한 결의로 노동자들을 뜨겁게 달구었다. 힘차게 돌아가는 엔진 소리 같았다. 에둘러 말하지 않았다. 정확한 비유와 예리한 직설로 노동을 표현했다.

> 살 속에 말이 있다
> 살은 스스로 말을 한다
> 어설픈 이성은 그 말을 막는다
>
> 노동의 근육 속에는 말이 있다
> 그것은 살과 살의 대화다
> 뼈와 살의 대화다
> 남의 살과 나의 살의 대화다
>
> ─ 백무산「노동의 근육」에서 [42]

---

42  백무산『만국의 노동자여』(청사, 1988)

이 시는 노동자가 각성된 몸("살""뼈""근육")으로 시야와 언어를 획득하고 세계를 해석하는 과정("살과 살의 대화")을 묘파한다. 이제 노동자는 스스로 일어선다. 노동의 주체적 생성과 기립을 고지(告知)한 그의 시는 노동시의 영역을 극적으로 확장하였다.

많은 지식인은 노동자의 굳건한 동지였다. 〈노동문학〉〈현장문학〉〈노동해방문학〉〈노동자문화통신〉 등과 같이 노동을 다루는 매체를 만들어 노동과 지식이 함께하는 새로운 세계를 구성해 나갔다. 혁명 프로그램을 만들고 새 사회로의 이행을 준비했다. 창비·문지를 비롯하여 〈세계의문학〉〈작가세계〉와 같은 문예지도 노동문학으로 채워졌다. 노동자 시인들도 대거 등장하였다. 새 세상이, 노동의 세상이 곧 열리는 듯했다.

그런데, 그 뜨겁던 노동이 차갑게 식었다. 1989년 베를린 장벽이 무너지고 천안문사태가 일어났다. 1991년 소련이 해체되었다. 지구 북반구가 신자유주의 체제로 바뀌고 있었다. 이 시기에 자본은 물밑에서 반격을 준비했다. 어느샌가 경제위기에 대한 노동자 책임론과 고통 분담론이 성행하기 시작했다. 쟁의를 준비하던 노조는 공권력에 의해 속속 강제진압되었다. 고용 유연화 전략은 노동의 활력에 결정적 타격을 가했다. 국가와 자본의 발 빠른 변신에 속수무책으로 노동은 길을 잃었다.

1990년대가 저물 무렵, 우리 사회엔 국가적인 위기가 몰아닥쳤다. 자본은 막대한 부채와 재정 파탄의 책임을 개인의 노동에 떠넘겼다. 능력주의, 우승열패, 적자생존 따위의 파렴치

한 말들이 나돌았다. 살아남은 노동자들은 다시 살아남기 위하여 무한경쟁의 회오리 속으로 걸어 들어갔다. 오래도록 쌓아왔던 신뢰와 연대, 헌신과 우애가 무너졌다. 노동의 신체와 영혼은 낱낱이 쪼개져 자본에 흡수되었다. 노동의 길을 함께 하는 동지이자 형제였던 지식과 문학도 언제부턴가 잘 보이지 않았다. 노동이란 단어가 사라졌다. 노동은 쟁의에서 생계로 가라앉았다.

> 그해 여름 많은 사람들이 무더기로 없어졌고
> 놀란 자의 침묵 앞에 불쑥불쑥 나타났다
> 망자의 혀가 거리에 흘러넘쳤다
> 택시운전사는 이따금 뒤를 돌아다본다
> 나는 저 운전사를 믿지 못한다, 공포에 질려
> 나는 더듬거린다, 그는 죽은 사람이다
> 그 때문에 얼마나 많은 장례식들이 숨죽여야 했던가
> 그렇다면 그는 누구인가, 내가 가는 곳은 어디인가
> ― 기형도 「입 속의 검은 잎」에서 [43]

시는 1980년 5월 광주, 1987년의 투쟁들, 여러 투쟁의 죽음들, 한 시대의 장례를 치르는 듯하다. 하지만 이 장례는 이상하다. 관에 있어야 할 망자들이 거리를 떠돌고 있다. 삶과 죽음의 경계에서, 유(有)와 무(無)의 경계에서, 밝지도 어둡지도 않은 경계에서 '나'는 어디로 가야 할지 공포스럽다.

---

43  기형도, 『입 속의 검은 잎』(문학과지성사, 1989)

『입 속의 검은 잎』에는 자신의 가능성을 소진하는 노동이 여러 형상으로 변주되어 나타난다. 「위험한 가계(家系)·1969」에서 병으로 쓰러진 '아버지'는 곧 숨을 거둘 듯한 노동의 알레고리였다. 노동은 세상을 신비롭게 만들던 "떠돌이 사내"(「집시의 시집」), "주어를 잃고 헤매이는/ 가지 잘린 늙은 나무"(「병(病)」), "수백 개의 율동의 가능성"을 갖고 있지만 이제는 버려진 "작은 나무공"(「나무공」)이 된다. "우리도 한때는 아름다운 불씨였"다고, 시인은 찬란했던 노동을 회상한다. 그러나 지금 그 노동은 "어둠보다 더욱 짙은 공포"인 "적막", "흰 뼈만 남은 역사(驛舍)"(「폐광촌(廢鑛村)」)로 남았다.

기형도의 언어는 축축이 젖어 바닥에 흥건했고 형체마저 불분명해 보였다. 아무리 걸어도 계속 안개에 발이 묶였다.

> 안개의 군단(軍團)은 샛강에서 한 발자국도 이동하지
> 않는다.
> 출근길에 늦은 여공들은 깔깔거리며 지나가고
> 긴 어둠에서 풀려나는 검고 무뚝뚝한 나무들 사이로
> 아이들은 느릿느릿 새어나오는 것이다.
> 안개에 익숙하지 않은 사람들은 처음 얼마 동안
> 보행의 경계심을 늦추는 법이 없지만, 곧 남들처럼
> 안개 속을 이리저리 뚫고 다닌다. 습관이란
> 참으로 편리한 것이다. 쉽게 안개와 식구가 되고
> 멀리 송전탑이 희미한 동체를 드러낼 때까지
> 그들은 미친 듯이 흘러다닌다.

기형도는 죽음도 삶도 아닌 상태에 놓일, 애매하기 짝이 없을 노동의 현실을 벌써 예감했던 건 아닐까. 불분명한 경계에서 머뭇거리다가 점묘화처럼 주변 배경으로 스러져가는 길 잃은 노동을 어떤 시보다 더 선명하게, 깊이, 정확히 포착한다. 기형도의 시를 노동의 관점에서 해석하는 경우는 흔치 않지만[44] 노동의 바탕과 무게가 달라지고 있는 시대적 상황을 그의 시는 분명히 보여준다.

## 3

2000년대 초반, 자본주의 사회체제의 전지구적 확산을 뜻하는 '세계화' 담론이 맹위를 떨쳤다. 그로부터 20여 년 동안 자본과 노동의 구조는 20세기와는 전혀 다른 모습으로 바뀌었다. 그럼에도 변하지 않은 건 산업재해 규모였다. 2000년부터 2022년까지 매년 약 2,150명, 도합 5만명에 가까운 노동자들이 산업현장에서 목숨을 잃었다. 아직도 노동과 노동자는 제대로 된 시민권을 얻지 못하고 있는 작금의 노동현실이 오늘날 젊은 시에선 어떻게 드러날까?

이용훈 시집 『근무일지』에는 여러 유형의 노동이 소개된다. "아파트와 물류창고 등의 건설 공사, 터널 파기 공사, 재개발

---

44  송종원의 글 「기형도 시에 나타난 시대적 징후」(『인문학 연구』 30호, 인천대학교 인문학 연구소, 2018)는 노동의 관점에서 기형도의 시를 해석한 유일한 사례로 파악된다.

현장의 철거, 수화물 터미널의 짐 나르기, 지하 하수구의 오물 청소, 모텔 청소, 자가격리자들의 생활 쓰레기 수거, 식품 공장의 오이 세척, 가구 공장의 본드 접착, 천 재단, 조경 공사, 화장터의 유골함 작업 등"[45]이다. 시에는 불통, 체념, 욕설, 혼잣말, 고함, 알아들을 수 없는 외국말들이 난무한다. 온갖 종류의 말들이 뒤섞인 이 시집을 숨 가쁘게 읽다보면 마치 작업 현장에 섞여 들어간 듯해 현기증마저 인다.

> 폭발할 것 같은 고통을 극복하려 해 근육이 갈기갈기
> 찢어져 감각마저 사라지고 있네 바닥을 내치는 장딴지 검
> 정 물결 푸른 힘을 느껴봐 피 냄새를 맡은 승냥이들 소리
> 의 근원지로 모여든다 내달리는 경주마의 피 한방울 살점
> 한조각 얻기 위해 하얗게 질리도록 두 팔 허공으로 휘젓고
> 있네 팡파르가 울리면 함성과 종이 꽃가루 가득한 응원이
> 지상 가득히 퍼지네 질주의끝에는 환호의 세리머니가 형
> 형색색 풍선으로 날아오른다 심장은 아직 뜨거운데 후줄
> 근한 잿빛 바닥에 내쳐지네
>
> — 이용훈, 「내 앞에는 복수니 쌍수니
> 제법 익숙한 선택지가 놓여 있다-마취」에서

이 시에서 "경주마"는 노동자다. "피 한방울" "살점 한조각"이 '노동'을 은유한다면, 이를 먹기 위해 달려드는 승냥이들은 '자본'일 것이다. "질주의끝"엔 노동의 성과물을 진열해놓은

---

45  김수이 해설 「'해체되기 위한 쇼'에 초대당한 당신」, 이용훈, 『근무일지』(창비, 2022) 126쪽.

자본의 축제가 벌어지지만, 이제 쓸모없는 껍데기가 된 노동은 세계의 저층에 쌓일 뿐이다.

이용훈은 이미 끝난 세계에서 노동이 얼마나 참혹하게 버려지는지 생생하게 전시한다. 그는 지구라는 회전판 위에 올라간 노동이 자본의 원심력에 의해 낱낱이 파편화되는 과정을 충실하게 복기한다. 노동의 참상에 밀착된 그는 분열자(分裂者)가 되기도 한다. 그는 자본의 가속운동에 휘말려 이성조차 잃을 정도로 위태로워진다. 끝나지 않는 노동으로 몸은 기계가 되어가고, 마음은 쉬고 싶은 욕망으로 들끓는다. 그의 시에서는 여러 사람의 목소리가 들려온다. 한편에선 제지하고, 다른 편에선 이탈한다. 이용훈 시에서 노동은, 작업의 중단과 주체의 기립을 허용하지 않는 작동 불능의 세계다. 노동은 광란(狂亂)이다.

시인이 세상의 바닥을 찬찬히 들여다보며 쓴 시가 있다. 무질서한 시간의 어긋난 틈으로 잠깐 빠져나온 것 같은, 그런 시다.


나이지리아 사람 몽고 사람 때로는 동양 라이트급 챔피
언으로 무리 지어
어두컴컴한 모텔 복도를 이리저리 걷습니다 당신들은
타월을 충분히 달라는 요구도 시원한 물이 냉장고에 준비
되어 있는지도 쉽사리 입을 떼지 못합니다
세워지는 모든 존재들은 당신들의 두 손에서 체결되는데
당신들이 머무는 객실은 축축하고 마르지 않는 속옷과

수건들로 가득합니다 누구의 것인지도 모른 채 쓸어내고
훔쳐도 솟아나는 돌가루와 체취만이 방 가득 흐트러져 있
습니다

　　　　　　　　　　　　　— 이용훈, 「미안한 노동」에서[46]

　객실 청소를 하러 온 '나'의 눈에 이주노동자들이 남긴 흔적
이 보인다. 그들이 수건 한장, 물 한병 더 달라 말하지 못하고
떠난 걸 알게 된다. '나'는 몹시 미안한 마음이 든다. 돌가루나
묻혀오는 그들 때문에 사장에게 욕이나 듣는다고 여겼던 게
미안했을 것이다. '나'처럼 그들 역시 자본에 포획된 노동자라
고 미처 생각지 못해서 미안했을 것이다. "당신들의 두 손"을
잡아주지 못한 게 미안했을 것이다.

　또 다른 시 「오함마 백씨 행장」에서도 화자는 혈액암으로
세상을 떠난 작업 동료 백씨의 수첩 앞에 멈춰선다. "그의 가
족에게 연락할 방법은 어디에도 적혀 있질" 않았다. 백씨의 배
낭에는 작업복, 안전화, 스킨로션, 손톱깎이와 일회용 면도기
만 들어 있었다. 그가 죽은 뒤에야 그의 흔적이 보인다.

　이주노동자의 흔적, 무연고 시신으로 남은 노동자의 흔적을
바라보는 '시적 자아'의 이 응시가 귀하다. 흔적들을 물끄러
미 바라보는 이 시간은 고독을 불러낸다. 고독은 시간에 균열
을 일으키고, 그 사이로 연민이 솟아난다. 쓸쓸한 흔적을 더듬
으며, 흔적 이전의 궤적을 거슬러 걷다가 저들이 태어나 자란
곳, 그들이 빛나게 살아 있던 날들을 내 안에서 만나는 것. 응

---

46　위의 책 55쪽.

시는 노동의 흔적을 살려내는 시적 장치다.

이용훈의 응시를 통해 우리는 세계의 어떤 끝을 보게 된다. 낯설고 끔찍한 것 안에 우리는 살고 있다. 시인은 폐허를 응시하며 지옥이 되어버린 노동의 한복판에서 무언가 건져 올린다. "폐허를 인양"한다.[47] 폐허의 흔적 그대로, 그 상태, 그 윤곽 그대로를 온몸으로 받아안는 이 시간은 전에 없던 새로운 시간이다. 더이상 자본의 시간이 아닌 '산 노동'의 시간이다.

최지인 시집 『일하고 일하고 사랑을 하고』 또한 노동을 포획한 자본이 세상을 폐허로 만들고 있다는 사실을 표현한다. 그는 오늘의 세상 풍경에 어두운 가족사와 옛 친구들의 상실을 겹쳐놓음으로써, 노동의 산물을 '더미'로 형상화하는 방식으로써 폐허의 이미지를 강화한다.

> 너는 무섭다고 내게 전화했다 같은 층에 살던 중년 남성이 사망했고 며칠 전부터 복도에 고약한 냄새가 진동했었는데 그게 쓰레기 냄새인 줄 알았다고, 그 냄새가 잊히지 않는다고
>
> (…)
>
> 지하실에 몇십년 된 쓰레기들이 가득 쌓여 있대 사람들이 떠나면서 버렸대 쓸모없는 것들이 숲을 이룬 거지 농담이야 정신 차리자
>
> (…)
>
> 몇편의 시와 미완성 원고 한뭉치

47  백무산, 「인양」, 『폐허를 인양하다』(창비, 2015)

(…)

이 세상에서 사라지고 싶은 사람을 애써 찾는 것은 옳

은 일인가

— 최지인, 「더미」에서[48]


중년 남자의 시신, 지하실의 쓰레기, 시 원고 한뭉치, 연락 끊긴 사람들 모두 '더미'의 형상이다. 중년 남자는 "공사판에서 일하다/다리를 다쳤고/몇달째 공치고 있었다/그러다 바닥과 하나가 되었다"(「도시 한가운데」). 더 나은 삶을 살기 위해 다들 무언가 시도하다가 좌절하고 만다. "감당할 수 없는 일이/감당할 수 있는 일보다 많아서"(「파수」) 생긴 더미들이다. 바닥에 쌓여가는 더미들은 처치 곤란이다. 오늘도 마지못해 나서는 노동 역시 더미로 귀결된다. 더미는 전태일의 '덩이'처럼 해방하는 노동이 되지 못하는, 그저 죽은 노동의 퇴적물일 뿐이다. 시인은 더미를 무덤과 동일시하여 "그가 묻힌 곳은 몇년 뒤 콘크리트로 뒤덮였다"(「언젠가 우리는 이 원룸을 떠날 테고」)고도 말한다.

최지인은 시에서 자신의 좌표를 자주 드러낸다. 30대 남성이자 노동자이며 예술가인 '나'는 어떻게 살아왔고 지금 무엇을 하고 있는지 내일은 또 어떻게 살아갈 것인지 매순간 고민한다. 과거와 현재와 미래의 불안을 한 묶음으로 감수하는 시인은 자신을 언제나 명확한 자각과 명쾌한 행동 안에 위치시키려고 노력한다. 그의 시에서 우리는 노동조건의 불안정성을

---

48 최지인, 『일하고 일하고 사랑을 하고』(창비, 2022)

확인하는 한편, 불투명한 상황을 헤쳐나가는 노동의 생활력을 발견한다.

그의 시는 여러 단락으로 구성된 장시가 주를 이룬다. 이 단락들은 노랫소리, 두 사람의 대화, 명사형의 이미지들, 나직한 혼잣말, 전쟁속보, 라디오 뉴스, 재해장면 등의 몽타주이다. 시인은 직접 만나는 사람들과의 관계를 중심에 두고 외부세계의 동향을 배치하면서 세계-내-존재를 형상화한다. 이질적인 사건들을 공통의 장으로 끌어들여 무관한 장면들이 관계를 맺고 서로 영향을 주고받게 함으로써 세계감(世界感)을 잃지 않도록 유도한다.

시인의 목적은 뚜렷하다. 그는 "이 세상이 멸망할 때까지/끝나지 않을 것"이란 걸 잘 알고 있다. 아직 "미래는"(「문제와 문제의 문제」) 닫히지 않았다는 걸 알고 있다. 최지인 시에서 노동은 미래를 향해 열려 있다. 시인은 오늘의 노동은 고통스러운 것이지만 내일의 노동은 그렇지 않길 소망한다.

> 세상을 바꾸겠다, 얘기하면 좌중에서 웃음이 터졌다
> 그는 집에서 담배를 태웠고, 문틈에 꽂힌 독촉장을 찢었다
> 일을 구하려고 애썼으나 실패했고 죽으려고 했으나 두
> 려웠다 골방과 거리를 오가면서 확신했다
> 시간이 얼마 남지 않았다
>
> ― 최지인 「마카벨리전」에서[49]

---

49  위의 책 60~61쪽.

최지인 시의 주인공들은 쉬이 지치지 않는다. "천개의 몸/천개의 죽음"(「Love in a Mist」)을 만나서 울고 사랑하면서 "희망이 없어도 우리//만날 수 있다"(「기도」)고 믿는다. 이것이 최지인 시의 큰 미덕이다. 시인은 "세상이 끝날 때까지/북을 치는/사람들"(「세상이 끝날 때까지」)의 일원으로서, 동시대 청년 노동자들의 마음을 살피는 데 충실하다. 폐허와 같은 현재를 딛고 서서 함께 미래를 만들어갈 수 있기를 그는 간절히 원한다.

　오늘날의 젊은 시인들도 선배 시인들처럼 삶의 최일선에 처한 존재들을 자기중심에 놓는다. 가장 낮은 곳에 머무는 가장 작고 여린 존재들에게 가까이 다가선다. "나를 아는 모든 나", "나를 모르는 모든 나"를 향해 생을 열고 함께 살아간다. 이 젊은 시인들은 있어야 할 것을 있게 하고, 없어야 할 것을 없게 하려고 움직인다. 어려운 싸움을 벌이고 사랑의 노동을 펼친다. 전태일의 유산을 오늘의 눈과 몸으로 이으려 한다. 끝날 때까지 끝난 게 아니기 때문이다.

_〈창작과비평〉(2024년 여름호)

# 무력한 시의 위력

전쟁을 중지하라!

> 이 언어로 그 몇 해 동안, 그리고 그 후 몇 해 동안
> 나는 시를 쓰려고 했다.
> 말하기 위하여, 나의 방향을 정하기 위하여,
> 내가 어디에 있었으며, 어디로 가려 하는지 알아내기 위하여,
> 나의 현실의 윤곽을 그리기 위하여.[50]

　러시아가 우크라이나를 침공한 지 4개월이 지났다. 670만 명에 달하는 우크라이나 주민들이 인근 국가로 탈출하였다. 우크라이나 인구 4,400만 명의 1/6에 해당하는 규모다. 언제 어디서나 전쟁은 인간의 터전과 가족과 생활과 생명을 빼앗는다. 노예해방전쟁과 식민지해방전쟁을 제외한 모든 전쟁은 인권·정의·평화·일상을 파괴하고 삶의 의지를 부러뜨리며 죽음의 가치를 무화(無化)한다. 특히 1·2차 세계대전은 인류

---

50　각 장 초입의 제사(題辭)는 시인 파울 첼란의 말로서, 「브레멘시 문학상 수상 연설」에서 따왔다. 『죽음의 푸가』(청하, 1986) 122~123쪽.

의 절멸까지 시도된 처참한 전쟁이었으며, 그 여파가 오늘에
이르고 있음은 말할 나위 없다. 그렇지만 인류는 전쟁을 없애
지 못했다. 20세기 중반부터 21세기인 현재까지 한국전쟁과
베트남전쟁, 아프가니스탄전쟁과 이라크전쟁, 중동전쟁과 르
완다 · 보스니아 내전을 비롯한 수많은 전쟁이 줄곧 일어나고
있다. '인류의 역사는 곧 전쟁의 역사'라는 말을 부정할 수 없
다. 전쟁 앞에 문학은 무력하다. 그러나 삶과 인간의 이름으로
문학은 계속 출현하였다. 화마(火魔)로 인해 꺼멓게 변한 땅을
뚫고 파란 새싹이 피어오르듯이 언어도단(言語道斷)의 폐허,
강요된 침묵을 깨고서 조금씩 더듬으며 새 말을 문학이 잇는
다.

## 1.

그것은 일이요, 운동이었으며 길 위에 있는 것이었다.

그것은 방향을 얻으려는 시도였다.

그리고 만일 나 자신이 그 의미를 묻는다면,

나는 시곗바늘의 의미도 문제로 삼아

이와 함께 말해야 한다고 생각한다.

왜냐하면 시는 시간 없이는 존재하지 않기 때문이다.

실로, 시는 어떤 불멸성을 요구한다.

그것은 시간을 지나—시간을 넘어 저쪽으로가 아니라

시간을 꿰뚫고 지나—붙잡으려 한다.

시를 쓸 때마다 이창동 감독의 영화 〈시〉가 떠오른다.

잔잔한 강물 위로 엎어진 시체 하나가 떠내려온다.

하늘을 바로 보지 못하고 죽어서도 엎어져 있다.

멀리서 내 앞으로 운구하듯 천천히 다가오면

마침내 영화 제목이 수면 위에서 잔잔하게 일렁거린다.

시와 그리고 시체……

언제든 예기치 않은 것들이 내 앞으로 떠내려온다.

진실은 수면 아래에 숨어 있다는 듯 얼굴을 가리고

시는 생사가 같은 날이라는 듯 강물이 운구하고

그렇게 얼굴이 사라져야 비로소 실체가 드러난다는 듯

마지막으로 나에게 천천히 다가와 무심히 흘러간다.

처음부터 끝까지 강물이 표정을 바꾸지 않을지라도

단지 떠내려가는 것만 보여주는 게 시는 아닐지라도

결국 세상의 모든 시도 수면 아래로 내려가지 못하고

미자의 모자처럼 물에 새기듯 그렇게 흘러갈 것이다.

— 이산하, 「미자의 모자」[51]

 

    시를 쓸 때마다 뇌리에 '어떤 시체'가 함께 떠오른다는 건 끔찍한 일이다. 그렇지만 시인은 그럴 때마다 떠오른다 했으니, 이 끔찍해 보이는 현상이 시인에겐 자연스러운 일이 된 것이다. 살아 있는 인간이 숨이 다해 '시체'라는 사물이 되는 건 사실 자연스럽다. 우리는 죽어보지는 못했으나, 이미 타인의 죽음으로 우리도 장차 그렇게 될 것을 알기 때문이고, 그게 우

51   이산하, 『악의 평범성』(창비, 2021) 103쪽.

리의 유한함이며 자연의 일임을 알기 때문이다. 그러나 시에서 시체는 '하늘을 바로 보지 못하고 죽어서도 엎어져' 있다. 그 주검이 자연스럽지 않은 과정으로 죽음을 맞이했음을 암시하고 있다. 한 사람이 죽음에 이르게 되기까지 어떤 사연이 있다. 타살일 수도, 자살일 수도 있다. 누가 죽인 것인가, 아니면 왜 스스로 목숨을 끊은 것인가.

우리는 그 무엇도 명확히 알지 못한다. 그렇지만 이 시신은 '어떤 말'을, '말 없는 말'을 하고 있다. 어떤 진실을, 어떤 실체를 온몸으로 드러내고 있다. 시인은 우리들이 쓰는 시들을 포함해서 세상의 모든 시는 이 시체처럼 "수면 아래로 내려가지 못하고" "물에 새기듯 그렇게 흘러갈 것"이라고 말한다. 우리들의 시 또한 '어떤 진실'을 가리킬 것이다. 한 사람으로 태어나 그 죽음이 자연스럽지 못하다면, 한 사람의 죽음이 후손에게 어떤 깨침을 전달하는 존엄한 의례의 절차가 아니라면 그 자체도 '전쟁의 형상'이라고 말할 수 있다. 전쟁이란 명분 없는 죽음과, 까닭 없는 죽임이 난무하는, 죽음의 가치가 무화되는 장이기 때문이다.

## 2.

시는 언어가 나타나는 한 형식이며,
언어는 그 본질상 대화적이기 때문에,
동시에 시는 병에 넣어 띄운 소식이라고 할 수 있다.
이것은―실제로 늘 희망에 차 있는 것은

아니지만—어딘가 또 언젠가는
물살에 실려 뭍에, 아마도 가슴의 나라에
와 닿을 수 있으리라는 믿음을 간직하고 있다.
그렇기 때문에 시는 길 위에 있으며,
무언가를 향해 나아가고 있다.


한 접시의 해안에 먹고 버린 고기 뼈가 좌초된 뗏목처럼
걸려 있다 아침마다 나는 유리병 하나씩 배달받는다
가 닿을 해안도 없이 이 유리병을 어떻게 읽을 것인가

나는 내 손을 내려다 보았다
수많은 해안이 겹쳐 쌓여 조개 껍질처럼 딱딱해진 손
손은 내일에 대하여 아무것도 묻지 않았다

다만, 하나의 불빛을 간직하고 있었다
한 번도 가닿지 못한 해안을 향하여 항해하면서 늙어갔어도
늙어서도 꺼지지 않는,

어느덧 나는 땅의 끝에 서 있다
밤새 바다를 날아온 새들이 창문을 두드린다
투명한 해안이 가까워 온 줄도 모르고

— 송찬호, 「손」[52]

---

52  송찬호, 『흙은 사각형의 기억을 갖고 있다』(민음사, 1989) 72쪽.

아침마다 배달받는 유리병 속에는 무언가 '읽을 것'이 들어 있다. 앞의 「미자의 모자」의 구절처럼 가라앉지 않고 물을 따라 흘러온 '시'일 것이다. 유리병에서 시를 꺼내 손에 쥐었던 '나'는 내일이 궁금하진 않으나 꺼지지 않는 '불빛 하나'는 간직하고 있다. '불빛'은 유리병 안에 있던 '시'와 분명 관계가 있는 '무엇'일 것이다. 작고 어지럽던 해안(海岸)이 가닿을 건너편 해안을 생각하고, 더 멀리 가닿지 못한 해안까지 그려보는 가운데, 마침내 '나'의 해안은 투명해져 있다. 멀리 건너편 해안에서 날아온 '새'는 먼 곳에서 날아와 '나'의 창문을 두드리는 '시'일 것이다. '나'는 대지의 첨단에서 '시'의 도래를 기다리고 있다.

'이작 카체넬존(1886~1944)'이라는 시인이 있다. 그는 1886년 벨라루스의 민스크시 근처 코레리취에서 태어난 유대인이다. 1937년 9월 1일, 나치독일이 폴란드를 침공하자 그는 바르샤바로 피신하였다. 하지만 곧 바르샤바가 봉쇄되고 1939년 11월, 그는 바르샤바의 유대인 게토에 갇히게 된다. 1942년 1월 20일, 나치독일의 2인자 히믈러의 주도로 '최종해결안'이 결정되면서 1942년 8월 14일, 시인의 아내와 두 아들이 학살 전문 수용소인 트레블링카 수용소로 송치된다. 이듬해 1월, 바르샤바 봉기 이후 카체넬존은 전투원들의 도움으로 게토에서 빠져나와 1943년 5월 22일, 위조된 온두라스 여권을 지니고 프랑스 비텔 수용소에 도착한다.

그해 10월부터 1944년 1월까지 이작 카체넬존은 『뿌리 뽑힌 유대 민족의 큰 노래』라는 시집 원고를 완성했다. 그러나

가짜 여권인 게 들통나 1944년 5월 1일, 아우슈비츠로 강제 이송되었다. 가스실로 들어가기 직전, 시인은 여섯 부로 제작한 원고 하나를 유리병에 넣어 수용소 마당의 전나무 뿌리 밑에 파묻었고, 나머지 원고는 여행 가방 가죽 손잡이 안에 넣고 꿰매어 어느 젊은 유대인 여성에게 맡겼다. 시인은 곧 죽임을 당했으나, 시집 원고는 무사히 유출되어 1945년 독일 패망 직후 파리에서 출간되었다.[53] 위의 시 「손」은 '유리병 속의 편지'를 받은 건너편 해안에서 보내는 응답일 것이다. 전쟁의 폭풍에 휘말려 '잃었던 언어'는 오랜 시간과 아득한 공간을 건너 새 말을 다시 지어 말을 건네는 것이다.

### 3.

> 무언가를 향해? 열려 있는 어떤 것,
> 자리잡을 수 있는 어떤 곳을 향해,
> 아마도 말을 걸을 수 있는 당신을 향해,
> 말을 걸 수 있는 현실을 향해.
> 그러한 현실이 시에 있어서 문제가 된다고 나는 생각한다.

어느 날 보이기 시작했다.
인생이 죽음이다 싶을 때, 이상하게도
휴전선이 보였다.
책상 위에도, 거울 속에도, 재떨이 위에도, 밥상이나

---

53  이작 카첸넬존, 『유리병 속의 편지-뿌리 뽑힌 유대인의 큰노래』(한마당, 1999) 140~142쪽.

내 막막한 가난 위에도
휴전선이 보였다.

휴전선의 철조망은
내 목숨을 따라 끝없이 이어지고 있었고
그것은 내 목숨의 한계였다.
내 일상의, 내 꿈의
더 나아갈 수 없는 한계였다.

하늘에도 휴전선은 가득 펼쳐져 있었고
나는 하늘을, 그 한계를
그 넘어갈 수 없는 슬픔을 고개를 젖히고 바라다보며
눈물이 났다.

깊은 하늘 속에서는
자꾸 맑은 눈물이 솟아났고
휴전선의 저 끝
저 끝에서 오는 찬란한 눈물

나는 내 목숨을 넘어, 밥상과 가난을 넘어
펄럭이는 성조기를 넘어, 한없이
한없이 차오르고 있었다.

다시, 눈을 뜨고 바라다보는

이 세상의 모든 것들은
일제히 제 낡은 이름을 지워버리고 있었다.

푸른 가을 하늘 밑에는
아무것도 이름이 없었다.
휴전선도, 꽃도 바람도 무덤도
나를 가두어 버리는 쇠창살도
그곳에는 마침내 아무 이름도 없었다.

남으로도 북으로도
그저 이름도 두려움도 모르는 빛나는
땅이 보이기 시작했다.

— 이영진, 「휴전선」[54]

이 시의 주제는 '개안(開眼)'이다. '나'는 어느 날, '인생이 죽음'이라고 느낀다. 1980년 5월 그날이 있은 지, 3년 후다. 시적 진술의 내용과 어조에 비추어 볼 때, 시적 화자인 '나'는 시인 본인과 같다. 시가 발표된 1983년에 시인은 27세였다. 강제 징집으로 군대에 끌려갔다가 제대한 직후일 것이다. 1950년대 전후(戰後) 사회의 정황과 크게 다르지 않았으리라. 사람들의 표정에 웃음기가 사라졌을 뿐만 아니라 늘 만나던 사람들도 보이지 않는다. 너무도 강렬하게 '없음'이 확연히 '있다'. 도대체 '없음'이 있다니, 이게 무슨 일인가. 사방에 물어봐도 모른

---

54    이영진, 『6·25와 참외씨』(청사, 1985) 125~127쪽.

다고 한다. 그날 이후, 삶은 사라졌다. '인생이 죽음'일 수밖에 없었다.

1980년 5월 18일, 민간인을 향해 총부리를 겨누어 사격을 가하는 군대에 맞서 광주시민들은 목숨을 지키기 위해 시민군(市民軍)을 조직했다. 그리고 공수부대와 일전(一戰)을 벌였다. 30년 만에 다시 내전(內戰)이 터졌다. 5월 27일 새벽 5시경, 끝까지 도청을 사수하던 300여 명의 시민군이 최종 진압되면서 상황이 종료되었다. 5·18 관련 단체의 집계에 따르면, 항쟁 당시 사망자는 165명, 항쟁 후 부상 후유증으로 사망한 사람이 376명, 행방을 알 수 없는 사람은 65명이다.

그날 이후 모든 것에 휴전선이 그어져 있음을 시인은 문득 깨닫는다. 휴전선(休戰線)은 좌·우의 사회적 갈등이 전쟁으로 비화한 결과물이 아닌가. 6·25가 종결되지 않은 건 물론이고, 5·18 역시 6·25의 연장된 또 하나의 전쟁임을, 눈앞의 현실은 여러 겹의 사건들이 중첩되어 만들어졌음을 시인은 안다. 그래서 무너져 운다. 한없이 차오르는 눈물 끝에 다시 시인은 눈을 뜬다. 진실로 현실의 사물과 사건과 존재 일반의 '이름[名]'이란 건 우리 스스로 현실에 언어를 대입한 것일 뿐, '이 세상의 모든 것'은 원래 이름이 없었다. 바야흐로 시인의 눈엔 남·북의 경계가 지워진 '빛나는 땅'이 보이기 시작한다. 마침내 시인은 한층 더 자유에 다가선다. 이데올로기와 명명법에 의해 집단과 개인이 분리되고, 서로 살육케 한 '비극적 현실'을 시인은 슬픔의 힘으로써 부정(否定)하려 한다. 타인과 '나' 사이의 무수한 장벽을 넘어 맨몸, 맨 마음으로 만날 수 있는 자유의 지대(地帶)로 이행하고자 한다.

그러므로 언어가 법·제도·국가에서 배태된 대적(對敵) 수단이 되지 않으려면, '언어'가 전쟁의 수단으로 전락하지 않으려면, '시의 언어'에 관한 특별한 이해가 필요하다. 우리가, "말로부터 영원히 자유로울 수 없지만/ 말을 할 때만큼은 자유로울 수 있다"는 걸 잊어선 안 될 것이다. 나아가 "말로부터의 자유는/ 중심을 무너뜨리고/ 그 중심으로부터 해체되어서 나오는 길뿐이다."[55] 그렇기에 시의 언어에서는 "견고한 좌익과 우익의/ 국가의 날개를 파괴하고/ 국가는 소환되어야 한다." 시의 언어에서 지배 권력의 흔적을 소거할 때에만 "이 지상으로/ 한 떼의 새들이 공중정원을/ 날" 수 있고, "폐허의 구조 속에서" "몇 개의 자유자재 유영법을 배"워 힘차게 날아오를 수 있다.[56] 새, 즉 시(詩)는 자유의 이행을 바로 실현할 수 있다.

## 4.

또한 나는, 나 자신만의 노력뿐 아니라
더 젊은 세대의 다른 시인들의 노력도
이와 같은 생각들에 의해 이끌려 가고 있다고 믿는다.
그것은 인간의 피할 수 없는 약점과 결함을 짊어지고
인간이 만들어낸 작품, 곧 별들을 넘어 날아가는,

---

55  송찬호, 「공중정원 3」, 『흙은 사각형의 기억을 갖고 있다』(민음사, 1989) 48쪽.
56  송찬호, 「공중정원 2」, 위의 책 46쪽.

유행에 상관없이 지금까지 예감하지 못한 의미를 가지고,

동시에 세상에서 가장 섬뜩한 것을 향해,

현실에 상처를 입으며,

현실을 향하여 나아가는 사람들의 노력이다.


사시나무, 네 잎이 하얗게 어둠 속을 응시한다.

내 어머니의 머리칼은 결코 세지 않았는데.


민들레, 그렇게 우크라이나는 초록빛이다.

내 금빛 머리칼 어머니는 집으로 돌아오지 않았는데.


비구름, 그대는 우물가를 장식하는가?

내 고요한 어머니는 모두를 위해 울고 있는데.


둥근 별, 그대는 황금 리본을 짠다.

내 어머니의 심장은 납총탄에 상처를 입었는데.

떡갈나무 문, 누가 돌쩌귀에서 그대를 들어올렸는가?

나의 다정한 어머니는 올 수 없는데.

— 파울 첼란, 「사시나무」[57]


　이 시는 파울 첼란(1920~1970)이 1952년에 발간한 첫 시집 『양귀비와 기억』에 실려 있다. 무려 70년 전에 마치 오늘의 우크라이나를 보고 쓴 듯하다. "나의 다정한 어머니"는 전쟁

---

57　파울 첼란, 『파울 첼란 전집 ①』(문학동네, 2020) 29쪽.

의 폭풍에 휩쓸려 돌아오시지 못하고 있다. 각연마다 호명되는 '어머니'는 '나'의 어머니이자 '당신'의 어머니이며 우크라이나의 모든 어머니, 우크라이나 자체이기도 할 것이다. 사시나무, 민들레, 비구름, 둥근 별, 떡갈나무 문은 한데 모여 우크라이나의 형상을 이룬다. 이 시어들은 평안함, 사랑, 일상, 아름다움을 드러낸다. 이 안에 '어머니'가 계시지 않는다. 두 행씩 이루어진 각 연을 읽어내려가면, 겹겹이 슬픔이 쌓인다. 70년 전의 슬픔이 70년 후의 그것과 똑같다. 똑같이 현실에 상처입고, 현실을 향해 나아간다.

생각해 보라 인간이 인간의 적이 된다
인간이 파괴를 목적하고 있다
언제나 생각해 보라 지금도 생각해 보라
사월의 한순간 동안에도
구름에 덮인 하늘 아래서
만물의 성장하는 훌륭한 소리를 듣고 있는 동안에도
소녀들이 종달새 노래 아래서
삽주를 캐고 있는 동안에도
이 순간에도 역시 생각해 보라

란델자카의 주막에서 술을 마시는 동안에도
혹은 알리칸테의 전원에서 밀감을 따는 동안에도
타오리나 해변 미라말 호텔에서 그대가 자는 동안에도
혹은 제성축일에 포이히트바겐 묘지에서 촛불을 켜는

동안에도
어부가 되어 도카 해안에서 그물을 올리는 동안에도
혹은 디트로이트 콤페어의 스크류를 잡는 동안에도
신강(新疆)성 논에서 묘를 심는 동안에도
말귀에 올라 안데스산맥을 넘는 동안에도
생각해 보라!

생각해 보라 어떤 손이 너를 쓰다듬을 적에도
생각해 보라 네 아기가 웃음을 웃는 동안에도!

생각해 보라 거대한 파괴 직후에도
각자는 무죄를 주장할 것이다

생각해 보라
지도상에는 아무 데도 코리아[58]와 비키니[59]는 없다.
너의 마음속에 있다.
생각해 보라
모든 무서운 것은 네게 책임이 있다
먼 데서 네게 비추고 있다.

— 귄터 아이히, 「생각해 보라」[60]

---

58  당연히 '한국전쟁'을 의미한다.

59  미국의 비키니 핵실험을 뜻한다. 1946년부터 1958년까지 비키니 환초에서 진행된 이 실험에서 23개의 핵무기가 사용되었다. 공중, 수중, 해수면에서 핵폭발로 인해 롱겔리크 환초로 대피한 원주민들이 심각한 피해를 입었다. 눈처럼 날리는 방사능 낙진['죽음의 재']이 몸에 닿아 다수의 원주민들은 타는 듯한 통증과 함께 화상을 입거나 시력을 잃었다. 캐슬 브라보 실험에서는 일본어선 제5후쿠류마루호가 인근 해상에서 조업을 하다 낙진을 맞았다. 이러한 민간인 희생자의 발생으로 비키니 핵실험은 세계적인 비난을 받았다.

60  『세계전후문제시집』(신구문화사, 1962) 168쪽.

폭압적 현실이 반복되는 사슬을 끊어내는 '시의 언어'가 있다. 그러한 시어들의 비상은 위력적이다. 시의 위력을 지키기 위해선 '사유'를 멈춰선 안 된다. 한나 아렌트(1906~1975)는 『정신적 삶』에서 "사유함은 나와 나 자신과의 소리 없는 ('단어들을 통해 이야기하는 것'과 같은) 대화"라고 했다. 사유가 없다는 것, 생각이 없다는 것은 '내부의 대화가 부재함'을 뜻한다. 내부의 대화를 스스로 종결시키는 순간, '자기의식' 자체가 실종된다. 근거가 불분명한, 이미 어디선가 만들어진 말들이 텅 빈 '내 의식' 안에 들어찬다. 책임지지 않는 외부의 말들이 '나'를 점령하여, 그 말들이 '나'의 말, '나'의 의식인 것으로 혼동, 착각한다. '나'는 외부의 말들이 속삭이는 대로 느끼고, 외부의 말들이 지시하는 대로 움직인다. '악(惡)'은 그렇게 시작된다. 생각해 보라. 전쟁(戰爭)은 일상에서부터 미세하게 물처럼 스며들며 조직된다. 틀림없이 그렇다는 것을 지난 역사가, 그리고 오늘의 전쟁이 증명한다.

_ 〈충북작가〉(2022년 상반기호)

# 세 겹의 말들
## : 독백과 고백과 대화

김정환의『황색예수 2』(문학과지성사, 2024)

　　새삼 김정환의 시가 독백(獨白)으로 들린다. 100여 권이 넘는 그의 말들이 또 상대방에 가닿지 않는 고백(告白)으로도 들린다. 결국 그는 대화(對話)를 시도하는 것인데, 그의 속내를 우리는 충분히 알고 있는가. 그가 하는 말을 우리는 충분히 알아듣고 있을까. 별난 그의 어법을 탓하며 우리 스스로 그의 시와 말을 너무 오랫동안 외면해 온 건 아닌지. 반백 년 가까이 그가 풀어놓은 말의 향연을 우리는 충분히 한껏 누리고 있긴 한지.『황색예수 2』(문학과지성사, 2024)에선 유독 그의 육성이 짙게 느껴진다. 그래서 이 글에서는 이 시집 곳곳에 박혀 있는 잠언적 진술 또는 메시지에, 즉 그가 시에서 하려는 말, 우리에게 하고 싶은 말, 후배들에게 들려주고 싶은 말에 주목하려 한다. 시어의 활용과 시구 진행방식, 신약·구약 및 음악·사전·고전 등 두툼한 전거(典據)를 활용한 시의 구조와 시 형식에 대한 분석은 다른 탐색자의 몫으로 돌린다.

> ①
> 내가 나의 총체를 찾아 돌아다니는
> 미로가 나의 총체이다.
> 즐겨 찾는 미로이다.
> (…)
> 나의 미로에 미혹되는 방식으로 내가 그 미로를
> 빠져나오는 나의 총체이다.
> 흐린 음악이 그리 영롱했던 까닭의
> 거꾸로인 까닭
> 겹침이 나아가는
> 미로이다.
>
> —「미로 활성과 동그라미 등식(等式)」에서

미로(迷路)는 길이되, 출구가 어딘지 쉬이 알 수 없고 자칫하면 입구조차 기억할 수 없는 길이다. 미로에 빠진다는 생각만 해도 우선 두렵다. 그런데 시의 주인공은 급기야 "미로가 나의 총체"라고 진술한다. 그 미로에서 빠져나오는 방법은 "미로에 미혹되는" 것이라고 그는 말한다. 보통 미로를 들어서면 출구를 찾기 위해 조급해지기 마련이고 어디가 출구인지 두뇌를 회전시키느라 넋을 잃기 쉽다. 하지만 '나'는 기꺼이 미로에 자신을 맡긴다. 미지의 것에 대해 두려움보다는 호기심이 발동한다. 그것은 '내'가 '흐린 음악'조차 영롱하게 들을 수 있는 귀를 지니고 있는 까닭이다. 어떤 사태가 불분명하고 불확실하면 할수록 '나'의 자세는 더욱 선명해진다. 불확실성에 투신하는 횟수가 늘어갈수록, '겹침'의 횟수가 쌓일수록 '나'는 점점 더 출구가 가깝다고 여긴다. 그리하여 '나'는 더 큰 즐거움을 주는 역설의 미로에 '나'를 살게 한다.

그렇지만, 그게 '나'에게 어떤 의미가 있을까. 숱한 미로들, 복잡다기한 난제들, 모순의 현실을 헤쳐 왔지만, '나'에게 남은 것은 무엇인가. 어느덧 '나'의 앞에 실존의 의미가 던져진다. 그 앞에서 '나'는 두렵다. 위①의 '나'와 아래②의 '나'를 동일 화자라고 가정할 때, '나'의 태도는 모순된다. ①에서는 어떤 미로도 두렵지 않던 '나'가 ②에서 그토록 미로에 잘 적응하고 그 안에서 잘 살아왔던 것이 '무의미'할 수도 있다는 데서 생겨나는 두려움을 느낀다.

②
무의미한 나의 생애가 끝나지 않고 영원한 시작일 것
같아 두렵다. 굶주려서 눈에 보이는
모든 것을 먹던 광야의 거대 포식 집단이 벌써
영원회귀였을까 봐 두렵다.
숱한 누군가가 나의 희화일 것보다 더 내가 이미 과장의
희화였을까 봐 두렵다. 뜨거운, 낯익은, 낮 뜨거운

(…)

대중을 잃은 고독으로 자살하기보다

죽음과 더불어 멋있게 흔들린다면, 가끔 짐승 같은

해방구 고함 내지르면서.

—「노래방 선곡」에서

그것은 '무의미'해 보이는 '나'의 생애가 '영원한 시작'일 것 같은 두려움이다. 이 두려움은, '나'의 생애가 '광야의 거대 포식 집단'의 먹이로, 이들을 영원히 되돌아오게 할 재료로 전락할 수도 있다는 두려움이다. 죽은 '나'는 이들의 포식 행위를 막을 수 없다. "내가 이미 과장의 희화였을까 봐" '나'는 두렵다. '과장'은 전력을 다해 자신의 느낌과 생각을 표현하고, 옳고 아름다운 의미의 실현을 위해 초과적으로 자신을 투신해 온 생을 지칭하는 말일 것이다. 그것이 한갓 상투적이고 '낯뜨거운' 우스갯거리로 전락할지도 모른다는 생각이 두려움을 낳는다. '나'의 소원이 있다면, 원치 않은 무리의 먹이가 되지 않고 야생의 해방을 불러일으키는 '멋진' 죽음을 맞는 것이다. 물론 그조차 '나'에겐 미지의, 미로의 영역이지만 말이다. 우려스러운 건 ②의 '내'가 위축되어 있다는 사실이다. ①과 같은 팽팽한 의지의 이면에, ②와 같은 불안함이 스며들어 있다. 어느덧 시인은 일흔의 나이가 되었다. 이 시집에서 우리는 노년과 만년에 대한 시인의 진술을 자주 확인하게 된다.

사소해도 되는 행복의

시니컬, 노년의

모든 것을 받아들이는.

(…)

누구나 생의 외형이 생의

미로일 수 없다.

　　　　　　　　　　　　　　—「스케르초 Version」에서


　시의 진술은 이러하다. 빠르고 복잡하게 진행된 생이 노년
에 이르러 사소하고 간결하게 정돈될 때, 약간의 쓸쓸한 냉소
가 묻어 있더라도 그 생은 행복하리라. 미로와 같은 삶을 살
았어도 생 전체는 미로 같지 않고, 선명한 외형을 지닐 수밖
에 없다는 것이다. 시집의 1부 프롤로그와 에필로그는 바가텔
(Bagatelles)이라는 제목을 달고 있다. 가벼운 피아노 소곡이
라는 뜻으로, 베토벤의 〈엘리제를 위하여〉가 대표적인 바가텔
형식이다. 이 낱말은 '사소한', '하찮은'이란 뜻인데, 이번 시집
에서 시인이 공들이고 있는 말 가운데 하나다. 노년에 진입한
시인이 자신의 생에 대해 무언가 하나씩 하나씩 점검 중에 있
다는 것을 보여준다.


어떤 표현 불가 때문에 바야흐로 뒤틀리기

시작하는 나의 형상이 표현 불가로 뒤틀린다.

이 발견을 추구하는 것이 나의

만년일밖에 없다.

불가능이 과거완료도 현재진행도 아니고
만년일밖에 없다.

— 「인간의 풍경」에서

사물과 사건과 인간사에서 촉발된 어떤 느낌이 그에 상응하
는 표현물을 얻지 못할 때, '나'는 창작작업이 뒤틀리고, 심사
가 뒤틀린다. 뒤틀려 막혀 있는 상태를 감지할수록 자신이 만
년에 이르렀음을 인지하게 된다. '그랬었다'나 '그러고 있다'
가 중요한 게 아니라 어긋나 뒤틀리는 자체, 불가능 자체가 곧
'만년'이라고 시의 화자는 진술한다. 만년의 예술가에게는 두
가지 길이 있다. 테오도르 아도르노(『베토벤. 음악의 철학』)
와 에드워드 사이드(『말년의 양식에 관하여』)가 발견한 바에
의하면, 간결하고 소박하게 생을 완결하는 바가텔의 길과, 뒤
틀림 자체를 계속 겹겹이 쌓아 끝내 미완에 도달하는 그로테
스크의 길이 있다. 어느 길로 갈 것인지는 욕망의 강도가 결정
한다. 시인의 만년이 어느 길을 갈지, 제3의 길을 열게 될지 아
직은 알 수 없다. 중요한 건, 시인의 생에 만년과 노년이 깃들
기 시작했다는 것, 그뿐이다. 자연이 연 신체의 길을 시인도
예외 없이 걸을 뿐이다.

①
내가 본 것은 책이다.
흐린 비닐 껍질 벗기면 읽어도 읽어도
읽을수록 더 깨끗해질 것 같은 책 아니다.

종이 책이나 인터넷 정보 바다 책 아니다.
내가 본 것은
인류가 성취한 평화에 기여한 최상의 성과들의
합으로 자본주의를 극복할 수 있는가 묻는
전망의
형식인 책이다.

―「전망 형식」에서

여기서 말하는 '책'이란 무엇일까? 데카르트처럼 막연하게
"세계라는 큰 책"이라고 말하지 않는다. 말라르메처럼 광대하
게 "단 한 권밖에 없다고 확신하는, 우주의 진리 그 자체인 책"
도 아니다. 김정환에게 '책'은 "인류가 성취한 평화에 기여한
최상의 성과들의/합으로 자본주의를 극복할 수 있는가 묻는/
전망의/형식인 책"이다. 여기서 '책'은, 무산자의 피와 땀이 작
고 큰 활자로 인쇄되고, 민중의 눈물이 줄과 줄 사이, 쪽과 쪽
마다 켜켜이 응고된 형태로 쌓여 이룬 무신론적 생의 경전(經
典)이다. 이것이 시인 김정환의 최대치 욕망이다. 그의 시가,
그의 책이 '전망의 형식'이 되길 그는 욕망한다. 세계-내-존재
로서 공동의 삶에 충실히 애써 온 그의 생에서 비롯한 욕망이
므로 그에게 적합한 꿈이다.

②
말 그대로
공통이 배제된 어떤 사생활만의

사생활을 보고 싶은 것이다.
가장 개성적인 따스한 체온에서
가장 개인적인 고통에 이르는.
과정을 보고 싶다. 노인은
자신의 사랑에 그런 것이 전혀
없었다는 생각이다.
그렇다고 죄가 안 되는 것은 아니지만
자신의 사생활 영역이 줄어들수록
노인이 젊은것들 사생활을 더욱
궁금해할 것이 분명하다. 궁금해할
기력이 있는 한.
평생 쌓여온 개인의 아다지오가
협주를 능가한다.
협주를 아다지오 속으로
쌓으며 개인을 계속 쌓아간다.
그것이 결국 공통에 이를망정
쌓아가는 일이 가장 사적인
죽음에 드는 일이다.

—「베토벤 아다지오」에서


　　그러나 이 꿈은 다소 과욕이다. "자신의 사생활 영역이 줄어
들수록/노인이 젊은것들 사생활을 더욱/궁금해할 것이 분명
하다"는 진술은, 장담컨대 젊은이들에 의해 단호히 거부될 것이
다. 젊은이들은 이 침범에 반발할 것이다. 노인의 욕망을 거

세하기 위하여 칼을 들 것이다. 자신의 생에서 "가장 개성적인 따스한 체온"과 "가장 개인적인 고통"이 전혀 없었기에 가장 사적인 것의 실체를 들여다보고 싶은 욕망임을 이해하나 용납 될 수는 없다. "가장 사적인/죽음에 드는 일"은 죽음을 고유한 자신의 과제로 충실히 수행하는 일이다. 아주 사적인 고유한 사랑이 전혀 없는 '노인'은 자신의 죽음을 되도록 비극적인 것 으로 온전히 완수하면 되는 것이다. 라캉은, 자신의 욕망을 끝 까지 포기하지 않는 것이 욕망의 윤리라고 말했다. 그러므로 시에서 노인이 품은 욕망에는 죄가 없다. 자기 욕망에 충실한 노인의 솔직함은, 그 당당함은 인정한다.

시인이 지닌 욕망의 단면을 확인한 우리는, 그가 ①의 경건 성과 ②의 무모함을 겸비한 시인임을 깨닫게 된다. ①의 과제 에 소홀할 때 ②의 행위가 일어나고, ②의 과제를 잊을 때 ① 과 같은 행동이 일어난다. 이성이 잠들면 괴물이 깨어나고, 괴 물이 잠들면 이성이 깨어난다. 어떻게든 시인은 윤리적이다. 사회–윤리적이면서 욕망–윤리적이니까 말이다. 모순을 넘어 이접적 종합(Disjunctive Synthesis)으로 나아간다.

무언가 근본적으로 바뀌었다. 이건 분명한 사실이다. 그 것이 무엇인가? 이전에는 사람들이 모두 역사의 경작자가 되고 싶어 했다. 능동적·적극적인 역할을 맡고 싶어 했다. 아무도 역사의 '거름'이 되고 싶어 하지는 않았다. 그러나 먼저 땅에 거름을 주지 않고 경작을 할 수 있을까? 그러므 로 경작자와 거름은 둘 다 필요하다. 사람들은 추상적으로는 모두 이 사실을 인정했다. 그러나 실제에서는? '거름'은 희미한 그림자로 사라지고는 했다.

(…) 여기에는 사자로서 하루를 살 것인가 양으로서 백년을 살 것인가 사이의 선택조차 없다. 여기서는 사자로서의 삶이란 단 1분도 가질 수 없으며 양보다도 훨씬 더 천한 어떤 것으로서의 삶을 몇 년이고 계속한다. 또 그런 식으로 살아야 한다는 것을 안다. 독수리에게 공격당하는 것이 아니라 벌레들에게 뜯어먹히는 프로메테우스의 상. 히브리인들은 욥의 이미지를 만들었다. 오직 그리스인들만이 프로메테우스를 상상할 수 있었으리라. 하지만 히브리인들은 더 현실적이었고, 더 냉정했으며 그래서 그들의 영웅은 삶에 더 진실했다.

— 안토니오 그람시, 「대화」[61]에서


『황색예수 2』에는 20세기의 참혹과 21세기의 환영이 동시적으로 그려진다. 지금 이 시대의 상황이 딱 그렇다. 그람시의 말처럼 '거름'이 보이지 않자 '경작자' 역시 사라졌다. 김정환의 이번 시집에서 이런 암울한 상황이 자주 등장하는데, 묵묵히 거름으로 사는 이들까지 묘사되진 않는다. 아니다. 나왔다. 바로 방금 지나친(좀 전에 읽은) 이들이 거름일 수 있다. 프로메테우스처럼 살기를 원했던 이가 욥처럼 살아갈 수밖에 없다면, 삶은 곧 피폐해질 것이다. 조만간 자신에게서 해방의 꿈도 사라졌음을 깨닫겠지만, 아쉬워하지도 않을 것이다. 그는 이

---

61    안토니오 그람시, 『옥중수고 ①』(거름, 제3판, 1999) 119~120쪽.

미 다른 세계에서, 다른 삶으로, 다른 사람이 된 것이다.

①
누가 잊겠는가 그 시절을?
심장은 어디 있는가?
무너지는 슬픔의
주체한테 있다.
그리고 마침내
내가 살려고 짓는
집이 있다.

— 「내가 살려고 짓는 집」에서

②
우리가 해낸 일들 아무리 많아도
남지 않는다. 이룩된 일이다.
우리가 하고 싶었으나 미뤄둔 일들 아무리
많아도 남지 않는다. 후대의 취향이 다를 것.
우리가 해야 했으나 하지 않은 일만
너무 숱하게 우리의 치욕으로 남는다.
우리 떠난 후 이 지상에. 죽은 다음의 일이고
더 슬픈 일이다.

— 「결」에서

③

비극의 시대가 완전히 갔다.

이런저런 이유로 처형당한 주검들이

지천인 이 동산에서 죽음이 볼썽사나운

수준을 훨씬 지나 귀찮은 일과의 귀찮지 않은

습관에 지나지 않고 이 구역을 벗어나면 곧장

엔터테이너 시대이다.

　　　　　　　　　　　　—「신고전, 그 후」에서


①에서 보듯, 시인은 '그 시절'을 잊지 않았다. 그러므로 ②
에서처럼 "우리가 해야 했으나 하지 않은 일만/너무 숱하게
우리의 치욕으로 남는다." 우리는 무엇을 하지 않았던가? ③
에서 시인은 "비극의 시대가 완전히 갔다"고 진술한다. 한두
줄 아래 "죽음이… 습관에 지나지 않고… 이 구역을 벗어나면
곧장/엔터테이너 시대"라고, 이어 말한다. 죽음이 일과이자 습
관이라는 건, 무수한 타인의 죽음에 무뎌져  아무런 정서 감
응이 없을 정도로 사회가, 사람들이 저열화되었음을 뜻한다.
동지와 이웃과 형제의 죽음을 슬퍼하며, 있어야 할 것이 사라
진 것에 대해 분노하던 시대가 곧 '비극의 시대'다. 하지만 지
금은 비극의 시대가 아니라 무젤만[62]의 시대다. 오늘의 우리는
다시 무엇을 해야만 하는가. 누락목록 없이 오늘의 우리가 꼭

---

62　곧 '비인간'을 뜻한다. '무젤만'은 살아 있는 인간이 권력에 의해 인간 고유의 활력 일체를
박탈당한 상태를 뜻하는 말로서, 처음 나치당원들이 아우슈비츠와 같은 수용소에 수감된 유대
인들을 비하하여 고안한 은어다. 이 낱말은 프리모 레비, 장 아메리, 미셸 푸코, 지그문트 바우
만, 조르조 아감벤 등과 같은 저술가에 의해 현대 정치철학의 중요한 개념이 되었다.

해야만 하는 일은 무엇인가. 시인은 시를 통해 무명(無名)인 우리에게 대화를 시도한다. 시인은 자신의 독백과 고백을 읽는 독자에게, 후배들과 후손들에게 최선을 다해 말을 건넨다.

40년 전의 '황색예수'는 해방자 예수, 민중인 예수, 군사독재 한국에 철퇴를 내릴 예수였다. 그런데 '황색'이라는 낱말의 함의가 바뀌었다. 오늘의 '황색예수'는 탈색된 예수다. 어쩌면 가짜일지도 모르는 예수다. 신자유주의 체제로 거듭 진일보한 자본주의가 황색예수일 수 있다. 노년에 접어든 시인은 과거·현재·미래의 생을 응축하여 『황색예수 2』라는 특별한 '시'의 공간을 열었다. 시인이 흐르는 시간의 틈을 열어 대화의 공간을 마련했으니, 이제 우리가 그곳에 입장할 차례다.

_ 〈맥〉(2024년 가을호)

# '평화'의 구체적 현존

김시종 시집『지평선』(곽형덕 옮김, 소명출판, 2018)

## 불안한 평화

질 듯 질 듯 한 해가 떨어지고
저녁 식사도 마치고 풍경이 새로운 저녁 바람을 전할 무렵
길가 곳곳 평상에는
유카타 차림에 편안한 밤 이야기꽃이 핀다
담소를 섞어가며 올려다본 불꽃놀이에 이야기가 뒤얽혀
<u>폭파로 날아간 팔이나 살덩어리의 피비린내도</u>
<u>어느새 괴담으로 옷을 갈아입다니 정신없다.</u>
여름밤 꿈은 커다랗고
아이크의 위성발사로부터

우주여행 로켓까지
손자의 지식에 조금의 착오도 의심도 없다.
할머니는 호들갑스럽게 눈을 크게 뜨고서
"어째 그런 일이 다 있다냐!
원자력은 폭탄이잖아"
8천 미터 상공 바다를 건너온 비행기에만
관련된 순례의 날들.
아버지는 입을 다물고 석간신문을 탐독하며
딩동댕동 하고 울려 퍼지는
미오쓰쿠시 종(鐘)이 귀로를 더듬는다.
불꽃놀이만으로도 집이 날아갔는데
어네스트 존이 일본에 오고
원자포(原子砲)가 오키나와에 왔다고 한다.
어린아이들이 말해서 위를 보니
얼마나 달이 크고 가깝던지.

—「아이와 달」[63](밑줄은 필자)


　이렇게 해보자. 위의 시에서 밑줄 친 대목만 빼고 읽어보라.
그렇게 읽을 때, 우리의 상념에는 바람도 선선한, 어느 조용하
고 정갈한 도회지 길가 풍경이 떠오를 것이다. 한 세계가 가만
히 순하게 흘러간다. 안정되어 평화롭다. 이번엔 밑줄 친 대목
을 넣어서 다시 읽어보라. 이 좋았던 초저녁 풍경이 금세 아슬

---

63　김시종, 『지평선』(소명출판, 2018) 56~57쪽. 이하, 본문에 인용되는 시들은 모두 『지평선』에
수록되어 있다.

아슬하게 느껴질 것이다. 떨어져 나간 육신, 비행기, 원자포, 피비린내와 같은 무거운 질량의 낱말이 평안한 세계의 시공을 뒤흔들어 놓기 때문이다. 태풍 속의 고요처럼 불안한 평화일 수밖에 없다. 이런 지경을 과연 평화라고 말할 수 있을지도 의심된다.

언뜻 참 모질다 싶지만, 그렇게 해야만 우리가 의식하지 못한 채 누리는 평화의 모습을 재차 삼차 뒤집어 볼 수 있다. 나아가 '평화'라는 낱말의 쓰임새를 비판적으로 진단하고, 평화 개념의 정치·경제적, 사회·문화적 역할을 재구성하고 재조정하는 데까지 도달하는 계기가 된다면, 시 한 편의 힘은 충분히 발휘된 것이다. 더불어 우리 현대사의 통점(痛點)을 온몸으로 감수하며 한 발씩 밀어 온 시인의 삶[64]을 견주어 본다면, 평화에 관한 이질적인 상(像)을 제시하는 시인의 의도를 여러 번 다시 되짚어 볼 필요마저 있다.

그래도 여름 저녁 길가 평상에서 할머니와 어린아이가 도란도란 얘길 나누고, 그걸 엿들은 시인이 위를 올려다보며 '얼마나 달이 크고 가깝던지' 하고 툭 던지는 말 속에는 '이런' 평화가 오래 지속되길 바라는 마음이 배어 있다고 할 것이다. 풍경의 이면을 지배하려는 폭력의 실상을 근심하면서 이 한순간의 아름다움에 감응하는, 두 겹의 심리가 움직인다. 그것으로 우리는 시인의 마음에 닿게 된다.

---

64 김시종 시인의 삶에 대해서는, 『조선과 일본에 살다-나에게 8·15란, 4·3이란 무엇이었나』(돌배게, 2016)라는 시인 자신의 자서전을 참고하길 바란다.

## 평화의 적들

시인이 바라는 평화는 멀기도 하고 가깝기도 했다. 시인이 벗들과 함께 움직일 때 평화는 가까이 있었고, 벗들과 떨어져 움직이지 못한 채 고립될 때 그건 멀리 있었다. 시인과 평화 사이에는 세계가 있어, 그 세계의 실상이 시인의 감정과 이해를 일방적으로 지배할 때엔 평화는 멀어진다. 반대로, 세계 운행의 비밀을 깨닫는 해득력으로 그 진로를 변경하는 행동을 감행할 때, 평화는 시인의 편으로 다가온다.

이를테면, "꽃의 파리 천국에서/ 다섯 아이 어머니가/ 가스관을 물고 죽었다 하네/ 돈이 없어/ 배고파 견딜 수 없다/ 써놓고서 죽었다 하네"(「신문기사에서」)와 같이 사태에 개입할 여지없이 일방적으로 전달되는 먼 나라의 비극적 사연은 시인을 무력하게 만들었다. 더군다나 무의지적으로 연상이 일어날 때는 더 도리가 없다. 아마도 시인은 우연히 오사카의 시바타니 매립지에 사람 크기만 한 참치를 수천 마리 파묻는 것을 본 듯한데, 문득 눈을 크게 뜨며 놀랐던 것 같다. 시인은 이렇게 썼다. "나는 이전에도/ 이러한 장례식을 알고 있다./ 탄 사체는 분명히 검게 그을렸는데/ 시대는 산 채로, 목숨을 끊고 사라졌다."(「처분법」) 그건 오사카로 밀항해 오기 전, 1948년 4월 제주에서 보았을 것이다. 시인의 나이 열아홉 때의 일이다. "인간이란/ 이 정도로 하잘것없는 존재인가?"(「우라토마루[浦戸丸] 부양」) 하며 회의와 절망에 휩싸였으리라.

거리에서 우연히 마주친 개조차 시인을 수동적으로 감응시키곤 했다. "너를 바라보고 있으면/ 나마저, 이상하게 똥에 파묻혀 가는 듯하다/ 깡마른 목을 죽 뻗고서/ 홀쭉해진 넓적다리에 꼬리를 감고서/ 멍한 시선을/ 한입 먹을 때마다 이쪽으로 던진다.”(「타로」) ‘타로’라는 이름의 동네 개는 똥을 먹으면서도 눈치를 본다. 이건 이카이노에서 늘 목격할 수 있는 조선인들 그리고 자신의 모습이 아닌가! “오늘도 체포된 조선인./ 암시장 담배를 만드는 조선인./ 어제도 압류 당한 조선인./ 탁배기를 제조하는 조선인./ 오늘도 깎고 있는 조선인./ 고철을 줍는 조선인./ 지금도 찌부러진 조선인./ 개골창을 찾아다니는 조선인./ 어제도 오늘도 조선인./ 폐지를 줍는 조선인./ 밀치고 우기는 조선인./ 리어카가 손상된 조선인.”(「재일조선인」)

조국이 해방되었는데도 귀향하지 못했거나 그 조국의 사정이 너무도 참담하여 다시 일본으로 돌아온 조선인 대다수는 오사카의 쓰루하시역 근처 이카이노(猪飼野)에 모여 살았다. 시인도 줄곧 그곳에서 머물렀다. 조선인들은 대체로 일본인들을 떠받치는 온갖 잡스런 허드렛일로 연명하였다. 세계는 시인에게 좀처럼 여지를 내주지 않았다. 악몽의 나날이었다. “울고 있을 눈이/ 모래를 흘리고 있다/ 나는 더 이상 견딜 수 없어/ 비명을 내질렀는데,// 지구는 공기를 빼앗겨/ 목소리를 내지 못했다// 노란 태양 아래/ 나는 미라가 됐다// 지구는 차갑고/ 부모님조차 이런 나를 잊었다”(「악몽」) 세계는 시인의 꿈조차 지배하려 들고 있었다. 게다가 늘 굶기 일쑤였다.

엎친 데 덮친 격으로, 시인이 오사카에 도착한 지 2년 만에 전쟁이 터지고 말았다. 6·25전쟁에서 일본은 미군의 군수기

지 역할을 자임하며 조선의 운명에 재차 개입하였다. 전쟁은
점점 시인의 생각과 감정을 사로잡았다.

> 소름이 끼칠 정도의 불쾌함을 담아서 하천은 흐른다.
> 밤하늘을 따라 폭격기가 날아가고 있다.
> 내 바로 위 일직선으로 조선을 향해 날아가고 있다.
> ―「거리(距離)는 고통을 먹고 있다」에서

 시인은 가만히 앉아만 있을 수 없다. 철로에 체인으로 몸을
묶어 열차 이동을 지연시킬 목적으로 행동대를 조직하여 오사
카의 스이타역을 점거하는 시위를 벌인다. 시인은 당시의 사
건을 회고하면서 이렇게 말했다. "다행히 그날 군수열차는 운
행되지 않아 큰일 없이 마무리되기는 했지만, 25일 미명의 별
이 총총한 하늘 아래 국철 센리오카 앞의 완만하게 꺾어지는
선로에 몸을 체인으로 잇고 묵묵히 누워 있던 광경은 지금 상
기해도 뭉클하게 북받쳐 오릅니다. 군수열차를 한 시간 늦추
면 동포를 천 명 살릴 수 있다던 당시의 저 절실한 호소는 육
십 수년이 지난 지금도 반전평화를 향한 맹세가 되어 나의 마
음에서 울리고 있습니다."[65] 시인은 평화란 저절로 오지 않는
다는 걸 이미 몸으로 체득하고 있었다.

## 평화를 지향하는 일상의 싸움

 시인은 모 일간지로부터 '정치와 문학'에 대한 글을 청탁받

65   김시종, 『조선과 일본에 살다―나에게 8·15란, 4·3이란 무엇이었나』(돌베게, 2016) 255쪽.

아 이렇게 쓴 일이 있다.

> 재일조선인인 나로서 말하자면, 나를 감싸는 일상 자체
> 가 이미 정치이며, 겹겹으로 나를 감싸는 일상만이 확실한
> 시의 양식이 되는 나의 문학이다. 따라서 정치는 일상에서
> 나와 함께 있다. 설사 상대의 순수성을 믿을 수 있는 사이
> 라고 하더라도, 그처럼 평온한 관계가 자아내는 비정치적
> 인 무언가가 나의 생존을 규제하는 힘에 무방비하고 무관
> 심하다면 그 관계는 나를 해치는 것과의 대치 속에 자리한
> 다고 말하지 않을 수 없다. 비정치적인 것이 가장 가차 없
> 는 정치력으로 작동하는 연유다.[66]

그러므로, 시인에게 자신의 몸과 마음, 느낌과 생각이 일어
나는 자리가 곧 싸움의 장이다. 사는 일 자체, 재일(在日)이라
는 현존 자체, 일상에서 보고 듣고 말하는 자체 모두가 싸움이
다. 싸움을 좋아해서가 아니라 세계가 시인에게 줄곧 싸움을
걸어오기 때문이다. 시인은 결코 싸움을 피하지 않는다. "밤이
여 어서 오라/ 낮만을 믿는 자에게/ 무장한 밤을/ 알려줄 터이
니." "밤이여, 어서 오라 오라 오라/ 사람과 말이, 꽃이/ 땀투
성이다…………"(「밤이여 어서 오라」) 모든 역사는 과연 밤
에 이루어지는 걸까? 시에서 '무장한 밤(armed night)'은 역
시 시인에게 유리한 싸움터다. 시인은 어둠에 익숙한 촉수를
지녔다.

---

66    김시종, 「정치와 문학」, 『재일의 틈새에서』(돌베개, 2017) 221쪽.

이른바 '평화의 적들'을 만나면, "자아, 모두 힘껏 웃는 얼굴로 놈들을 맞이하자. / 내민 손을 잡아라. / 하지만 물고 늘어지면 안 된다. 놓아서도 안 된다. / 우리를 몰아세운 그 손이라 해도 – / 우리의 집을 불태운 그 손이라 해도 / 우리는 그저 은근히 예를 표하면 된다. / 고개를 숙이며, 말을 하면 된다! / "손을 다치지 않으셨나요?"하고 말이지."(「밤의 중얼거림」)라는 주문과 격려와 기술도 제시한다. 최선을 다해 당당하게 세계와의 싸움에 임하는 것. 심리적·의지적 빈틈을 주어서는 안 된다는 것. 여유를 잃어서도 안 된다는 것. 새로운 이미지 하나는 이 밤의 전사들이 사실 '불'이었다는 거다. "비 오는 폭탄의 나날 / 지하에서 호흡해 온 불이다 / 어떤 야욕도 / 우리의 불을 끌 수 없을 것이다"(「정전보(停戰譜) 2-밤」). 추측건대, 이 불의 온도는 서늘할 것이며, 빛깔은 푸르스름할 것이다. 꺼지지 않고 영원히 타오르는 민중의 불은 그런 형상을 하고 있다.

한편, 밤의 전사들은 사납지 않다. 민중의 연민과 지혜로 무장되어 있어서다. 그들은 "한정된 이 세상에 목소리조차 내지 못하는 존재가 / 심려돼 어찌할 바를"(「먼 날」) 모르는 이들이다. 이들은 싸움에서 참여하여 죽음에 이르러서도 "한 명 정도 / 제대로 된 망령은 없는가!? / 쌓인 진흙을 제거하고 / 겨우 인양한 배의 창고 안에 / 책상다리를 하고서 / 남루한 셔츠의 가슴을 털면서 / 껄껄 웃고 있는 듯한"(「우라토마루 부양」) 포즈를 멋지게 취할 줄 안다. 그러므로 시인은 평화의 적과 대적하는 싸움에서 오히려 평화로워 보인다. 어쩌면 평화는 적에게 점령된 세계와 싸움을 벌이는 과정에 이미 내재되어 있는 듯하다.

> 무의 존명력(存命力)이
> 인간의 삶에 암시를 주는 듯하다.
> 불사신인 그 몸은
> 몸이 잘려 나가고 속을 도려내어도,
> 한 되 십전의 수돗물
> 몇 방울 물에 행복해 하는 한
> 삶을 포기하지 않는다 한다.
> 게다가 거꾸로 매달려서
> 〈모양으로 구부러져서 싹을 위로 솟아나게 하는 모양〉은
> 엄청난 교훈을 자각하게 한다고 하지.
>  (…)
> 왕성한 생명력이
> 교훈을 위해 산제물이 되다니
> 말도 안 되는 철학이라고 생각하지 말라.
> 적어도 내 삶은
> 습성이 아니다.
>
> —「산다는 건」에서

시에서 '무'는 '없음'이 아니라 '먹는' 무다. '엄청난 교훈'이
란 민중의 지혜와 생명력이며 또 평화 그 자체라고 할 수 있는
데, 그렇지만 그 교훈 하나 달랑 얻기 위해 일부러 '무'를 습관
적으로 희생한 것이 아니라는 것이다. "적어도 내 삶은/ 습성

이 아니다." 그렇다면 무엇인가? 지극히 어려운 싸움의 나날에서 체득된 생명력이다. 속이 패이고 몸이 잘려나가는 숱한 패배를 겪은 지혜다. 그렇기에 자연사(自然史)적인 습성일 수 없다. 그러므로 봄이 오면 시인은 싸움의 흔적을 이렇게 기억하려 한다. "나는 한 송이 진달래를/ 가슴에 장식할 생각입니다./ 포탄으로 움푹 팬 곳에서 핀 검은 꽃입니다." 아마도 미래의 전사이자 시인이 될 이들도 이렇게 무장할 것이다. "무심히 춤추듯 나는 나비도/ 상처로부터 피의 분말을 발라/ 암꽃술에 분노의 꿀을 모읍니다."(「봄」) 오랜 싸움 끝에 시인은 마침내 이렇게 선언한다. "아버지와 자식을 갈라놓고/ 엄마와 나를 가른/ 나와 나를 가른/ '38선'이여,/ 당신을 그저 종이 위의 선으로 되돌려주려 한다."(「당신은 이제 나를 지시할 수 없다」) 평화의 적들에 의해 그어진 '38선'은 패배의 흔적이다. 하지만 마침내 시인은 세계와의 싸움을 통하여 평화를 자신의 편으로 끌어오는 기술과 힘을 지니게 되었음을 당당하게 표명한다. 그러므로 38선은 허구의 선에 불과하며, 이미 시인과 민중은 38선에 개의치 않고 넘나들며 행동과 사상에 구애받지 않고, 더 거대한 싸움을 치러낼 무장을 마련하고 있음을 알린다.

## 평화란 무엇인가?

'밤'이라는 싸움터로 진입하려면 일차적 인식(또는 깨달음)에 도달해야만 한다. 그것은 바로 "네가 서 있는 그곳이 지평"이라는 인식이다. 그래야 "새로운 밤"을 맞이하여 평화에 다가서는 싸움을 벌일 수 있다. "자신만의 아침을/ 너는 바라서는 안 된다. / 빛이 드는 곳이 있으면 흐린 곳이 있는 법이다.// …
/ 다다를 수 없는 곳에 지평이 있는 것이 아니다. / 네가 서 있
는 그곳이 지평이다. / 틀림없는 지평이다.// … / 진정 새로운
밤이 기다리고 있다."(「자서」) 그 인식이 없다면 '낮만을 믿는
자'들에게 늘 포획될 수밖에 없다. 평화 역시 더 멀리 물러날
것이다.

한편, 시인은 식민과 분단의 사슬에 묶여 희생된 이들을 위
하여 "흰 쌀밥 골라/ 배고픈 마음의 넋에게/ 맘껏 드시라며 불
단에 올린다"(「박명」). 또 폭우에도 불구하고 '국방군 18만 증
강'이라는 어두운 신문을 배달하는 소년의 온기를 잊지 않으
려 한다. "손에 든 신문의/ 정말 따스한 그대의 온기가/ 지금,
내 손바닥으로부터 정수리로 스며들어 갔는가……"(「취우」)
그리고 어머니. "태백산의 수맥을 타고/ 나는 지금 당신의 고
동에/ 귀를 기울이고 있다/ 내가 자란 든든한 풀을/ 확인하기
위해/ 나는 지금 당신이 내쉬는 숨결의/ 고동을 듣고 있다//
쿵쾅 쿵쾅/ 쿵쾅 쿵쾅"(「품-살아계실 어머님께 보내며」) '내
가 자란 든든한 풀'을 확인하기 위해서 어머니의 숨결을 한결
같이 재생시킨다. 진실한 싸움이 있지 않고서는 얻기 어려운
재생일 것이다.

오늘을 원한다!
창문을 열자마자
맹렬한 바람이 안으로 들어와서
모든 것을 다 날려버리고

피부 깊숙이 유리창 파편을 박아 넣었다

(…)

아파! 이게 진짜라면

이 상처는 영원히 오늘을 기억하겠지

―「악몽」에서


이 시는 현실의 어떤 가혹한 고통이 일련의 가학적 쾌감으로 전이되는 느낌을 준다. 그렇지만 이 대목은 '꿈'마저 지배하려는 세계의 비참한 실상에 굴하지 않는 의지가 생생하게 표현된 것으로 보는 편이 옳다. 이육사의 시「절정」에서 느끼는 '세계-끝의 의지'에 비견될 만하다.

김시종은 삶과 죽음의 극한을 경험한 사람으로서 표현할 수 있는 '어떤 절정'에서부터 아주 낮고 미세한 존재의 율동에 이르기까지 찬찬히 보고, 가만히 더듬는 매우 귀한 시인이다. "굶주린 동포 한 명이/ 이 땅에서는 신기한 수저를 캐왔다./ 녹슨, 모국제 수저 하나다.// 모두 손을 내려놓고/ 너무 신기해 넋을 잃고 보고 있다./ 그리고, 각자 알 수 없는 미소를 띠었다."(「녹슨 수저 하나」) 이렇게 시인은 녹슨 수저 하나에서도 '공존의 미소'라는 보석을 캐낼 수 있을 뿐만 아니라, 길가를 떠도는 잡초에서도 민중의 힘을 가만히 운산(運算)하는 놀라운 지각을 지녔다. "끊임없이/ 트럭이 오가는 길가에/ 뒤얽히고, 파손된 채로/ 먼지를 받고 있던 잡초―// 설령 그것이/ 현재 사회와의 무관계한 번식이라 해도/ 나는 이 의지를/ 무시할 정도의 용기가 없다.// 고쳐 앉아,/ 모르는 척을 하고,/

나는 그저 떨어질 때까지/ 바지 자락의 이 녀석을 운반할 것이다.”(「살아남은 것」)

강렬한 의지와 섬세한 감각 그리고 윤리적 일관성. 이것이 시인을 표현할 수 있는 추상적인 낱말들이다. 하나 더 추가하자면, 크나큰 품에서 우러나오는 꾸밈없는 해학이다. 우리는 시인 김시종이라는 존재로서 '평화'의 구체적 현존을 동시대에 목격하는 행운을 누리고 있다. 그의 시를 읽는 행위로써 우리는 평화에 한발 다가서게 되는 셈이다.

_ 강원문화예술교육지원센터 웹진 〈잇다〉(2018년 4월)

3부

# 살아 있는 것

# 지고 또 피는 생명의 다정한 나날들

안상학 시집 『남아 있는 날들은 모두가 내일』(걷는사람, 2020)

 

오랜만에 안상학 시인이 새 시집을 펴냈습니다. 『남아 있는 날들은 모두가 내일』이란 제목을 단 이 시집은 첫 시 「바닥행」부터 마음에 닿습니다. 이어 「생명선에 서서」, 「북녘 거처」, 「안동식혜」, 「언총」, 「입춘」까지 시인이 지닌 마음의 거처를 살피면서 읽어 나갔습니다. 그러다 2부 첫 시 「푸른 물방울」에 잠시 멈추었습니다. 읽다가 한 사람이 생각났기 때문입니다. 생애 다 못 굴린 덩이를 목적지까지 굴리려 했던 평화시장 전태일이 그 한 사람입니다. 시 「푸른 물방울」은 그가 다못 굴린 덩이에 대한 반세기만의 화답으로 읽힙니다. 시인은 세상의 한 바닥에서 고생 많았던 그의 검은 덩이를 받아 환하

고 투명한 물방울로 바꿔준 듯합니다. 스물세 살에 진 대구 청
년 전태일도 '끝없이 우주를 떠도는 푸른 물방울 하나'가 됩니
다.

> 나는 아주 작은 한 방울의 물에서 생겨나
> 지금 나같이 아주 우스꽝스럽고 조금 작은 한 방울의
> 물에 살다가
> 다시 아주 작은 한 방울의 물로 돌아가야 할 나는
> 나무 물방울 풀 물방울 물고기 물방울 새 물방울
> 혹은 나를 닮은 물방울 방울
> 세상 모든 물방울들과 함께 거대한 물방울을 이루며 살
> 아가는
>
> ―「푸른 물방울」에서

'생겨나… 돌아가야 할 나'라는 말에서 전태일의 육성이 연
상되었습니다. 생각건대, 서로 함께 '거대한 물방울을 이루며
살아가'고 있으니, 그 한 사람이 수천, 수만, …수억의 사람입
니다.

몇 장 건너뛰어 생명의 목소리와 흔적을 또 찾습니다.

> 민들레가 꽃으로 피다 못해 별로 피어나는
> 애기똥풀이 꽃으로 피다 못해 달로 벙글어지는
> 백합이 철든 아이처럼 내색도 없이 꽃이며 향기를 밀어
> 올리는

―「4월 16일」에서

그날도 '분명 이런 날'이었을 겁니다. "꽃잎 무덕무덕 떨어져" 더욱 서러운 날이었을 겁니다. 벌써 6년, 그날의 어린 생명들도 '푸른 물방울'이 되어 끝없이 우주를 떠돌 것입니다.

무자기축 제주에서도 "첫돌을 넘기기도 어려운 목숨들"이 있었습니다.

> 생명을 얻은 해에 생명을 빼앗긴 영혼들이
> 피맺힌 앙가슴으로 솟구치는 핏줄기로
> 낸시빌레, 너븐숭이, 옴팡밭, 몬주기알 어디
> 해마다 사월이면 목숨껏 솟구쳐 목숨껏 지고 마는
> 애기동백으로 살아 온다는데
> 와서는 곧장 뚝뚝 죽어 간다는데
>
> ―「애기동백」에서

> 남편은 여전히 사라지고 없고
> 시댁도 불에 타서 흔적도 없이 사라지고 없고
> 갓난아기도
> 세상에 태어나 감귤꽃 한 번 못 보고 사라졌소이다
>
> 여릿여릿 배꽃 같은 숨을 놓고 이름도 없이 사라져 갔
> 소이다
>
> ―「나는 그저 한남댁이올시다」에서

한남에서 남원으로, 남원에서 서귀포로, 제주로 "느닷없이, 모든 것이 사라진 섬에서" 한 어미 또한 사라져갔습니다. '작은 물방울 하나'로 태어나 세상의 온갖 고초를 겪다가 다시 물방울 하나로 스러져간 뭇 생령들을 마음에 담습니다.

시집 편편에 드러나 있는 생명의 나고 짐, 곡진한 저마다의 사연과 허무맹랑하게도 위악으로 가득한 세상사의 모습에 마음 졸입니다. 숙연하면서도 곱게 단장된 생들의 편력을 읽어 가다가 시집 뒤편에서 이런 시를 만났습니다.

> 앞발로 땅을 파는 동안 새끼를 입에서 놓지 않습니다
> 새끼를 구덩이에 다독여 넣고는 콧등을 삽날 삼아 흙을
> 덮습니다
>
> ― 「어떤 장례」에서

모든 어미는 새끼를 세상에서 가장 귀히 여깁니다. 그런데 어느 한 어미 개가 새끼를 잃었습니다. 그 어미 개가 새끼를 물고 묻을 곳을 찾아 땅을 팝니다. 땅을 파고는 보통 뒷발로 흙을 덮는데 이 어미 개는 콧등으로 흙을 덮습니다. 숨이 식은 새끼를 흙에 묻는 어미 개의 장례는 경건합니다. 세상에 잠시 왔다가 일찍 저문 어린 생명을 애면글면하지 않으며 눈물과 탄식과 비통 없이 으레 무심하게 다시 흙으로 보내는 어미 개의 모습은 한편 장엄합니다. 생명을 모심이란 이런 게 아닐는지요.

시인의 이번 시집에서는 작고 여린 생명에 주목하는 구절

들이 눈에 많이 띕니다. "아침도 봄도 아닌 시절에 나팔꽃은 시계방향으로 감아 올라가고, 박주가리는 반대방향으로 올라가며, 더덕은 왼쪽 오른쪽 자유자재 올라가는 풍경의 역방향"(「바닥행」)인 것과 같이 지난 몇 년간 생명이 깃들어 사는 땅과 하늘의 운행이 심상치 않은 터라 생의 보존에 시인이 마음을 더욱 기울인 탓이라고 짐작합니다.

그럴수록 서로 부대끼며 살아가는, 보듬고 사랑하는 시간의 마디마디가 간절하게 느껴질 수밖에 없겠습니다. 어떤 시절과 계절들, 만나고 헤어지는 시간의 어긋남이라든가 잊을 수 없는 날짜, 예전과 다른 시간의 체험까지 '때'를 생각하는 시인의 애씀이 절박합니다.

다시 시집의 앞쪽으로 거슬러 올라가 봅니다. 수년 전 시인이 몽골과 고비사막에서 얻은 생각을 엿볼 수 있는 시에서 우리가 흔히 생각하는 관념과는 다른 시간을 만납니다.

시간과 거리를 물으면 금방이라는 말밖에 할 줄 모르는 운전기사와 길을 잃어도 쥬게르 쥬게르(괜찮아 괜찮아)만 연발하는 가이드를 보면서 나는 모든 지나간 날들을 아래라 부르던 내 할머니의 시간에도 새겨진 게 분명한 몽고반점과, 싸울 때면 쥐게라 쥐게라(죽여라 죽여라) 악다구니를 쓰던 할머니의 지워지고 없는 몽고반점을 떠올리며, 고비에다 주막을 차리겠다는 사내와 쏘다닌 열흘 동안을 나는 모든 지나간 날들과 아직 오지 않은 나날들을 어제와 내일로 셈하며 동업할 생각을 해 보았다

위의 시에 따르면, 여기는 '지나온 날들을 모두 어제라 부르는 곳'이며, '남은 날들을 모두 내일이라 부르는 곳'입니다. 지나간 시간을 모두 없음으로 훌훌 터는 곳이며, 남은 시간들도 없기는 마찬가지려니와 불쑥 오늘에 잠깐 있다가 금세 어제가될 터며 '무로 돌아갈' 것입니다. 그런데 이리 심플한 시간 의식은 '내 할머니의 시간'에도 새겨져 있었습니다. 고비사막의운전기사와 할머니의 시간에 새겨진 '몽고반점'은 너무 천천히 흘러 흐르지 않는 듯도 여겨지는 시간과, 매우 오래도록 지속되는 사물과, 자연의 순리에 따라 삶과 죽음의 경계마저 지워진 경지를 은유하는 낱말일 터입니다.

'고비의 시간'은 오늘, 현재, 현세가 지나치게 풍성해져 버려 지금 순간의 뜻을 쌓느라, 없는 어제와 내일도 마치 있는것처럼 여기는 지금의 우리와는 참 다른 시간입니다. 우리가겪는, 어둡게 짙은 '어제'와 불투명한 '내일'로 인해서 근심 가득하며 불안하기만 한 '오늘'이라는 시간은 어찌해야 중지시킬 수 있을까요. 피어린 과거를 삭이고 삭이면 언젠가는 풍화되어 날아가 버릴까요. 주어진 오늘의 일을 마치고 잠자리에들면 얌전한 얼굴을 한 내일이 고스란히 우리 곁에 와 있을까요. 시절과 계절을 고민하고 숙고하는 시인의 명상이 나날이깊어만 갑니다.

한데, 우리의 잃어버린 시간이 어쩌면 우리의 입맛에 내장되어 있는 건지도 모르겠습니다. 「간고등어」와 「안동식혜」와

「헛제삿밥」이야기에는 시간이 유머러스하고 맛있게 배어있습니다. 한 점 떼어서 밥에 올리고 한 입 크게 삼키면, 저도 모르게 웃음이 지어질 것 같습니다. 지긋이 눈을 감으면, 잊었던 이야기가 저절로 풀려나올지도, 잃었던 시간이 다시 살아날지도 모를 일입니다. 먹을거리 가득한 백석의 시들과도 맥을 같이 하면서 미각을 자극하는 시들입니다.

더 시간을 들여서 읽어야 할 시가 아직 많이 남았습니다만, 한마디만 더 보태고 말을 마칠까 합니다. 『남아 있는 날들은 모두가 내일』에 수록된 시들은 무엇보다 깊고 서늘한 사랑과 그리움의 연시(戀詩)로 느껴집니다. 시인이 6년 전이 펴낸 『그 사람은 돌아오고 나는 거기 없었네』에서보다 한층 그 사랑이 깊고, 그리움이 넓어진 듯합니다. 더 고요하고 더 서늘하며 더 무심한데, 신기하게도 더 다정합니다. 시인이 그간 늘려온 성찰의 깊이와 진폭과 스케일 때문에 스타일이랄까, 형식 같은 것 역시 특별히 구애받는 것 없이 자유로워 보입니다.

굽어보는 그 길 오른쪽으론
떠나가는 것들, 눈물 나는 것들, 사라지는 것들, 쓰러지는 것들, 절망하는 것들, 그리운 것들, 그늘진 것들이 있고
굽어보는 그 길 왼쪽으론
돌아오는 것들, 눈물 닦은 것들, 나타나는 것들, 일어서는 것들, 희망하는 것들, 눈에 넣어도 아프지 않은 것들, 햇살 바른 것들이 있다
아직도 그들은 서로 한 데 있지 못하고 따로 서 있다

영원히 화해하지 못할 그 길을 지나가고 지나가고 지나
가서
　나는 나를 다시 이순의 언저리에 세워 본다
　　　　　　　　　　　　　　　—「생명선에 서서」에서


　아마도 시인이 이순(耳順)에 접어들 때면 두 갈래 길은 한
데 어울려 시인더러 어서 이리로 오라고, 같이 가자고 할지도
모르겠습니다. 그 환한 길을 걸어가는 이순의 시인이 벌써 보
입니다.


　　　　　　　　　　　　　　　　　_〈예천산천〉(2020년)

# 고요하고 낮고 자잘한
# 생명의 거처

정우영 시집 『순한 먼지들의 책방』

"꿈을 꾸고 있는 사람에게 현재로 여겨지는 미래는,

파괴할 수 없는 욕망에 의해 과거의 이미지로 만들어진다."

— 프로이트, 『꿈의 해석』 마지막 문장

정우영 시인은 이번의 『순한 먼지들의 책방』(창비, 2024)까지 모두 다섯 권의 시집을 펴냈다. 40년 가까이 그가 '시'에 바쳐온 '마음'은 어떤 것일까. 그는 두 번째 시집을 펴내며 이런 말을 한 적이 있다. "요즈음엔 특히 작은 것, 잘 잊히는 것, 쉬 멀어지는 것, 이를테면 사금파리 같은 것들에 부쩍 끌린다. 눈에 잘 띄지 않아도 그 자리에 없으면 어쩐지 허전한 것들. 그런 것들이 불러일으키는 애잔한 위무가 아늑하게 느껴진다."[67] 그로부터 20년이 지난 지금까지도 이 '마음'은 이어진다.

---

67  『집이 떠나갔다』(창비, 2005)에서, 시인의 말.

세 번째 시집에서도 그는 비슷한 말을 하였다. "아무것도 아닌 것들의 시간과 기억들에 나는 들려 있다. 한동안 나를 지탱해준 힘들은 이들에게서 나왔다. 아무것도 아니지만 실제로는 구체적인 그 무엇들이 나를 이끈다. 이를테면 고향집 사랑방 흙벽을 감싸고 있는 그을음. 아롱지는 그리움을 채워가는 거미줄. 지금은 안 계시는 어머니 아버지의 바지런한 움직임들. 실체이면서도 실체가 아닌 것처럼 그늘 속에 스며 있는 것들. 이런 것들이 역사의 틈새를 메우는 실금들이다. 나는 이 같은 실금들에 계속해서 들리고만 싶다. 들려서 자잘한 물음들, 어질어질 세상에 내려놓고 싶다."[68] 아무것도 아닌 것처럼 보이는 이 '실금' 같은 존재는 과연 무엇일까. 그는 이들이 '역사의 틈새'를 메우고 있다고 말한다. 나아가 그 자신이 이러한 것들에 '들리고' 싶다고까지 말한다. 이른바 신들리듯 이들에게 '들려서' 얻게 되는 '자잘한 물음들'을 시의 형식으로 '세상에 내려놓고' 싶다고 자신의 욕망을 피력하였다.

그로부터 8년 뒤 네 번째 시집을 펴낼 때 그는 '이들'과 한 몸이 되어 있다. "여기와 저기 사이에서 헤맨 시간이 길었다. 내게 와 얹혀 떠도는 입김 같은 것들을 불러 모았다. 아련하게나마 형태가 어른거려 내려놓는다. 이곳이 나다. 활(活)의 숲이 싱그럽다."[69] 오랜 세월 헤맨 그는 마침내 '이들'의 세계에 거주하는 존재자가 되어 있다. 사금파리, 거미줄, 그을음, 실금들, 입김 같은 것들은 '무엇'을 은유하는가. 존재하지만 비존

68 『살구꽃 그림자』(실천문학, 2010)에서, 시인의 말.
69 『활에 기대다』(반걸음, 2018)에서, 시인의 말.

재 같은 것들이고, 존재와 비존재 사이에 있는 것들이기도 하며, 비존재라고 하기엔 너무나 존재하는 것들일 것이다. '여기와 저기 사이'는 삶과 죽음이나 필연과 우연, 있음과 없음 또는 세계 안과 세계 밖 같은 궁극의 문제들이 다루어지는 영역일 것이다. 그 영역에 그는 거주하며 그곳을 '활의 숲'이라고 이름 짓는다. 천체로부터 미물에 이르기까지 모두 고유하고도 특별한 '생명의 거처'에 머물고 있다고 말하는 것이리라.

한편, 그는 거대하고 딴딴한 편에 서 있지 않고 자잘하면서 부드러운 편에 서 있다. 외침보다는 속삭임의 편에 서 있고, 무엇을 가하는 것의 편보다는 당하는 것의 편에 선다. 평안함을 지향하지만 언제나 불안한 편에 있다. 그에겐 어쩔 수 없는 편향이 있다. 누구나 태어난 때와 자리가 다르듯이 정우영에게도 고유의 시간과 장소가 있으며, 이로부터 연유하여 낮고 고요하고 자잘한 것으로 그의 귀와 눈이, 몸과 마음이 기운다. 그것이 정우영의 내면에 일관되게 흐르는 시적 경향이다. 그는 고향으로, 흙으로, 나무와 꽃으로, 아스라한 기억으로, 그을음이나 실금 같은 것으로, 나풀거리거나 미약하거나 금세 없어지는 것으로 기울어 있다. 그의 지각능력은 그렇게 정향(定向)되어 있는 것이다.

그가 써온 시 모두는 이점을 염두에 두고 다시 읽어야 할 것으로 보인다. 차안과 피안의 경계에서 아슬아슬하게 버티고 있는 대상들을, 역시 그 경계에서 마냥 흔들리는 주체가 보고 느끼며 쓴다. 그의 시에는 거대하거나 미세한 공간에서 쉼 없이 움직이는 '무엇'이 있다. 그것은 마음과 우주 사이의 존재자로서 늘 움직이고 흔들린다. 한순간도 멈추지 않는다. 율동이나 울림이라기보다는 떨림이나 들썩임에 가깝고, 훨훨 나는 것보다는 가만히 떠다니는 쪽이다. 정우영은 이들의 미세한 운동에 민감히 반응한다. 인간 사이에 생긴 상흔들의 퇴적과 얇고 깊게 새겨진 표정들, 살아 있는 동식물의 미묘한 변화, 구름과 바람과 땅과 물의 소리 없는 운동들, 흐르는 별들의 선율 같은 것을 자신의 시에 앉히려 애쓴다.

그러므로 그의 시는 민중, 민족, 민주주의, 노동, 사회참여 등과 같은 인간의 일에만 머물러 있지 않다. 〈민중시〉를 통해 문단에 나온 이후 정우영은 내내 민중문학·노동문학 계열의 시인으로 불리지만, 사실 그에게는 땅의 시인, 나무의 시인, 별의 시인이라는 칭호가 더 어울려 보인다. 이 같은 칭호가 그에게 적격임을 입증하는 이번 시집 『순한 먼지들의 책방』는 그의 시력에서 매우 중요한데, 마침내 그의 시가 인간의 집 너머, 자연의 집·생명의 집에 깃들어 있음을 여실히 드러내기 때문이다. 이제 그는 이런저런 형용 없이 그저 '시인' 하나로 오롯하다. 세상 만물 "모든 것이 조화와 균형 속에 하나로 맺어져 있다는 생각"이 그의 시 저변에 흐른다. "이것이 시적 감수성의 본질이고, 시의 마음의 핵심"이며, "다른 존재, 다른 생명으로 보이는 것들도 내 생명의 일부라고 보고, 시인은 생명에 가해지는 상해에 마음 아파하고 고통을 함께 나누는 것"[70]이라는 김종철 선생의 가르침을 충실히 수행하여 얻은 열매로 여겨진다.

---

70 김종철, 「시의 마음과 생명 공동체」, 『시적 인간과 생태적 인간』(삼인, 1999) 62~63쪽.

둘은 모녀간일까. 길가에 놓인 운동기구를 타며 정답게 속삭이고 있다. 지나가던 내 귀가 주욱 늘어나 두 사람 주변을 서성인다.

이따 집에 가서 전 부쳐 먹자. 비도 설핏 다가들고. 엄마, 여기 오기 전에 저녁 드셨는데? 고기에다가 맛있게. 내가? 내가 밥을 먹었어? 한데 왜 이렇게 배가 고프냐.

들은 말들을 되새김하는 것일까. 걷는 내내 접혀진 귀는 우울에 빠져 있었다. 집에 다 와 가는데도 처져 있어 귀에게 전했다.

집에 가서 전 부쳐 먹을까. 귀찮다는 듯이 귀가 달싹인다. 환영이야.

환영과 환영* 사이 갈림길에서 서늘해졌다. 안녕과 불안이 동시에 튀어나온다.

*늘그막의 환영(歡迎)에는 환영(幻影, illusion)이 따라다닌다.

이번 시집에 실린 「이순의 저녁」이라는 시다. 동네 천변 산책길에서 만난 모녀이리라. 그 어머니는 치매를 앓는다. 저녁 먹은 걸 잊고선 또 전을 부쳐 먹잔다. 대화를 엿들은 시의 화자는 우울하다. 접힌 채 처져 있는 귀에게 말 건넨다. 귀는 '환

영이야.'라고 답하는데, 화자는 환영의 두 가지 뜻 사이에서
서늘해진다. 저 노인처럼 '나'도 기억이 어두워질 수 있고, 오
늘의 안녕이 내일로 이어지지 않을 수도 있다. 귀가 순해지는
때에 와 있으나, 마음이 그렇질 못하다. 신경이 예민해져 있
다. 예전엔 그냥 흘려듣고 지나쳤지만, 이젠 그렇질 못하다.
귀는 갈 길을 잃고, 자잘한 음향에 빠져든다. 지각(知覺)들이
이성의 통제에 어깃장을 놓는다.

점차 나는 뇌보다는 귀·눈·손·발·살갗에 더 의지하며 살게
될지도 모른다. 그때가 되면 나는 예전의 내가 아니게 될 것이
다. 변모를 감수할 수 있는가. 이순(耳順). 이젠 귀에 순응하라
는 뜻인가. 늙음을 눈앞에 둔 화자는 실존의 문제에 직면한다.
광활한 우주 안 자잘한 개체인 '나'를 시인은 '늙음'을 매개로
포착하여 전시한다. 비관에 빠져 동정을 바라는 것이 아니라
실상이 그렇다고 표현한다. 나는, 그리고 당신은, 우리는 모두
그렇고 또 그렇게 된다는 것, 그것이 냉엄한 자연의 이치라는
것, 불안과 불편을 감수할 수밖에 없다는 것을 조용하고 서늘
한 목소리로 전한다.

『순한 먼지들의 책방』에 실린 57편의 시들은 대개 이러한
겹겹의 의미망을 지니는데, 시 「이순의 저녁」에서 그 모형을
확인하게 된다. 겹겹이 쌓인 의미들은 겹겹의 감정을 일으키
는 언어의 형식구조에 힘입어 발생한다. 속말과 겉말, 음향으
로 전달되는 말소리, 맘속으로만 하는 말, 마음속에서 일어나
는 대화들, 마음 상태에 관한 속엣말 등이 연이어 교차하며 의
미를 파생시킨다. 마지막 행에 달린 주석은 여음(餘音)으로써

1행부터 5행에 이르기까지 쌓인 의미들과 부딪혀 공명(共鳴)을 일으킨다. 마침내 환(幻)의 세계에 당도한 당신을 기쁘게 맞이한다는, 가장 낮고 깊은 음의 환호성이 환청처럼 들린다.

「징후들」이라는 시에선 감각기관들이 심상치 않다. 아침부터 눈이 아프고, 귀가 울린다. '나'는 원인을 캐묻지 않는다. "못들은 체 외면한 사정들"이 되돌아와 복수하는 것이려니 한다. 이물감에 시달리며 '나'는 베란다를 서성인다.

> 이제 더 이상 적막은 없다. 누군가의 고요와 무엇인가의 적막을, 아랑곳없이 마구 할퀴었을까. 그들의 상심이 고저를 타고 내게로 와 눈은 서걱거리고 귀는 쎄하게 앓는다. 나무와 풀과 물과 바람은 아니겠지. 복수의 대상이 될 만큼 난 그이들 괴롭히진 않았으므로. 혹시 명이거나 정이거나 그런 이름들일까. 깊은 생채기가 남았을까.

> 너무 늦어 돌이키지 못한다고 하더라도 눈과 눈, 귀와 귀 맞대고 속삭이고 싶다. 호, 하고 불어줄게. 말끔히 사라지지는 않겠지만 좀 낫지 않을까. 입김이 채 마르기도 전에 눈에 비문이 떠다니고 귀는 떠르르 울린다. 아닌가 하고 숨 고르는 새, 혁명은 심장에 있다고 당신이 울부짖는다. 살구꽃 그늘 고이는 토방 마루에 앉아 꽃타령이나 하려는 눈과 귀가 씰룩인다. 분분이 날리는 꽃잎처럼 터지는 살육들,

> —「징후들」 3, 4연

"명이거나 정이거나 그런 이름"은 사람 이름일 수 있고, 운명과 생명 같은 명(命)이거나 정념과 연정 같은 정(情)일 수 있다. 누군가의 몸이나 마음에 난 "깊은 생채기"에, 뭇 산 것들에 새겨진 상처에 시의 화자는 입김을 불어 조금이라도 낫게 하려 한다. 어쩌면 입김은 자신을 향해 불어야 할지도 모른다. 자신도 모르는 자기 내부의 상처일 가능성도 있다.

다시 눈과 귀가 요동치고, 저 너머에서 외침이 들린다. 흩날리는 꽃잎과 폭발로 튀어 오른 살점들, "혁명은 심장에 있다"는 울부짖음, 심장과 장기가 제거된 채 싸늘한 시신으로 발견된 미얀마의 저항 시인. 분출하는 이미지는 80년 5월, 60년 4월, 50년 6월…의 숱한 주검들과 결합되어, 적막과 고요의 시간에 진입한다. 평온한 일상에 실금을 낸다. 깊은 곳에 감추어져 있던 혁명의 기억이 감각의 혼란에 힘입어 순간, 솟구쳐오른다. 현재에 현재(顯在)하는, 에피파니의 순간이다. 다시 시간이 흐르면 사라지겠지만, '징후들'은 알 수 없는 곳에 잠복해 있다가 예기치 않은 때 다시 감각을 교란시킬 것이다. 의미 없는 흔적이 혁명의 표식(標識)으로 전환될 것이다.

우리 안팎에 명멸하는 이미지들이 잔존(殘存)한다. 그런데, "과거의 진정한 이미지는 휙 스쳐 지나가" 버리므로, "위험의 순간에 섬광처럼 스치는 어떤 기억"은 꽉 움켜잡아야만 한다. 왜냐하면, "현재 인식되지 못하는 모든 과거의 이미지는 언제든지 현재와 함께 영원히 사라져 버릴 위험에 직면하기 때문"[71]이며, 우리가 선택하지 않은 n-1의 가능성이기 때문이다.

---

71 발터 벤야민, 「역사철학테제」, 『발터 벤야민의 문학이론』(민음사, 1983) 345~346쪽. *표현 일부

『순한 먼지들의 책방』에 수록된 시 대다수는 이러한 이미지로 구성되는데, 시인에게는 물론 시사(詩史)적으로도 뜻깊은 '변증법적 이미지'로서의 시라고 할 수 있다.

"황혼에/ 누뤼가 소란히" 쌓이고 "산그림자 설핏하면/ 사슴이 일어나"는 「구성동」의 이미지나 "새끼오리도 헌신짝도 소똥도 갓신창도 개니빠디도 너울쪽도 짚검불도 가랑잎도 머리카락도 헌겊조각도 막대꼬치도 기왓장도 닭의 짓도 개터럭도 타는"「모닥불」의 이미지, 그리고 "늦은 저녁때 오는 눈발"이 "변두리 빈터만 다니며 붐비"는 「저녁눈」의 이미지, 나아가 "복사씨와 살구씨와 곳감씨의 아름다운 단단함"을 노래하는 「사랑의 변주곡」의 이미지 등은 시간을 정지시키는 힘을 지닌다. 과거의 한때가 급격하게 상기되면, 매우 짧지만 시간이 멈춘다. 다시 말해 과거와 현재가 충돌하는 순간에 '비약'이 일어나고, '미래'를 구축할 '응축된 씨앗'[單子=모나드]이 튀어나온다. 바로 '변증법적 이미지'이다. 정우영 시의 이미지는 이 계열에 있다.

변증법적 이미지로서의 시를 구성하는, 그의 동력은 '혁명의 기억', 즉 사회혁명의 경험과 자기 혁명의 경험(이른바 '존재 이전')이 축적된 기억이다. 문제는, 응축된 억압과 뒤엉킨 모순이 폭발적으로 분출하여 옛것과 극적으로 단절시킬 일변(一變)의 순간이 도래하지 않았다는 것이다. 민중의 민주주의를 도래시킬 혁명의 시간이 오지 않은 채, 혁명 경험 일체가 낱낱이 부서져 반딧불처럼 명멸하는 이미지로 남았다. 우리의

---

를 수정하여 인용함.

몸과 마음엔 원치 않았던 '부상자 의식'이 기입되었다. 우리는 어떤 점에서 상이용사의 울분을 공유하는지도 모른다. 혁명의 실패는 곧이어 청산주의(清算主義)로 나타났고, 자기 훼손, 타락과 훼절, 방임과 방치가 속속 뒤를 이었다.

극히 소수만이 간신히 남은 기력을 모아 퇴각하였다. 이들 소수는 저마다 각기 뿔뿔이 흩어져 들로, 산으로, 바다로, 공장으로, 농토로, 절간으로 숨어들고, 언어를 잃고 기억을 암장시켰으며, 입과 귀와 눈과 손과 발은 반절만 꿈틀거렸고, 심장조차 간헐적으로 뛰게 되었다. 그것이 '80년대'였고, '90년대'였다. 80년대의 기억은 정우영의 시에서 불길한 징후나 불안의 이미지로 남아 있다. 그날의 설렘·흥분·긴장, 그때의 울분과 격정과 투신이 미미한 박동(搏動)으로 변해 시의 윤곽으로 결정화(結晶化)되었다.

그런데 이번 시집에서 이 불안(不安)은 미세하게 다른 방향으로 더 넓게 확장된다. 인간의 일로 얻어진 불안이 자연의 미동(微動)들과 연결되어 그의 시에서 특이한 아름다움으로 전화된다. '혁명의 파장'이 '대자연의 진동'으로 이행한 셈이다. '변증법적 이미지' 계열의 이전 시들, 즉 정지용·백석·김수영·박용래의 그것과 변별되는 지점인데, 이것이 정우영 시의 고유성일 터다. 아래 시「유성으로 떠서」는 그 고유성이 전면화된 전형(典型)으로 볼 수 있다. 이 시를 읽는 이들은 자잘한 생명이 발하는 무궁무진하고도 오묘한 빛으로 심안이 환해지는 놀라운 경험을 얻게 되리라. 근심으로 어둡던 마음이 어느새 눈물겹도록 찬란히 떨린다.

뒷방고모는 밤 깊어 한 시쯤 되면 꾸물꾸물 일어나 아궁이에 불 지피는 시늉을 한다. 낯빛 창백하다. 이때를 기다렸다는 듯 하루살이 같은 것들, 부끄러운 거미들, 물결 무늬다리 벌레들, 파닥거리거나 고물거리는 희한한 종족들이 줄줄이 몰려와 불을 쮜다. 세상 나른한 표정들 아닐까. 보이지는 않지만 그런 느낌으로 고모 곁에서들 쉴 것이다. 무질서한 듯하나 가지런하기는 해서 멀찍이에서 보면 풀꽃 같기도 하고 서숙타래 같기도 하다. 뿔뿔이 흩어지면 징그러운데 어쩜 이리 앙증맞을까. 감탄하고 있을 즈음 조각 불빛 환하게 피어오른다. 고모 주변이 화광으로 밝게 빛나는 것이다.

언젠가 소피보러 나온 할머니가 이를 보고 깜짝 놀라 찬물을 끼얹었다. 큰불 낼 년이라며 고모를 뒷광에 가두었다. 고모는 그 뒤 슬금슬금 지워졌는데, 저 화광을 타고 무한계로 가지 않았을까. 고모 움직일 때마다 하늘이든 땅이든 땅속에서든 스스스 뒤따르던 저 어린 종족들도 함께.

날 보기만 하면 눈 질금 감았다 뜨며 너구나, 입 헤 벌어지던 뒷방고모 에린이 고모. 오늘 저녁에도 유성으로 떠서 후미지고 할퀸 곳 어디든 쒜에, 약손 적시리.

—「유성으로 떠서」

이 시는 실제가 아닌, 오로지 상상력만으로 꾸민 장면들일 수도 있다. 언젠가 시인이 꾼 꿈을 재현한 것일 수도 있다. 하지만 사실이 아닌 꿈인들 어떠하리. 이 시에서 사실은 조금도 중요하지 않다. 밤 한 시면 에린이 고모가 아궁이 앞에 쭈그리고 앉고, 이어 고모 곁으로 줄줄이 몰려나오는 뭇 것들이 소중할 뿐이다. 아궁이 불빛에 반사된 자잘한 것들이 어여쁘다. 고모와 함께 따뜻한 온기를 쬐는 이 작고 어린 것들의 자글자글한 생기, 있는 그대로 생명 있는 존재자의 현시, 우주 만물의 운행으로 존재하는 생명의 질서, 조화와 균형 안에서 우연하게도 제 자리에 놓인 일자(一者)들의 눈물겨운 연대, 보살과 중생의 분별없는 조화로운 빛살.

고모가 뒷방이나 뒷광에 갇힌 까닭은 알 수 없고, 이름처럼 어떤 애련한 사연만이 짐작될 따름이다. 애련(哀戀)이라면 이루지 못한 슬픈 사랑이 넋을 앗아간 상사(相思)의 일일 테고, 애련(哀憐)이라면 어쩌면 귀하게 얻은 아이를 잃은 참척(慘慽)의 일일 터다. 이런 아픔에도 고모는 어린 것, 작고 귀여운 것 앞에선 다 잊는다. 어린 '나'를 만날 때면 언제나 그이는 눈을 "질금 감았다 뜨며" 활짝 웃는다. 다시 한 생명이 태어난 듯, 마치 오늘 처음 만난 듯 눈뜨는 행위인데, 참 정감 어린 놀이이자 성스러운 의례가 아닐 수 없다. 그이는 "너구나"하고 불러주며 조건 없이 기쁘게 맞이한다. 뭐든지 분별 짓는 어른의 세계에선 에린이 고모가 '넋 나간 년', '다 태울 년'이 되지만, 분별하지 않는 어린 것의 세계에선 가장 포근하고 너그럽고 즐거운 사람이다.

그런 고모가 오늘, 슬금슬금 지워지고 있다. "사철 푸른 대나무처럼 살라고" 개운죽을 선물한 고모(「개운죽 제금나다」), "끝끝내 내 쪽으로 잡아끌지" 못한 채 "와우교를 넘어 흐려져 가는" 고모(「작은 고모」)의 존재가 어느새 멀어져 버렸다. 이 시절의 고모는 슬픈 존재다. '나'는 고모가 아마 별이 되었을 거라고 짐작한다. 올망졸망 고모 곁을 따라다니던 것들도 함께 하늘로 올라갔을 거라고 여긴다. 고모가 험한 곳에 있더라도 더 아프지 말라고 '나'는 약손을 적셔 고수레한다. 화광동진 대자대비한 존재에게 영가(靈歌)를 올린다.

삶은 죽음을 불가능하게, 죽음은 삶을 불가능하게 한다. 화해 불가능하다. 하지만, 삶이 있어 죽음이 있고 죽음이 있기에 삶이 있다. 삶과 죽음은 조화롭다. 여일하다. 『순한 먼지들의 책방』에는 고모처럼 존재를 잃어가는 이들, 그리고 소수자들이 자주 등장하는데, 저마다 한세상 짓고 산다. 고모를 안듯 시인은, 이들의 누운 자리와 고유한 생애를 가만히 보듬는다. 우리는 언젠가 사라지는 존재자, 이른바 필멸자(必滅者)다. 숨쉬는 동안만큼은 우리는 삶과 죽음이 화해한 자리에서 살아갈 수 있다. 시 「유성으로 떠서」가 우리에게 주는 믿음이다.

정우영 시집 『순한 먼지들의 책방』가 그리는 진풍경들을 접하면서, 우리 시가 이젠 죽음이라는 문제와 직접 대면할 수밖에 없는 때에 이르렀음을 홀연 깨닫는다. 이 시집에 나타나는 죽음의 양상은 매우 다양한데, 오래전 죽어 어슴푸레한 기억으로 살아 있는 이들, 지금과 가까운 때 죽어 생생하게 기억나는 이들이 있다. 아는 이인데 가까운 이에게서 얘기를 듣고 그의 죽음을 알게 된 일, 모르는 이들이지만 충분히 알 수 있는 이들의 죽음도 다루어진다. 내처 '나'의 죽음조차 상상하는 시도 있다.

때때로 서늘하고 쓸쓸하지만, 대개 고아하고 정갈하여 온기가 느껴진다. "하얀 스프레이" 자국으로 남은 어린 죽음 둘레에 생기 잃지 않은 "까르르" 웃음소리가 맴돈다(「입동」). 반세기 가까이 지나서야 "용기네 막둥이"의 죽음이 "황망한 날의 속울음"으로 다시 살아온다(「하곳길」). 한때의 존재자가 살아 있는 나의 기억을 경유하여 '있음'을 지속하게 되는 것이다. 도롯가에 새끼고양이 한 마리 처참히 으스러져 있다. 하지만 "후텁지근한 거릴 바람이 이파리 물고 건너간다. 새끼냥이라도 되는 것처럼 싸목싸목 궁뎅일 쳐들고" 건너간다(「바람이 궁뎅일 쳐들고」). 바람은 제 몸에 영(靈)을 싣고 새끼고양이가 되어 활달하게 길 건너간다. 한때의 삶이 죽음에 이르러 다시 한 세계로 나간다. 저승 아닌 이 세계로 겹친다. 활기차게 업힌다.

> 통로가 없어 질금거리는 실개천을 두드리자,
> 빨래 갔다 총 맞은 계집아이가 희끗희끗 웃는다.
> 어슴프레 떠 오른 달이 간질이면,
> 말간 혼의 흰 뼈에도 부쩍 살이 돋겠지.
>
> —「큰평전」 3연

‘산사람’들 밥 먹이다가 통째로 불타 허물어진 집이 있다. 일흔 해 넘도록 방치된 집터를 둘러보다 ‘실개천’ 가에 쪼그리고 앉아 물을 두드린다. 어린 혼이 떠오른다. 초혼(招魂)이다. 달을 간질이면, “말간 혼의 흰 뼈에도 부적 살이 돋겠지” 싶다. 영(靈)에 육(肉)을 입혀 재생·부활을 바라는 기도다. “삭은 육신을 서로 붙안고” 흐느끼다 “재가 된 가족들”이 몸을 얻어 “재회”하길 바라는 주문이다.

　어릴 적 “대낮에도 발목까지” 휘감아 오던 “하얀 저고리”를 어느새 잊었는데, 50년도 훌쩍 넘어 다시 나타난다. 안 되겠다 싶어 “우리 집에 가자”고 들쳐 업었더니, 웬일로 가뿐하다. “그는 이제 여기서 나를 살고/ 나는 가서 그를 살게 되는” 듯하다(「하얀 저고리」). 귀(鬼)를 내 안에 들이고 이번엔 내가 귀(鬼)로 나가는 자리바꿈이다. 어느덧 시인은 샤먼을 넘본다. “죽음의 경험을 통해서 현존재는 자신의 가장 고유한 존재 가능성에 직면한다”[72]는 한 사상가의 말에 빗댄다면, 정우영 시인은 죽음의 경험을 통해 자신의 가장 고유한 ‘시’를 맞이한다.

　햇살, 독바우, 판소뭿등, 살구낭구, 토방마루, 눈발, 결성향교 팽나무, 거둔사지 느티, 비름나물, 산죽(山竹), 당산골, 정지깐, 부석짝, 허청, 장독대, 시암터, 똥깐, 액막, 뭇별들…. 시인의 고유한 내력이 담긴, 이번 시집의 낱말들이다. 낱말 하나하나가 고유한 정감을 일으킨다. 이 낱말들을 입안에 넣어 굴리면, 저마다 서로 다른 인생의 굴곡과 사연들이 펼쳐진다. 웃

---

72　마르틴 하이데거, 『존재와 시간』(경문사, 1995) 357쪽. *표현 일부를 수정하여 인용함.

고 울고 먹먹하고 쓸쓸하고 허망하고, 한편 마음 가지런해지기도 한다. 자연물들과 자연에 깃들어 오래 살아온 자리들 그리고 죽어 남겨진 형체들이나 혼(魂)과 영(靈)을 담은 이 낱말들은 대체로 예스럽고 헤지고 무딘 질감을 지닌다.

농촌조차도 도시의 외양을 띠고 생활환경 또한 도시와 별다르지 않은 지금, 이처럼 질박한 질감의 낱말들로 직조된 정우영의 시는 이 시절에 의도적으로 역행한다. 옛 시절로 거슬러 올라가 앞으로 있어야 할 미래의 실마리를 찾으려 하기 때문이다. 앞서 보듯 이 시집에는 죽음을 삶의 화해자로 맞이하는 시들도 가득하다. 이 아이러니들이 꽤 자연스럽다. 과거 속에서 미래를 찾고, 죽음에서 생명을 찾는 역설이 모더니즘의 본체라면, 현재의 역사적 긴장을 회피하지 않고 현실을 직시하는 자세가 리얼리즘의 본체다. 오래전부터 정우영 시인은 리얼과 모던의 융합을 강조해 왔다. 그는 바야흐로 청년과 이별하여 장년에 들어섰고, 생활의 나이로는 노년의 초입에 이르러 '시'로써, 그리고 '시인'으로서 한 걸음 더 나아간다.

섣달 열엿새 날 새벽, 참새보다 일찍 깨어 숨죽이고 세상에서 제일 귀한 소리 기다린다. 언제나 들려올까, 딸의 바스락거림. 귀가 스멀스멀 기어가는 것 같다.

바람결조차 불안하던 팔십년대, 도망치다 숨어든 고라니처럼, 등 돌리고 움츠려 가위눌리곤 했을 때, 안방에서 들려오던 당신의 기침 소린 그 무엇보다 든든한 종소리 같았다. 새날을 환히 열어젖히는. 은근, 창문에 여명이 물들

어오고 슬쩍, 바람이 스며들어 재재거렸다. 이순이 되고
보니 알겠다. 당신도 실은 나처럼 가위눌리다 건넌방 아들
부스럭거리는 소리에 가슴 쓸어내렸음을.

　한참 동안 찬 공기 세워 두고
　둔탁한 입김을 흩뿌리다
　딸내미 깨어나는 뒤척임에 흐뭇해진다.
　당신처럼 나도 막 눈떴다는 듯이
　큼큼,
　청신한 기침 문틈으로 내어낸다.
　　　　　　　　　　　　　　　—「찬 공기 세워 두고」

　더 보탤 말은 없다. 아버지, 아버지의 아버지, 아버지의 아
버지의 아버지, 그리고 또 우리들의 모든 아버지들. 시간 저
너머의 세계를 건너 들려오는, 먼 곳에서 도착한 기침 소리가
귀에 쟁쟁하다.

　　　　　_ 정우영 시집 『순한 먼지들의 책방』(창비, 2024) 해설

# 형상과 흐름 그리고 새와 당신

박성현 시집 『그 언덕의 여름, 바깥의 저녁』

『그 언덕의 여름, 바깥의 저녁』은, 2009년 문단에 데뷔한 박성현 시인의 세 번째 시집이다. 그의 첫 시집 『유쾌한 회전목마의 서랍』이 "거듭 읽을 때마다 낯설고 도발적이며 새로운 레이어(layer)들이 나타나는"[73] 시들이라는 분석에 이어, 두 번째 시집 『내가 먼저 빙하가 되겠습니다』는 "시의 붓이 새겨 넣은 타자의 영역들이 각자의 방식으로 웅숭깊은 집"[74]을 짓고 있다는 평을 얻은 바 있다. 새로이 구축된 그의 시 세계를 살펴보기에 앞서, 먼저 두 번째 시집에 실린 '시인의 말'부터 짚어본다.

---

73  장은석의 해설 「입체파 춘자씨」, 『유쾌한 회전목마의 서랍』(문예중앙, 2018) 191쪽.
74  조강석의 해설 「타자의 집」, 『내가 먼저 빙하가 되겠습니다』(문학수첩, 2020) 124쪽. *이하, '빙하'로 표기.

첫 시집을 내고 병(病)을 얻었다. 그곳에 세 들어 살면서 내 것이라 믿었던 시간들이 모조리 금 가고 붕괴되는 걸 속수무책으로 바라보았다. 간신히 붙들었지만, 내가 내게서 물러나는 꿈만 울창했다. 사소한 옛날이 튀어나와 물끄러미 나를 지켜볼 때가 많았다. 서늘하고 따뜻하며 선명한 얼굴들이, 혹은 태어나자마자 늙어버린 흉터와 바늘들이 그 웃음 뒤에 있었다. 나는 물러나다 말고 멈춰야 했다.[75]

이번 시집에 실린 시편들을 읽고 짐작하건대, 아직은 시인의 병세가 호전되지 않은 듯하다. 그렇다면, 현재 시인은 7년째 투병 중인 셈이다. "내 것이라 믿었던 시간들이 모조리 금 가고 붕괴되는 걸 속수무책으로" 바라볼 수밖에 없었다는 시인의 말이 병을 안고 살아가는 그의 고투를 외면할 수 없게 한다. 시집 『그 언덕의 여름, 바깥의 저녁』은 여전히 병마와 싸우고 있는 시인이 금가고 무너지는 시간에서 발견한 새로운 시간의 기억일 테니까 말이다.

## 이어짐과 새로움

몇 년 전, 시인은 허허로운 마음으로 서울 시내를 산책하며 이런 시를 쓴 적이 있다. "잠시 병을 내려놓고 걸어 다녔네… 정동에서 늦은 점심을 먹고/해 기우는 서촌에서 부스럼 같은 구름을 보았네… 나는 바닥 말고는 기댈 곳 없었네… 내 몸으

---

75 「시인의 말」, '빙하' 5쪽.

로 기우는 저녁이 쓸쓸했네/쓸쓸해서 오래 머물렀네"[76]. 이번 시집에서도 이런 쓸쓸함이 배어 있다.

> 마르고
> 볕 좋은 날을 기다려
> 저수지로 향했다
> 비 오는 날이 많아
> 잡초만 앙상하니 길쭉했다
> 야트막한 밭담에 듬성듬성 뚫린 구멍
> 빈 곳마다 눌러붙은 바람의 무리
> 먼 길이 아닌데 자꾸 몸살이 왔다
> 양지바른 곳에 앉아 쉬었다
> 쉬면서,
> 겨울에 집에 두고 온 사진 몇 장을 생각했다
> 북쪽에서 박하 향의 은근한
> 빛이 자박거렸다
> 저녁 쓰르라미가 잠깐 울다 갔다
>
> —「저수지」

이전의 직정(直情)의 마음은 걷혔는데, 쓸쓸함은 더욱 짙어 졌다. 산책하다가 본 밭담의 구멍에서 바람의 무리를 더듬고, "북쪽에서 박하 향의 은근한 빛이 자박거"리는 소리를, 잠깐 울다 간 저녁 쓰르라미 소리를 듣는다. 더욱 세밀해진 마음이

---

76 「저녁에 머물다」, '빙하' 15쪽.

무심코 지나칠 수도 있었을 자잘한 풍경들에 가닿는다. 시 안의 인물조차 이 풍경의 일부가 되고 사물이 된다. 사물들의 자잘한 부딪힘으로 일어나는 공명(共鳴)은 각자의 위치를 부여하고 대기의 건조한 미온(微溫)을 느끼게 한다. 미미하고 짧은 순간이나마 생(生)의 특별한 공간을 이룬다. 이것이 이 시의 진경(眞境)이다.

시인의 두 번째 시집에 "꽃이 진 자리에서 쓴맛이 났다"로 시작되는 「쓴맛」이라는 시가 있다. 쓴맛이 있어 "당신"이 미워졌고, 엽서에 담기는 "비틀거리는 글자에도 쓴맛이 박혀" 있다고 했다. 당신을 미워하는 병든 마음을 뽑아내니 "당신이 쑥 뽑"혀 "차마 버릴 수 없어 며칠을 울었다"[77]고 했다. 벗나무 그늘 아래, 바람만이 무심할 뿐이라고 했다. 마치 그 연장선인 듯 이번 시집에서는 꽃그늘 아래에서 당신을 만나 담판 지으려 한다는 대목이 있다.


벚꽃이 휘몰아쳤습니다 지느러미를 세운 정어리처럼 뭉쳐 다니며 크게 휘어졌습니다 공중에 박혀 반짝였습니다 꽃잎을 떼면 그 자리에 못 자국이 패었습니다 사람들이 노래를 부르며 즐겁게 벚꽃 속으로 사라졌습니다 날씨가 고르지 못해 오한이 들었습니다 당신은 북쪽으로 향한 숲의 어디쯤에서 잠시 몸을 벗어놓겠다고 말했습니다 그 어디쯤에서 비루하고 헐거운 몸을 놓고 싶어 했습니다 기침과 피가 너무도 분명해 당신은 한밤중이었습니다 한밤중

77 「쓴맛」, '빙하' 17쪽.

이어서 벚꽃은 크고 분명했습니다 이야기를 나누다가 꽃
문을 열고 주저 없이 들어갔습니다 희고 간결한 물고기들
이 헤엄치고 있었습니다 당신의 겨드랑이에 지느러미가
새로 돋았습니다 흰 별과 흰 목소리와 흰 바다가 뒤엉켜
몹시도 가려웠습니다

—「경주·3」


전에는 요동치는 '나'의 마음, 즉 당신을 미워하는 마음만이
가득했는데, 이제 막상 만나서 이야기하다 보니 당신이 심상
치 않아 보인다. "당신은 북쪽으로 향한 숲의 어디쯤에서 잠시
몸을 벗어 놓겠다"고 한다. 그 "비루하고 헐거운 몸을 놓고 싶
어" 한다. "기침과 피"도 분명해서 '나'는 무언가 해야만 해서,
"꽃문을 열고 주저 없이" 들어간다. 물고기가 떠다니는 이 별
난 하얀 공간에서 "당신"이 예전의 당신이 아닌, 전혀 다른 존
재로 변하고 있다. "당신의 겨드랑이에 지느러미가 새로 돋"
는데 왜 '내'가 가려워지는 걸까. 당신이 '내' 안에, 이미 '나'와
섞여 있어 '내'가 되어가고 있기 때문이다. "당신으로 투쟁하
고 사랑하는/이런 현실은 황홀"하여 "당신을 나의 모든 천국
이라 불러도/전혀 거리낌"이 없다. "그러나 천국은/살아서는
갈 수 없는 곳"이니, "결국 당신은/나의 모든 죽음"(「나의 모든
천국」)이다. '당신'을 '나'로 온전히 받아들인다. 그것만이 중요
할 따름이다. '당신'을 따라 순백의 바다에 뛰어드는 일, '나'의
면모를 탈각(脫殼)시켜 새로운 '나'로 일신(一新)하는 행위.
이것이 이 시의 이면(裏面)을 관통하는 주제일 것이다. 투신

(投身)과 같은 것으로서, 시인은 이전과는 달리 '당신'이라는 과제에 더욱 밀착되어 있다.

이러한 '당신'이 출현(出現)하는 곳마다 '당신' 주위를 맴도는 '새'가 있다. 「새와 의지」에서, '새'는 "자신의 목숨이 얼마 남지 않았다는 것을" 깨닫는다. "날아다녔던 장소"도 "몇 겹으로" 접고 "사랑하고 이별했던 기억들", "사소한 냄새"들, "밤의 침묵"과 "거미들의 수다와 놀라운 흥얼거림"을 한 올씩 새겼다. "의지와 예의"를 바람에게 들려주고, "자신이 수집한 시간의 더미"와 "입술에 묻은 새파란 웃음"과 "바람개비"를 기억에서 지우고 있다.[78] '새'는 지금 어디를 날고 있을까. '새'는 무엇을 은유(隱喩)하는가.

① 나는 죽었고

② 누군가 내 시체를 묻었다

③ 오래된 정류장과

④ 뒤틀린 잡목들

⑤ 지저분하게 변색된 지방도로 이정표가

⑥ 내가 본 세계의 마지막 풍경

⑦ 이제 나는 죽었고

⑧ 신은 나를 완벽한 고립에 던져 넣었다

⑨ 그는 나를 덮은 흙더미에 또 다른 이정표를 꽂았다

⑩ 덧칠된 화살표 위로

⑪ 새가 날아갔다

---

78 「새와 의지」, '빙하' 48쪽.

⑫ 새가 날아가고 방향이 생겼다

⑬ 황혼이 다시 깊어졌다

—「새의 방향」

　이 시의 ①∼⑨행은 화자(話者)의 자기 진술이며, ⑩∼⑬행은 그 후 상황의 진술이다. ①∼②행의 진술은 모순(矛盾)이다. "나는 죽었다"란 말은 실현 불가능한 거짓 명제이기 때문이다. 하지만 시(詩)에서는 가능하다. 시에서는 모순과 정합(整合), 거짓과 참이 공존한다. 죽어서 묻히는 '나'를 '내'가 목격하는 것을 넘어, '나'는 '나'의 죽음을 고지(告知)하기까지 한다.

　'나'는 죽어서 소멸(消滅)된 것이 아니라 다른 존재로 넘어간다. '나'는 '새'가 되었다. 그렇다면, ①∼⑨행은 '새'의 자기 진술이다. 「새와 의지」에서 '새'는 자신이 죽어감을 알고 무수한 경험의 목록을 지운 바 있다. 「새의 방향」에서 '나'는 정류장, 잡목, 지방도로 이정표를 "내가 본 마지막 풍경"이라고 말한다. 경험과 기억의 목록은 시의 재료다. '새'는 시(詩)이고 시인(詩人)이다. '시'로서의 '새'는 바다와 어둠의 경계를 넘나든다. 무엇이든 상상할 수 있고, 어떤 존재로든 변신할 수 있다. "새는/소년과 소년이 되지 못한 것들이/얽힌 시간의 한 점"(「납의 두건을 쓴」)이다. '새'로서의 '시'는 '나'의 유한한 시간 안에서 무한히 상상하는 존재로서, '나'의 시선으로 생성된 시간, 즉 과거나 미래에 휘둘리지 않는 '현재-시간'에 존속하는 '순간-존재자', "얽힌 시간의 한 점"이다.

## 피규어(figure)와 캐릭터(character)

문학사가 에리히 아우어바흐(1892~1957)는, 단테의 『신곡』에서 지옥(地獄)과 연옥(煉獄)의 영혼들이 토로(吐露)하는, 말의 형식을 관찰하면서 이런 분석을 내놓았다.

> 그러나 그 영혼들이 하고 싶은 말을 언제나 술술 쉽게 할 수 있는 것도 아니다. 특히 지옥에서는 그런 어려움이 심하고, 연옥에서도 말하고 싶은 욕구와 그 충족 사이에는 장애물이 놓여 있다. 그 장애물은 징벌이든 속죄든 그들이 처해 있는 상황에서 생겨나는 것인데, 이 때문에 그들의 말이 터져 나올 때 소통하고자 하는 욕구는 그만큼 더 간절해진다. 끔찍하게 변형되고 고문받는 신체를 가진 이 사람들 중 일부는 영원히 움직이고 있고, 일부는 고통스러운 부동자세를 취하고 있으므로 마음속의 말을 할 만한 힘도 시간도 없다. 그들은 어렵고 힘들게 자신의 의사를 표현한다. 바로 이런 고문과 노고 때문에 그들의 말과 동작은 사람들의 마음을 끄는 힘을 갖게 된다.[79]

"끔찍하게 변형되고 고문받"아 "마음속의 말을 할 만한 힘도 시간도 없"지만 "그들의 말과 동작은 사람들의 마음을 끄는 힘을 갖게 된다."는 진술을 보자. 이런 것에 마음이 끌리는 사람들이 바로 시인이다. 그렇다면, 우리가 머무는 이 세계도 곧 지옥에 다름 아닐 것이다. 시인은 발견하는 자로서 스스로

---

79  에리히 아우어바흐(이종인 옮김), 『세속을 노래한 시인, 단테』(연암서가, 2014) 281쪽.

낮은 곳에 머물러 고통의 언어를 체득하려 한다. 이 고통받는 영혼들은, 모습은 명징하고 관심을 쏟게 만드는데도, 흐릿하다. 어째서 그런가? 스스로 말할 수 없는 속성 때문이다.

"카메라 쪽으로" 걸어오는 "남자"(「지금과 그때의 빛」)와, "카메라 쪽으로 걸어오는 여자"(「재와 노트」)는 '카메라'라는 매개물을 제외하고는 어떠한 구체성도 지니지 못한 형상이다. 하나의 매개물을 통해 '나'의 옛날과 긴밀하게 연관될 뿐이다. 시에서 이 형상들은 몹시 흐릿하게 처리되어 있다. 박성현의 시에서 인물 형상은 단 하나의 '얼굴'로 나타나기도 한다. "베일에 가려진 그 남자의 옆얼굴은 복잡한 기계장치와 팽팽한 알코올 냄새와 함께 움직임 없는 침대와 군데군데 무너진 침묵 사이의 우회할 수 없는 연대기가 얽혀 있다"(「그 남자의 옆얼굴」)라는 서술에서는 무대장치인 병실(病室) 외엔 그 남자의 사정을 알 수 있는 단서는 없다. 그런데도 "군데군데 무너진 침묵"의 무게감이 느껴진다.

'나' 또한 불안한 현존을 갖고 있는 형상이다. '나'를 이탈시켜 '나'의 형상을 내려다본다. "내가,/내 옆에 눕는다/늙어가는/그 얼굴을 지켜본다 잠에 빠져든/그 얼굴은 바닷물이 모조리 빠져나간 갯벌처럼 밑바닥까지 드러나 있다/물이 들고 나는 굴곡이 선명하다"(「내가 내 옆에 누운 후」). '나'의 하나는 누워 있고, 다른 하나는 '나'에서 빠져나와 '나'의 옆에 눕는데, 이러한 행위보다 더욱 주목되는 것은 두 개로 분열된 '나'의 형상이다. 단일 정체성(identity)의 분열은 혼란과 공포를 일으킨다. "멀리서 나를 지켜보는 것은 오래전에 죽은 나"(「나는 나의 부정어」) 역시 마찬가지다. '나'의 불안한 현존을 한층 절박하게 느끼게 하는 인물 형상들인 것이다.

> 한 노인이 손가락질했다
> 당신처럼 표정이 아예 없는 사람은 처음 본다고 말했다
> 다른 노인들도 흘겨보면서 흉물스럽다는 듯 혀를 찼다
> 머리에서 얼굴을 도려낸 사람처럼 단숨에 무너져버린,
> 어쩌면 얼굴이었을 자리를 샅샅이 뒤졌다
> 내 손에 남겨진 굴곡은 여전히 깊고 단순한데 왜 내게
> 얼굴이 없다고 말했을까
> 가만 보니 아주 멀고 쓸쓸한 저녁이,
> 고대 양피지처럼 해독할 수 없는 문자들이 얼굴을 파고
> 들어 뿌리 내린 것이다
> 그리하여 저녁과 양피지 사이에서 얼굴에 전념했는데
> 그 순간 축축한 눈구멍을 열고 노인들이 빠져나왔다
> 구체적이고 확실하게 웃으며 지나갔다
>
> ─「얼굴이 있던 자리」

'얼굴'은 타인의 시선이 확증하는 '나'라는 정체성의 표지(標識)이자 기호(記號, sign)다. 그런데 위의 시에서, 노인에게 "당신처럼 표정이 아예 없는 사람은 처음 본다"라는 말을 듣게 된다. 흐릿한 피규어들에 마음이 끌리고 그들의 고통을 발견해 온 시인이 어느새 자신도 흐릿한 상태에 있음을 자각하는 순간이다. 이때 시인이 느끼는 감정이 불안과 공포일

까. 자신의 작업을 알아봐 준 것에 대한 뿌듯함, 자신이 오랫동안 해오던 일을 한마디로 정리해준 고수에 대한 감탄 같은 것에 더 가깝지 않을까. 결국 이 만남에서 시인은 호탕함과 유쾌함을 느꼈을 것이다. 눈에서 나온 노인들이 "구체적이고 확실하게 웃으며 지나갔다"는 구절은, 이제 시인이 흐릿한 피규어를 넘어 뚜렷하게 대상들을 바라볼 수 있는 여유를 갖게 되었다는 뜻으로 읽힌다.

시 「측백나무가 있는 정면」에서는 목탄을 손에 쥔 사제(司祭)가 등장한다. 그의 "냄새가 화폭에 가득"했고, "비릿한 질감과 형태"가 오래도록 뇌리에 남았다고 '나'는 말한다. "여기는 당신의 이야기일까?"라고 묻고는 "그때 당신이 멈춘 거야"라고 자문자답하는 사제는 "여기는 더 이상 내 이야기가 아니야"라는 확언도 남긴다. "목탄을 쥔 사제"는 '내'가 믿을 만한 조정자로서, '나'의 흐릿함을 뚜렷함으로 바꿔주려고 애쓰는 존재로 여겨진다.

또 다른 시 「약사」의 '약사'는 '나'에게 가깝지 않지만 멀지도 않은 인물이다. 그에게서 "구름"을 사고, 서로 필요한 말들만 주고받는데, 몇 계절 약국에 들르면서 이젠 약간의 조언과 푸념도 건네는 '관계'가 되었다.

내 구름을 입속에 털어 넣었다
쓴 냄새가 식도를 타고 올라오더니
하루 종일 부풀었다
약사는 저녁과 밤의 어디쯤에서

눈을 뜨고 있었다

(…)

저녁과 밤의 어디쯤에

흰 새가 돌아왔다

곁에 잠든 흰 고래는 따뜻했다

바람이 불었다

약사의 구름에서 마른 풀 냄새가 났다.

—「약사」 3, 6연


관계를 맺는다는 건, 이제 일면(一面)이 아닌 전면(全面)의
욕구를 갖게 된다는 것이다. 그건 다시 살만한 기미(幾微)를
얻는 것이어서 시인은 예의 발레리처럼 "바람이 불었다"고 쓴
다음 "살아봐야겠다"란 말 대신에 "약사의 구름에서 마른 풀
냄새가 났다"고 수줍게 적는다. 박성현의 시 가운데, '약사'는
구체성이 가장 많이 살아 있는 인물 형상이다.

## 물성(物性)과 해방(解放)

인물 형상의 사례들처럼 '공간'도 마찬가지다. 시 안의 '나'
는 많은 시간을 "초록의 짙은 어둠"(「저 숲으로 나는」), "범람하
는 난바다"와 "영구동토"(「새의 입장」), "젖은 재의 몽롱한 냄
새들"이 가득한 밤바다(「밤의 눈」), "북해(北海)의 항구"(「내게
서 멀고 가파른」)와 같이 감당할 수 없이 막연한 크기의 공간에
서 지낸다. 이와 대조적으로, '북촌 방향' 연작이나 '경주' 연작
에서 나오는 공간, 즉 공장, 버스정류장, 중고트럭의 옆좌석,

잡화점 구석, 다락방, 버스를 기다리는 사람들의 틈 같은 곳에선 '내'가 매우 경쾌해진다. 그곳에 이르면 '나'는 영락없이 '다른 시간'을 산다. "그런데 버스를 기다리는 사람들 틈에서 그 동요가 흘러나왔다 사이프러스처럼 높고 고요하게, 고요함이 아니면 아무것도 아니라는 듯 노래를 부르는 소년—노래에 깃든 모든 장소가 한꺼번에 떠올랐다"(「다락방에서 한때—북촌 방향 5」)고 쓴다.

잔존(殘存)하며 흩어져 있던 시각·청각·후각·촉각 이미지들이 '내' 머리와 마음 안에서 우연히 한데 어우러지게 되면 '나'는 점차 '다른 성질'로 변한다. 생기가 충만해져 시간마저 천천히 흐르는 느낌이 든다. 바람 같던 시간이 천천히 흐르는 물이 된 듯하다. 이 순간이 오면 아프던 몸도 통증을 잊을 것이다. '나'와 무관했던 시간과 공간이 '나'의 우연한 사건에 의해 물성(物性)을 갖게 되는 듯하다. 시인은 「식물, 들」에서 "빛이 쏟아졌다/손바닥에 뭉쳐 있다가 녹으면서 살 속으로 파고들었다/빛의 육체를 만져본 것은 그때가 처음"이라고 쓴다. "단지 바라보기만 했는데, 식물을 타고 오르내리는 물의 미세한 박동이 들려왔다"(「햇빛이 자란다」)고도 썼다.

박성현 시인의 시집 『그 언덕의 여름, 바깥의 저녁』은 몸의 감각에서 비롯되어 무한히 확장하는 생각들의 기록이다. 이전 시집들에선 찾아보기 어려웠던 시들이다. "외투를 벗어버리고/흐름이 되자고 당신이 말했네"라는 문장으로 시작되는 「모든 감각을 세우고」는 이 새로운 경향을 개념화한 시다. 흐름이 될 때, "중력을 밀어내고/구름 위로 단번에 솟는" 기분을 맛본다고 '나'는 말한다. "흐름이 된다는 것은/사물의 모든 방향을 자유롭게/풀어주는 것"이라고, "흐름으로 남는다는 것은/오로지 나의 의지로 나를 밀어내는 것"이라고 '나'는 말한다. "나의 의지로 나를 밀어내는 것"은, '나'를 '나'에게서 해방(解放)하는 것이다. 아상(我相)을 지우고 무아(無我)의 상태로 '나'를 밀어내는 것이다. 이토록 의지를 모아 시인이 '나'를 해방하려는 까닭은 단 한 가지, '당신'의 사랑을 온전히 맞이하기 위해서다. 그뿐이다.

> 빗방울 하나가 닿은 것인데 순간 수면이 파르르 떨렸다
> 각각의 파장은 먼 곳까지 가 소진되겠지만 굽이를 내거나 언덕을 깎는 것은 처음부터
> 비의 입장이다 당신은,
> 대나무 숲으로 흐르다가 솟구치며 오솔길로 접어들었다 바람에 기대었는데 몸이 수천 갈래로 갈라지는 기적을 느꼈다
> 사랑은 그렇게 온다
> 다른 눈은 감겨 있고 오직 한 개의 시선만이
> 당신에게 길을 내었다
>
> ─「경주·2」

_ 박성현 시집 『그 언덕의 여름, 바깥의 저녁』(청색종이, 2025) 해설

# 하얀 꽃, 모밀꽃

정호승 시의 정경

100년 이래, 충북은 시(詩)의 산실이었다. 옥천의 정지용, 보은의 오장환, 음성의 이흡, 진천의 조벽암, 영동의 권구현을 비롯하여 청주의 신동문, 충주의 신경림이 있다. 그 시문학의 대열에서 놓치지 말아야 할 시인이 바로 정호승(1915~?)이다. 정호승은 1930년대 초반, 이무영 · 이흡 · 지봉문 등 동향의 문인들과 교류하면서 문학의 길에 들어섰다. 정호승은 이들과 함께 서울 돈암동에서 '조선문학사'라는 출판사를 만들고 종합문예지 〈조선문학〉을 발간하였다.

〈조선문학〉은 1933년 5월에 창간하고 1939년 7월 폐간되기까지 모두 27권이 발행된 것으로 추산되는데, 소재가 확인이 되지 않는 6권을 제외한 21권은 영인본으로 발간되어 열람이

가능하다. 〈조선문학〉의 필진은 당시 문학의 신구세대는 물론 좌우로 펼쳐져 있었다. "당대 문단이 사회주의 계열의 카프, 그리고 민족문학 또는 모더니즘으로 양분되어 있었던 상황을 떠올려본다면 〈조선문학〉은 두 진영의 작가들이 골고루 참여한 본격문학지의 성격"[80]을 지니고 있었다.

정호승은 잡지가 폐간된 지 두 달 뒤인 1939년 9월 30일, 그동안 쓴 시를 모아 시집 『모밀꽃』을 조선문학사에서 펴냈다. 하지만, 본격적으로 문학 활동을 해야 할 시기에 정호승은 고향에 머물러 있을 수밖에 없었다. 1940년에서 1945년까지의 총력전 체제가 조선 사회 전체를 옥죄고 있었기 때문이다. 8·15해방이 되자 정호승은 곧바로 정치 활동에 매진하였다. 두 번이나 투옥되기까지 했던 그는 6·25전쟁 중에 월북하였다. 그의 후손들은 지금껏 그의 생사를 모르고 있다. 첫 시집 『모밀꽃』은 그의 유일한 시집으로 남았다.

### 지극한 연민(憐憫)

시집 『모밀꽃』에 실린 34편의 시 가운데 '슬픔'이라는 낱말이 포함된 시는 12편이다. 더욱이 '슬픔'이란 낱말이 나타나지 않더라도 어둡고 가라앉은 톤으로 슬픈 분위기를 자아내는 시들 또한 여러 편이어서 가히 슬픔의 시집이라고 할 수 있다. 슬픔에는 여러 유형이 있겠지만, 정호승의 시에서 드러나 있는 슬픔은 아래 인용한 구절과 같이 "까닭 모를 슬픔", 즉 출처가 불분명한 슬픔인 경우가 대다수다.

---

80 『한국 근대문학 해제집 Ⅲ 문학잡지(1927~1943)』(국립중앙도서관, 2017) 54쪽.

까닭 모를 슬픔이

따스한 봄 위에 차다

—「호들기여」 1연

위에서 '차다'는 온도가 차다는 뜻과 함께 가득 차다는 뜻으로도 읽을 수 있다. 차가운 슬픔이며, 한편 가득 차 있는 슬픔이다. 따스한 봄 위에 차 있는, 까닭 모를 슬픔. 어디든 언제든 비애의 정서가 만연해 있다. 아래 시를 보면 그 슬픔의 정체가 무엇인지, 시인 자신도 모르는 듯하다.

씹을사록 치미는 낯모르는 슬픔

나 역시 구슬피 무엇인지 몰라

그저 하루종일 흐느껴 울고만 싶다

—「이 마음을 알라거든」 2연

봄은 왔는데 봄은 아닌, 춘래불사춘(春來不似春)의 역설이 거니와 골똘히 생각에 빠져 있기만 하면 난데없이 슬퍼져 눈물이 쏟아지는 불가해(不可解)한 상황을, 무언가를 곱씹으면 곱씹을수록 저절로 치밀어오르는 '낯모를' 슬픔을 시인은 온몸으로 겪고 있었다.

아침에도 나리꽃같이 흰 안개가 걷기 전부터 사람들은
언덕길에서 만날 때마다 푸른 봄이 오리라는 즐거운 이야
기를 했건만 헤어질 때마다 전설같이 믿을 수 없는 제 자

신들의 슬픈 이야기에 목메어 울었다

　　　　　　　　— 신석정(1907~1974)의 시

　　　　　　「봄을 부르는 자는 누구냐」 2연[81]


　위 신석정의 시에서 보듯 30년대 식민지 조선의 시인 대다수는 원치 않게도 공통의 비극적 정서와 비극적 세계관을 지닐 수밖에 없는 처지였다. 세태와 인심에 민감한 시인으로서 감수할 수밖에 없는 불가피한 고통이요, 불가해한 슬픔이었다. 더욱이 정호승 시인은 주변 사람들에게 늘 지극한 연민과 기대를 품는, 다정다감한 사람이었기에 그 슬픔은 더욱 짙었을 것이다.

　우리는 정호승의 시들을 통해, 본인의 생활과 밀접히 관계 맺은 사람들을 대하는 시인의 태도를 엿볼 수 있는데, 그것으로써 슬픔의 출처를 탐색할 수 있을 듯하다. 우선, 타지로 돈 벌러 간 학선이를 애타게 기다리는 마음이 절절히 표현된 「불안이 풀리던 날」, 정인을 남겨놓고 떠나버린 옥이의 야속함과, 목숨이 경각에 달린 노파(옥이의 노모로 짐작되는)를 임종하는 '나'의 복잡한 심사를 그린 「고독」, 숫자와 돈과 시계에 매달려 청춘과 인생과 우정을 내팽개친 옛벗을 그린 「그 어느 때의 벗」 등을 볼 때, 시적 화자(또는 시인 본인)는 주변의 일에 근심이 많고 인간관계를 쉬이 저버리지 못한다.

　미련하다고 볼 수도 있지만, 시인은 그저 연민이 많은 사람일 뿐이다. 타인에 대한 연민과 기대가 큰 만큼, 관계가 틀어

---

81　신석정, 『그 먼 나라를 알으십니까—신석정 시선집』(창작과비평사, 1990) 50쪽.

져 떠난 벗과 정인을 두고도 자기 때문이라고 여겼을 것이다. "뜻 맞는 벗들은/ 생활이 앗아가고/ 사랑은/ 생활 아닌 생활이 짓밟았소"라고 말하면서도 시인은 스스로를 "나는 외로운 탕아/ 나는 마음 약한 탕아"(「나는 탕아」)라고 자칭한다. 「나는 놈팽이」에서는 더 옳지 않은 생각으로 나아간다. "나는/ 벗에게/ 님에게/ 거짓말을 하였소"라며 "그러기에/ 벗은 나를 떠나가고/ 님은 나를 미워하고/ 외로움뿐만이 남아 있소"라며 자책하고 있다. 그리하여 시인에게 남은 것은 허탈한 웃음뿐이다.

> 하…… 하하하……
> 너털웃음 웃음 끝에
> 눈시울이 매끈이
> 콧날이 시큰하였소
>
> ─「나는 놈팽이」 8연

마음속에 깊이 박힌 외로움과 슬픔만이 시인의 벗 그리고 님이 된다. 오랜 슬픔은 모두가 시인의 지극한 연민에서 비롯된 것이다. 불현듯 시인은 "흐르는 물 우에 얼굴을 비치우고/ 흐르는 물 우에 쪼라진 얼굴"(「나그네」)을 바라본다. 초라하게 쪼그라든 자신의 얼굴을 본 시인은 젊음과 꿈을 잃은 자신의 모습에 소스라치게 놀라 벌떡 일어난다. 동시에, 외로움에만 갇혀 있을 수 없고 슬픔에만 젖어 있을 수 없음을, "의욕과 같이 넓은 하늘"과 "가슴속 깊이 품은 장강"으로 살아가야만

한다는 것을, 시인은 다시금 깨쳤을 것이다.

## 절망과 분노와 우울

생각건대, 처절한 외로움과 깊은 슬픔은 모순으로 가득한 불가해한 현실 세계의 양태에서 비롯하는바 시인의 깨침은 현실에 관한 자각이다. 낭만적 이상과 냉혹한 현실의 적대적 괴리 앞에 시인은 일시적으로나마 허탈한 좌절을 겪게 되었다. "무지개는 나를 피해/ 저 바다 복판으로 옮겼구나"(「무지개」)와 같은 탄식은 그 허탈한 심경의 표현이며, "울 듯 울 듯 싶어 하는 가슴을 억지하고/ 하 그리 가느른 한숨마저 죽일라/ 무던히 애를 쓰는 가슴이 저립니다"(「다시 한번」) 하는 토로는 더한 절망의 구렁텅이로 떨어지지 않으려 안간힘을 쓰며 버티는 시인의 고투를 여실히 보여준다.

현실 자각이 싹틈과 동시에 밀어닥친 절망은 분노로 화하기도 하고, 자신의 행태에 대한 객관적 인식과 평가로 화하기도 한다. 예를 들어, 시인은 "왜 우느냐고 묻지를 말고", "헛되이 운다고 탓하지 말라"고 바깥의 사람들에게, 주변의 벗들에게 요청한다. "욕지기 나는 오늘을/ 시궁에 처박고 싶은 마음"이 들 때면 "모든 것을 코웃음치고 제멋대로 내버려둘까부다/ 나라를 늘굼도/ 사상을 품음도/ 님을 부름도", 그대로 놔두라고도 한다. 오히려 시인은 자신에 깃든 "씹을수록 치미는 낯모르는 슬픔/ 무엇인지 모르는 그 슬픔이 깨끗"(「이 마음을 알라거든」)하다는, 통렬한 자기 진단을 감행한다. 외로움과 슬픔, 절망과 분노라는 긴 터널을 지나온 시인은 이전에 비할 수 없이 훨씬 강한 '시적 자아'를 얻는다. 그 경지는 마치 아래 시의 그것과 흡사하다.

> 땀마른 얼굴에
> 소금이 싸락싸락 돋친 나를
> 공사장 가까운 숲속에서 만나거든
> 내 손을 쥐지 말라
> 만약 내 손을 쥐더라도
> 옛처럼 네 손처럼 부드럽지 못한 이유를
> 그 이유를 묻지 말아다오
> — 이용악(1914~1971), 「나를 만나거든」 1연[82]

이용악의 첫 시집 『분수령』(1937)에 실린 시다. 시적 화자는 화난 듯 보이지만 그것은 냉혹한 현실에 관한 자각이다. 절망과 분노가 단련한 견결함이다. 정호승의 시 「이 마음을 알라거든」에 드러나는 시적 태도가 바로 이와 같다. 시인은 감정의 동요 없이 담담히 이상과 현실의 간극, 욕망과 이념의 불일치를 시대의 진실로 받아들인다.

> 따 우의 자유와 평화는
> 사람의 비위를 맞추지 않아
> 오늘은 어느 때나 어디서든지 슬플 게다
> — 「슬프구나」 마지막 연

---

82　『이용악 전집』(소명출판, 2015) 432쪽.

이 구절은 시인이 '슬픔'의 기원을 찾아냈다는 징표다. 그 진실을 받아들일 수 없다면 늘 슬픔에 빠져 허우적거릴 것이고, 이를 수용한다면 슬픔의 늪에서 빠져나올 것이다. 슬픔에서 벗어나면 몸과 마음을 움직여 밖으로 나갈 것이고, 다시 삶을 이어나가고 새로운 사랑을 펼칠 수 있을 것이다. 시인은 이러한 메시지를 행간에 숨겨두고 있다.

그렇지만 이상과 현실의 간극은 알되 수긍이 되지 않을 때, 감정은 혼란을 겪을 수도 있다. 시 「전원교명곡」은 그러한 상태를 표현한다. 자연물에서 얻는 기쁨과, 인간사로 인한 슬픔이 서로 교차되는 구절들에서는 온전히 슬퍼하거나 온전히 기뻐할 수 없는 착잡한 심경이 드러난다. '청아한 꾀꼬리 울음소리가 오히려 우울만을 돋군다'거나 '5월의 녹색 전원에 안겨 끓어오르는 가슴으로 흐느껴 운다'는 구절들이 그렇다. 마음껏 자유를 구가하지 못하는 상태를 두고 시인은 울기라도 마음껏 하라고 주문한다. 그 '아름다운 오열을 자연의 오색선 우에 심어놓기'를 바라고 있다.

시 「우울(憂鬱)」은 그 연장선에 놓였으나, 한 단계 더 높은 정신의 경개(景槪)를 보여준다. 우울은 애착 대상의 상실을 승인하지 못하는 마음의 상태에서 발생한다. 타지로 떠난 이들, 세상을 저버린 이들, 그리고 이제는 돌이킬 수 없는 희열의 순간들, 잃어버린 시간 일체를 마음에서 떠나보내지 못하는 시인은 우울하다.

풀들의 이름을 헤아리다 해가 지고

꽃의 이름을 지어내다 젊음이 사라지는 곳

오늘도 녹색을 뚫고 가는 상여가 아름답구나

대지여! 너의 요철 우에

나는 솟았다 꺼지는 물방울이거니!

(…)

나의 사랑이여

뚱뚱한 모습이여

너의 얼굴 까만 사마귀를 사랑하던 날

나는 가슴으로 우울을 배웠거니

흘러간 생활 속에 남아 있던 사랑

나는 영원히 사랑의 우울을 사랑하련다

(…)

눈물 어린 원망에

대지의 기복을 사랑할 제

녹색의 우울을 반겨 맛보노니

바라보는 녹색의 보리밭이여

이름이 고향이라 요람마저 우울쿠나

아름다운 것들은 비극들을 지녔구나

—「우울(憂鬱)」 3, 5, 7연


　청춘을 잃은 시인은 멀리 상여 나가는 장면을 바라본다.(3
연) 자신 또한 미미한 물방울처럼 땅 밑으로 스러질 것을 안
다. 정인(情人)의 뚱뚱한 모습이며 까만 사마귀도 시인은 사랑

한다. 흘러간 사랑을 기억하며 모두를 사랑하려 한다.(5연) 푸른 보리밭 가득한 고향을 눈물 어린 마음으로 모두 감수한다. 그렇게 "아름다운 것들은 비극들을 지녔"음을 시인은 다시 깨닫는다.(7연) 시 「우울」로 인해 정호승 시인은 조선의 보들레르가 된다. 시인 보들레르가 파리의 뒷골목에서 화려한 외양을 갖춘 자본주의 사회의 부패한 이면을 꿰뚫어 보았듯이 정호승 시인은 고향 충주에서 식민지 조선사회의 허망함을 직시한다. 그리고 그 허망함조차 시인은 아름답게 여기며 사랑하고자 한다.

시집 『모밀꽃』의 마지막을 장식하는 '고향'에 관한 두 개의 시편은 마치 노랫말처럼 들린다.

> 목을 놓고 불러야 울어야
> 지붕 우에 박꽃 대답 없고
> 모래알 하나 울어주지 않는
> 하그리 가늘은 나의 휘파람
> (…)
> 기차는 철교 우으로 달린다
> 못 미덥다 잘 있거라
> 나룻배 건네는 낯선 벗아
> 내 마음도 장돌뱅이
> (…)
> 품어낸 담배연기 얼룩지는 창모습으로
> 낯익은 강촌

쓰르래미 시끄러이 우는 곳

저녁 연기 가늘다

—「고향을 떠나며」 2, 4, 8연

시인의 우울은 운율을 타고 읽는 이의 마음을 적신다. 한 줄
한 줄 시를 읽어내려가다가 문득 환청이 들릴 듯하다. 멀리 김
해송(1911~1950?)이나 고복수(1911~1972) 또는 남인수(1918~1962)
의 목소리로 노랫소리가 들린다. "깊어가는 밤 외로이 차디찬
달그림자에/ 왼몸을 의지하고/ 무너진 성터에 숨은 슬픈 전설
이나 짜내는 듯 나의 넋은/ 고향이 울던 곳 웃던 거리를 누비
질하여 보느냐"(「씹어보는 내 고향」 3연)는 대목은 〈황성옛터
〉의 4절인 듯싶다. 그렇게 정호승의 시편들은 대개 3음보로 되
어 있기에 마치 김소월의 민요시처럼 노래에 가깝다. 시는 곧
노래라는 문학적 전통을 정호승 시인이 충실히 따랐던 결과이
리라.

### 생의 기미

정호승의 시편 대다수는 슬픔과 우울로 점철되어 있다. 그
러나 이러한 비극적 정서를 넘어, 맑고 밝은 생(生)의 우아한
정경을 드러낸 시들도 여러 편 있다. 시 「조춘(早春)」, 「여름
달밤」, 「길」, 「모밀꽃 2」, 「나는 송아지 네가 좋아」, 「그 어떤
풍경」 등이 그러하다. 이른 봄, 겨우내 얼어 있던 물이 풀리고,
밭고랑에선 김이 솟고, 고드름이 녹는다. 가난한 살림살이에
마음속마저 차가운 "살아야 할 모든 생명을 위해/ 햇볕은 다

시 찬바람 속에 따시다"(「조춘」). 그렇게 시인은 살아야 할 생명들에게 따뜻한 햇볕을 준다. 시인이 그려낸 여름밤의 풍경도 정겹다.

> 풋고추 약올라 매운내 풍기는 콩밭머리에
> 옥수수 이파리 나풀대는 틈으로 둥근 달이 남실거려
> 산모슭 풀잎에 맺힌 이슬이 반짝이는 고운 밤
> (…)
> 지붕 우에 하이얀 박꽃은 님 그리듯 쑥스러워
> 고개숙이고 졸고 있다.
>
> —「여름 달밤」 1, 4연

위 시가 발표된 지 30년쯤 흐른 어느 날, 시인 김수영이 "사람들이여/ 차라리 숙련이 없는 영혼이 되어/ 씨를 뿌리고 밭을 갈고 가래질을 하고 고물개질을 하자/ 여름 아침에는 자비로운 하늘이 무수한 우리들의 사진을 찍으리라/ 단 한 장의 사진을 찍으리라"(「여름 아침」)[83] 했던 여름날의 정취가 떠오르는 정갈하고 다정한 풍경이다. 이 시를 쓰는 동안, 시인의 마음도 평안했으리라.

"동쪽 하늘이 불그스름히 물들고/ 태양이 하늘을 뚫고 솟아오르던/ 산허리를 감고 있던 오솔길/ 길섶 풀이파리에 이슬꽃이 피"(「길」)는데, 그 '길'로 새 님이 오신다고 시인은 말한다. 그렇게 님은 오솔길로 오신다. 아마도 길옆 들판은 모밀꽃으

---

83 『김수영 전집 ① 시』(민음사, 2018) 136쪽

로 가득하리라. 날이 가물고 목이 마른 날, "몇 해만큼 한번씩/ 뜰에 가득/ 마음에 가득/ 모밀꽃이 피어"(「모밀꽃 2」) 날 것 이다. 힘들고 어려운 날, 삶의 희망은 모밀꽃 피듯 조용히 사 람들 곁으로 다가올 것이다.

한편, 시인은 들판을 뛰노는 송아지를 한없이 좋아한다. "너 는 내가 있고/ 나는 네가 있고", 그래서 좋다.

> 모든 것은 흘러간 유성
> 떨어진 단풍을 사랑하는 나는
> 벌써 청춘은 아닌가 보다
> (…)
> 어설픈 황혼이 굴뚝 모탱이로 와서
> 폴속 폴속
> 고개 넘에서 솟는 나무꾼들이 끊이도록
> 나와 함께 논둑 밭둑으로 거닐며
> 지배 없는 순간을 사랑하자
> (…)
> 너의 앙감질에서
> 아름다운 꿈만을 캐어내며
> 우리 미워하는 것들은
> 서로 입밖으로 내지 말고
> 새로운 곡조를 붙여 보자
> ──「나는 송아지 네가 좋아」 4, 5, 9연

깨금발로 들판을 뛰어노는 송아지를 바라보며 시인은 '지배 없는 순간을 사랑하자'고, '미워하는 것들은 입에 올리지 말고 새로운 노래를 부르자'고 말 건네며, "하이얀 모밀밭 너울치는 밭머리/ 언덕을 넘어/ 한가로이 도는 물레방아 소리에/ 귀를 기울자"고 청한다. "눈이 푹푹 쌓이는 밤 흰 당나귀 타고/ 산골로 가자 출출이 우는 깊은 산골로 가 마가리에 살자"(「나와 나타샤와 흰 당나귀」)[84]던 백석(1912~1996)의 소망처럼 시인 정호승의 소망도 하얗다.

시인들의 유토피아는 똑같다. 어둡고 어지러운 세상이어서 이루어지지 못할지라도, 현실이 허락하지 않을지라도 시인의 꿈에는 한정이 없다. 세상에 없는 공간, 아직 만나지 못한 시간을 마음으로, 글로 그리는 것이 시인의 일이니까.

살다 보면 언뜻 시간과 공간이 정지된 듯 자유와 평화, 세상의 친절함이 잠시 머무는 느낌이 들 때가 있을 것이다. 일상에 유토피아가 다가온 순간이다. 이를테면, 정호승 시인이 만난, "벽에 걸었던/ 호미 낫 괭이 품팔이 가고/ 오막살이 방안 텅 비어// 울타리 밑엔/ 병아리들이 보금자리 치고/ 답싸리 밑엔 강아지 누워 졸고만 있"(「그 어떤 풍경」)는 순간 같은 것이다. 시인들은 이 우연한 만남의 틈에 자리를 펴고 머물면 금세 사라지려는 시공(時空)을 붙들어 앉히고, 그 안으로 이웃과 형제를 초대하곤 한다. 정호승 시인 역시 그러했다. 슬픔과 우울을 넘어 삶의 아름다움을 실현하려 하였다.

---

84  『백석 시 전집』(창작사, 1987) 73쪽.

## 가난의 편에 서서

정호승의 시 가운데, 시적 화자가 시인이 아닌 작품들이 있다. 시인 스스로 이웃의 현실로 직접 들어가 이들로 변모한 시들이다. 「뻔히 알면서」의 첫 구절에서, "후유 - / 이것을 내가 다 맸나/ 엄청나다" 하며 시인은 농사꾼이 되어 그의 마음, 그의 현실 속으로 들어간다. "허리를 펴며 기지갤 켜면", 눈이 "까마득한 지평선에 걸리니" 어느덧 "붉은 노을이 서리고 있다". 힘들고 긴 노동에서 잠깐 맛보는 휴식의 순간에 시적 화자는 "나와 나의 벗들만이/ 아직도 들판에서 허덕이고 있"다는 걸 본다. 그렇게 "쏟아져 나온 내 피땀은 몇 섬이나 될 것"인가? 하지만 우리 식구의 몫은 쥐꼬리만치 적다는 것을 깨닫는다. 언제 이 지긋지긋한 노동의 사슬에서 벗어날 것인가?

「복숭아」의 시적 화자 역시 가난한 농민이어서, 복숭아 한 개 사 먹지 못해 우는 자식놈을 보며, 또 벌레 먹은 복숭아를 먹던 누이를 생각하며 눈물짓는다. 급기야 그의 누이는 가난한 고향을 떠나 먼 곳 공장을 다니며, 몇 푼 안 되는 임금에 청춘을 희생시키고 있다.

> 갯둑에 올라서서 두 손을 내저었다
> 내 지게 진 모습이 재 너머로 사라지면
> 신작로로 걸어가는 네 모습이 슬쓸할 게지
> 한 발 너는 공장으로……
> 한 발 나는 산으로……
> 공간으로 흐르는 남매의 넋은 얽혀

병고에 신음하시는 어머니 머릿속에

왼 종일 어른거리리라

—「내 누이」 3연


　마음에 두었던 야학방 쇠돌이와도, 단짝이었던 분이와도 헤
어져 멀리 타향에서 힘겹게 노동하는 누이의 모습에 '나'의 심
사는 갑갑하다. 무엇이 이렇게 비극을 만드는 것인가? 「잡스
러운 이 몸」에서는 더욱 답답한 현실이 제시된다. 이 시의 시
적 화자는 '분이'다. 술집 여자 죽심이가 된 분이는 속마음을
이렇게 토로한다. "내 그들의 입 안 떨어지는 부탁을 가슴에
품고/ 한 가지 목적을 세우기 위하여/ 잡스러운 거리에 휩쓸
려 삶이/ 무엇이 그리 애달프오리까마는/ 쑥스러운 마음에 그
와 풀지 못한 이 몸을/ 돈을 노리고 아무에게나 맡기는 가슴만
은/ 어느 때나 굳은 못이 박혀 있다우". 사랑하는 이와 맺어지
지 못하고 자신의 삶마저 거리에 빼앗기는 현실은 저주스럽기
까지 하다.

　더 나아가 시집 『모밀꽃』에 실리지 못한 「소작인」에서는
가혹한 현실에 대한 분노마저 표출된다. "누룩 돼지가 길게 누
어 낮잠만 자는구나/ 그ー 욕심 많은 놈이/ 뱃대지가 여간 불
러서야/ 죽을 저ー만큼 남겼을 게냐/ 그놈의 뱃대지/ 지주님
의 뱃대지와 흡사하다"(3연) 누룩 돼지에 빗대어 지주의 횡포
를 폭로하고 비난한다. 그렇지만 가난한 농민인 '나'는 소작료
몫으로 "집에 남은 벼 한 섬을 마저/ 짊어지고 나오는 나의 꼴
을/ 바라볼 식구들의 표정이/ 지금부터/ 눈에 밟히고"(6연)

밟힌다. 식구들이 당장 굶을 것을 알면서도 어쩔 수 없이 볏섬을 지고 지주의 집을 향하는 자신의 모습에 모멸감을 느낄 것이다.

시인은 가난한 고향 사람들의 처지에 서서 그들의 시선으로 현실을 직시하고, 그들의 속내를 더듬고 어루만진다. '지극한 연민'은 시인의 눈과 귀를 가난한 사람의 눈과 귀로 변모하게 하고, 가난한 이들의 처지를 시인 자신의 처지와 일치시킨다. 시인이 가난한 이들의 편에 서는 건 불가피한 일이었으며, 응당 인간의 도리에 순응하는 것이었다. 그러므로 해방 이후 가난한 이들의 편에 서서 정호승 시인이 다방면의 예술활동과 정치 활동에 나서게 된 연유를 이들 시편에서 짐작할 수 있다.

## 피할 수 없는 별리(別離)

시인은 산 자들 못지않게 이미 세상을 떠난 이들에 대해서도 연민을 잃지 않았다. 이승에 잠깐 머물다 간 이들을 기리기 위하여, 시인은 마음을 다해 시 두 편을 쓰게 된다. 그리고 두 시편 모두 정형(定型)을 갖추었는데, 기리는 대상 앞에서 마음을 정히 하고, 소란함이 없이 그이를 향한 그리움을 곧게 지니겠다는 의지의 형식과 다르지 않다.

모밀꽃은
하이얀 꽃
그 여인의 마음인 양
깨끗이 피는 꽃

모밀꽃은

가난한 꽃

그 여인의 마음인 양

외로이 피는 꽃

—「모밀꽃 1」 2, 3연


"하이얀 비밀을 담아놓고/ 아무 말 없이" 시든 이는 해마
다 모밀꽃 필 때면 마음에 다시 돌아오고, 그러다 시를 지어,
보고 싶을 때마다 꺼내 보았을 것이다. 「모밀꽃 1」은 소월
(1902~1934)의 시편과 닮았으나, 「산유화」에 비하면 인간세
에 더 가깝고, 「진달래꽃」에 비하면 향기가 더 짙다. 고인을
기리는 예(禮)와 정(情)이 한데 모여 품(品)을 이루었다.

시 「상흔(傷痕)」은 더욱 아프다.


네 아비는 나다

거짓말 같은 참말에

하도 신비로워

하늘에 별을 헤었었다.


네 에미는 오늘도

네 이름을 몇번이고

일기 속에 끄적일 게다.


현실이 '이렇다' 다 알고

살며시 갔다마는
조고마한 발자욱이
슬프게 남아 있다.

　　　　　　　　　—「상흔」 3~5연

　말을 이을 수 없다. "네가 할퀸 생채긴 양/ 초생달이 칼코쟁이/ 서쪽 하늘이 아프다."고 한 마지막 구절에선 더욱 그렇다. "고운 폐혈관이 찢어진 채로/ 아아, 너는 산새처럼 날아갔구나."(「유리창 1」)[85]고 한 정지용(1902~1950?)의 시에 비견되는, 비통한 참척(慘慽)의 표현이다. 아름답고, 아름다워서 더 아프다.

　정호승 시인은 약관의 나이로 조선 문단의 한복판에 뛰어들어 〈조선문학〉지의 주축으로 활동하였고, 아름다운 시편들을 남겨놓고는 홀연히 자취를 감추었다. 하지만 그의 시편들 속에 시인 정호승은 살아 있으니, 그가 그리울 때면 그의 시편에서 그의 목소리와 웃음과 눈물, 발걸음과 몸짓과 기품을 만날 수 있으리라.

　"가슴의 성냥불을 득 그어/ 담배를 피워 물어도 꺼지지 않는 가랑비 내려/ 촉촉히 젖은 마음의 오솔길". 그 오솔길에 시인 정호승이 서 있다. "믿음과 애정으로 나란히 걷지 못하던/ 오솔길/ 지나간 이도 없고 다시 아무도 오지 않을/ 오솔길/ 몇 번이나 되짚어 걷는 쑥스러운 이 모습"(「오솔길」)이라며 혼자

---

85　『정지용 전집 ① 시』(민음사, 1988) 73쪽.

걷는 자신을 쑥스러워했지만, 이젠 많은 이들이 내내 고독했던 그의 곁에서 '믿음과 애정으로 나란히' 그의 오솔길을 따라 오래도록 걸을 것이다.

* 글에 인용된 정호승의 시들은, 지금의 표기법에 맞추어 필자 임의대로 고쳐 실었음을 밝힌다.

_ 정호승 시집 『모밀꽃』(충북문화재단, 2022) 해설

4부

# 서정의 진폭

# 젊은 시의 서정성에 관한
# 짧은 생각

　'젊은 시'라는 말이 뜻하는 바는 애매하다. 젊은 사람이 썼
거나, 시의 정신이 젊거나, 이전과는 다른 새로운 경향의 시를
'젊은 시'라고 할 수 있으니 말이다. 그렇다고 해서 발표된 모
든 시를 읽어낼 수도 없다. 그러니 기준을 세워 분류하고, 일
일이 해석하는 일은 불가능하다. 그렇더라도 몇 편의 시를 읽
다 보니, 이야기해 보고 싶은 게 있다. 편집부에서 제시한 주
제를 그대로 따라 제목으로 삼았을 뿐, 이 글로써 모든 '젊은
시'의 '서정성'을 논의한 걸로 독자가 오해해서는 안 될 일이
다.

목도하는 자, 그자의 속에서 넘어가고 있는 고요와, 고
요가 저며내는 살의를 생각한다 꽃잎의 무결함 뒤에는 꽃
잎을 뜯는 벌레의 무결함이, 벌레의 무결함 뒤에는 벌레의
알을 부수는 비바람의 무결함이 오는 것을 생각한다 살의
의 단순함과 살의의 명랑함을, 살의의 타오름과 살의의 독
립을, 살의가 맞이한 한 바탕의 음악을 생각한다

— 여세실, 「깊이 우는 새 높이 나는 개」에서

(『청색종이』 2023년 겨울호)

시의 화자는 목도(目睹)하는 자의 고요와 살의를 생각하고,
꽃잎과, 꽃잎을 뜯는 벌레와, 벌레의 알을 부수는 비바람의 무
결(無缺)함을 생각한다. 나아가 살의(殺意)의 단순함, 명랑함,
타오름, 독립을 생각하고, "살의가 맞이한 한 바탕의 음악"을
생각한다. 시의 화자는 '목도하는 자'의 내면을 연쇄적으로 파
고 들어가면서 그를 옹호하고, 그림자처럼 그자의 뒷면에 숨
어 있다. 눈앞에서 벌어진 어떤 사태를 '본 이'는 이 사건의 발
생에 무결하며(책임이 없으며), 이 사태로 인해 생겨난 (사태
를 일으킨 대상으로 향하는) 살의조차 무결하다고 본다.

하지만 그자(또는 화자 자신)의 무결과 살의를 수차례 반복
하는 편집증적 태도의 근저에는 어쩌면 그자(또는 화자 자신)
도 이 사태와 연관되어 있을지 모른다는 일말의 혐의(嫌疑),
자신도 책임을 추궁당할 수 있다는 불안감이 깔려있다. 결국
원인 제공자를 제거하려는 살의(殺意)로 비화한다. 우리에게
닥친 최대의 사태(事態)는 개인의 부채의식이 포화(飽和)상태

에 도달해 있다는 점이다. 우리는 바야흐로 방어수단을 움켜
쥐고 가해폭력을 불사(不辭)하게 된 것이다.


그래서 강한 애착에 저항하는 버릇이 생겼다고 했지
쉽게 잠들 수 없었던 그 열대야의 밤처럼
생각하거나
느끼거나
말을 하는 게
어려워져서
너는 그냥 어둠 속에서 천장을 바라본다고 했지
여름이면 맑은 눈의 시체가 된다고 했지


그것도 막히면
가끔 일기를 썼다고 했지


날아갈 수 있으니 숨을 골라야 한다고


하늘이 무너져도 지구는 도는데
그게 참 이상하고 낯설게 느껴져서
점점 중력이 약해지는 게 아닌지
이 별도 조금씩 맞이 가는구나 하고
— 김서치, 「이상기후」에서
(『청색종이』 2024년 겨울호)

방어수단이 없는 이들은 불안정한 국면에 방치된다. 불확실성에 지쳐 "생각하거나/ 느끼거나/ 말을 하는"것조차 어려워진다. "어둠 속에서 천장을 바라보"며 누워있어 "시체"처럼 된다. 그조차 지쳐 숨을 고르기 위해 '너'는 "일기를 쓴다". 세계는 무너져 있다. "점점 중력이 약해지는" 것 같은 이 지구가 곧 멈추어도 이상하지 않다. "이 별도 조금씩 맛이 가"고 있다. 삶의 굳건한 터전이란 게 이젠 없다는 비관론을 시의 화자는 '너'의 일기와 상황을 빌어 피력하고 있다.

죽은 척하고 있는데 말 걸면 어떡합니까……
속으로 중얼거리자 매대에 놓인 곰 인형이
내게 되묻는 것 같았다
안 무서우면 곰돌이고 무서우면 곰이냐?

무서우면 귀신
안무서우면 유령

그런데 진짜로 무서운 건
십 년이 하루 같고 하루가 십 년 같다는 것

죽은 척할 때가 제일 살아 있는 것 같아
그러니까 북슬북슬한 곰 인형이 이렇게 말도 걸고
슬프네 슬퍼지네
— 고선경, 「생수와 물」에서 (『포지션』 2024년 여름호)

"죽은 척할 때가 제일 살아 있는 것 같아"라고 읊조리며 거리를 배회하는 '나'는 귀신 같고, 유령 같다. 산 사람과의 소통은 단절된 지 오래라 '곰 인형'에게 말을 걸고 답을 듣는다. 독백인 듯 '나'는 유령이나 귀신보다 더 무서운 건 오늘 하루라고, 지난 "십 년이 하루 같고" 오늘 "하루가 십 년 같다"고 중얼거린다. 하루를 살아가는 일이 가장 무서운 일이어서 '나'는 너무 슬프다. 슬퍼진다.

　거리는 거리로 이루어져 있습니다
　가까워지고 멀어지기를 반복하는 사람들

　사계절의 모든 옷을 몸에 수납하고 혼잣말을 크게 하는
여자

　여자는 돌고 있는 전자레인지 같습니다
　사람들은 멀찌감치 떨어집니다
　안을 들여다보지 않습니다

　데워지지도 종료되지도 않는 상태는 조금 위험합니다
　아, 이건 내 이야기입니다
　　　　　　　　　　　　　　― 송정원, 「그래도의 마음」에서
　　　　　　　　　　　　　　(『창작과비평』 2024년 여름호)

"거리(street)는 거리(距離, distance)로 이루어져 있"다. 거리의 사람들은 "가까워지고 멀어지기를 반복할" 뿐 함께 살아가지 않고, 얘기도 나누지 않는다. 거리에 한 여자가 "혼잣말을 크게 하"면서 서 있다. 그녀는 봄옷에서 겨울옷까지 다 겹쳐 입었다. 마치 "돌고 있는 전자레인지"처럼 보이는 그녀에게서 "사람들은 멀찌감치 떨어"져 걷고 있다. 그녀는 전자레인지 안에서 "데워지지도 종료되지도 않는"다. "조금 위험"하다. 그녀는 '나'다. '나'의 말은 어디로든 가닿지 않고 응답도 없어서, '나'는 곧 폭발할지도 모른다. 소통을 기대하는 '나'는 미친 사람 같다. 아니, 미쳤다.

> 그렇게 우리는 보고 싶은 것만 보고 듣고 싶은 것만 들으면서 서로를 잘 안다고 생각한다
> 빨랫감끼리 싸우고 있다
> 때가 빠지는 중이다
> 이렇게 하나의 관계가 정리되면
> 아무것도 닦지 않은 한 장의 수건을 가질 수 있다
>
> 어느 나라에선 가족이 목욕한 물에 몸을 담근다던데 그건 그 사람의 때를 용서해야 가능한 일이다
>
> — 임지은, 「세탁기 연구」에서
> (『문학과사회』 2024년 여름호)

"우리는 보고 싶은 것만 보고", "듣고 싶은 것만 들으면서 서로를 잘 안다고 생각한다". '나' 외에는 모두 '타인'이다. 우리는 서로 다르므로 '나'의 생각에 '너'를 가둘 수 없다. '너' 또한 그렇다. 그래서 서로 말을 나누어야 한다. 그래야 조금씩 알아갈 수 있고, 정을 나눌 수 있고, 삶을 삶답게 이어갈 수 있다. 그래야 서로의 "때"조차 용서할 수 있다. 서로를 수용하지 못하는 건 '나'에게 '너'를, '너'에게 '나'를 가두기 때문이다. '나'와 '너'는 매우 가까이 있지만 '한 몸'은 아니어서, '나'와 '너' 사이에는 매우 짧은 '거리'가 놓여 있다. 그 점을 잊어서는 안 된다. 가족은 늘 함께하므로 '한 몸' 같지만, 실은 여러 몸이 한곳에 함께 오래도록 머무르고 있을 뿐이다. 그러다 때가 되면 하나씩 떠나간다. 시간은 다시 돌아오지 않는다.

> 서늘한 바람을 타고 간 은수가 영원히 돌아오지 않을 것이라는 걸 지민이는 알고 있다 공기가 희박한 여름의 공터에서 혼자서도 둘이 쥐듯 손잡는 법을 연습하는 지민이는
>
> 무작위로 주운 돌멩이를 주먹 속에 넣은 채
>
> 홀로 운동장에 서 있다
> 햇빛에 더럽혀진 공은 아무도 발견하지 못하는 수풀 밑에 잠들어 있다
>
> ─ 구윤재, 「캐치볼」에서
> (『문학과사회』 2024년 여름호)

은수와 지민의 이야기가 아름답다. 은수와의 공놀이를 떠올리며 지민은 "혼자서도 둘이 쥐듯 손잡는 법을 연습"한다. 지민은 돌아오지 못할 은수를 기억하는 법을 터득한 듯하다. 지민은 "돌멩이를 주먹"에 쥐고 홀로 서 있다. 주먹에 쥔 돌멩이는 분명 은수의 손 같을 것이다. 은수와 함께했던 순간과 장소를 지민은 촉감(觸感)으로 보존한다. 둘 사이의 사랑과 우정은 물리적 흔적(痕跡)으로 각인되어 "아무도 발견하지 못하는 수풀 밑에" 고스란히 온전하게 남을 것이다. 이 시는 폐허와 같은 이 세계에서, '중력이 약해지는' 이 지구에 발붙이려 애쓰는 우리들의 소박한 방법을 보여준다.

나의 내면과 당신의 내면을 통역하는 언어가 생기고 당신은 나의 일기를 낭독하고 나는 당신의 소설에 밑줄을 치고 포스트잇을 붙인다

우리를 기록하고 우리의 언어는 내면으로 스며들고 의미로 번지고 당신이 나의 이름을 부르면 고개를 돌리고 그 이름을 이루는 소리가 나를 뜻한다고 여기고 그 이상을 의미한다고 여기고 때로는 소음에 불과하다고 애써 무시하며 그러나 그게 전혀 소음이 아니라는 사실을 되뇌면서

의미가 사라진 세계를
상상할 수 있니?
— 유선혜, 「충돌에 관한 사고실험」에서

(『사랑과 멸종을 바꿔 읽어보십시오』,
문학과지성사, 2024)

　나와 당신이 일구는 우정의 시(詩)는 '의미(意味)'로 가득
차 있다. "우리를 기록하고 우리의 언어는 내면으로 스며들고
의미로 번지"게 한다. "당신이 나의 이름을 부르면 고개를 돌
리고 그 이름을 이루는 소리가 나를 뜻한다고 여기고 그 이상
을 의미한다고" 여기는 것, 그것이 요즘 젊은 시의 서정은 아
닐는지.

　비관 어린 참상(慘狀)들이 즐비하게 드러나 있는 시대다.
하지만 어둠이 깊을수록 간절히 바라는 건 한 가닥 불빛이다.
매일같이 불안감에 시달리고 무기력에 빠져 거리를 배회하거
나 방 밖으로 나가기조차 힘든 이들을, 가장 낮고 가장 어두운
곳에서 몸과 마음을 일으키지 못한 채 삶과 죽음의 경계를 넘
나드는 이들을 어루만지고 보듬는 젊은 시인들의 마음이 귀
하다. 서로에게 고유한 자신의 언어로, 자신의 형식으로 말 건
네며 서로 더 많은 이야기를 풀어내려 애쓰는, 더 나누고 싶은
갈망으로 가득 차 있는 오늘의 서정시는, 소박하고도 깊다.

_ 〈생명의문학〉(2025년 여름호)

# 자유의 물질감

장무령 시에 관한 소묘

## 스무 해 전의 시편들

1999년 〈작가세계〉 신인상을 받으며 작품 활동을 시작한 장무령은, 2005년 첫 시집 『선사시대 앞에서 그녀를 기다리다』(세계사)를 펴냈다. 세기말을 경유하여 신세기에 들어선 그의 시에는 21세기 초반 서울 곳곳의 풍경이 담겨 있다.

하나의 희망과 하나의 절망은
한 덩어리로 극동방송국 붉은 벽돌 담장 앞에서
잉태의 무늬 속으로 빨려 들어가고 새벽 한 시
또 하나의 굳건한 절망이
플라타너스 그늘 속에서

막차 놓친 희망들을 끊임없이

희롱하고 있다

유혹하고 있다

　　　　　　　　　　— 시「새벽 한 시」후반부[86]


　절망과 희망이 구체적으로 어떤 것인지 알 수 없으나, '극동 방송국 붉은 벽돌 담장 앞'에서 서로 부둥켜안고 있다. 힘겨웠던 과거와 불확실한 미래 사이에 낀 현재의 군상들은 술에 취한 듯 집으로 돌아가지 못한 채 밤거리를 배회하고 있다. 장무령이 등단한 1999년과 첫 시집을 발간한 2005년 사이엔 정치가 김대중·노무현이 생존해 있었고, IMF 위기가 잦아들고 있었으며, 분단 이래 최초로 남북정상회담이 열렸고, 한·일 월드컵이 있었다. 진보정당인 민주노동당이 활동하고 있었고, 한국영화의 수준이 날로 높아지던 때였다. 플라타너스 그늘 아래 서로 한 덩어리가 되었던 희망과 절망은 20여 년이 지난 지금, 어떻게 살아가고 있을까.


　　지하 일 층으로 내려간 삼십대의 몸이 헤드뱅잉을 해대다 주위를 언뜻 보니 전기 기타 음 위에 혼자 공중부양된, 잘 닫히지 않는 문을 아예 떼어낸 몸을 빠져나와 오랜만에 펼쳐 본 신문엔 조계사 사태 진압경찰이 고가 사다리에서 떨어지는 사진 속에선 허공에 붕 떠오르는 것 같은, 대림성모병원 영안실을 빠져나오는 햇살 우글대는 몸이 자세

86　장무령,『선사시대 앞에서 그녀를 기다리다』(세계사, 2005) 47쪽.

를 바꾸다 중심을 잃어 밑으로 떨어진다 할지라도 떨어짐

이 떠오름인 밑도 끝도 없는 悅樂으로 공중부양 중

— 시「드럭에서 공중부양을」후반부[87]


'드럭'은 홍대 앞 극동방송국 근처에 있던 라이브클럽으로, 크라잉 넛, 노브레인, 삐삐밴드 등 '조선펑크' 락밴드들이 출연했던 '전설'의 클럽이다. 예의 이 시 역시 홍대 앞, 종로 조계사, 대림동 성모병원 등 서울 도처의 풍경이 등장한다. 알코올과 사운드에 몸을 맡겨 밤새 '헤드뱅잉'하던, 시의 주인공은 새벽이 되어 누군가의 부고를 받고 병원 장례식장에 간 듯하다. 혼곤히 달아오른 육체와 정신은 아직도 취기에서 헤어나오지 못한 채 열락의 상태에 머물러 있다. 취업준비 중이거나 이미 신입사원이거나 벌써 실직했거나, 어떻든 신세기의 30대는 무엇을 하여도 무엇을 하지 않아도 쉬이 엑스터시에 빠질 준비가 되어 있었고, 그렇게 될 수 있었다. 오늘과 비견하건대, 그 시절 자체가 전설이라고 말할 수 있지 않을까. (참고로, 클럽 드럭은 최근까지 '불후의' 명맥을 이어오다가 코로나19로 인해 지난 2020년, 문을 닫았다고 한다.)


깔끔한 삶이 모두 문을 잠그고 건물 속

수다스런 빛의 입들 꺼질 때

그때, 대문 열고 기둥 세우는 나의 집

눈 부릅뜬 이순신 정문을 지키고

---

87   장무령, 위의 책 99쪽.

경복궁 넘어 인왕산 끝까지 어둔 지붕 등에 인

나의 입 속

이 방엔 최고 크기의 신문사들이

저 방엔 정부 종합청사가 오래된 가구로 굳어진

집, 나의 잠 속으로

간혹 수많은 함성 분노 또는 촛불의

삶들이 밤늦도록 나의 집에 모여들 때

(⋯)

거대 신문사 대형 전광판 불이 꺼지면

대문 열고 이순신 앞세우고 인왕산 꼭대기

어둠의 기둥 박는 나의 집에

다시 아침이 오면 자리 찾아 들어올 넥타이 맨

老宿

의 삶들이여

— 시 「露宿이 老宿에게」에서[88]


그렇다. 노숙자가 아직 많았을 때였다. 서울역 지하도에서
퍼져 나와 서울 도심 곳곳 빈터에 자리를 펴 잠을 청하고, 밥
먹으며, 몸 웅크려 행인을 올려다보고들 있었다. 이름 모를,
이름 가린 수많은 가장들이 실직자가 되어 빌딩 사이 공터를
집 삼아 기거하였다. 노숙하게 생계를 보존하며 회사 다니는
사람에게 거리의 노숙인이 말을 건다. 낮의 서울은 당신들의
일터지만 밤의 서울은 우리 것, 우리 집이라고 말한다. 시의

88   장무령, 위의 책 90~91쪽.

화자는 연민을 내비치지 않고 자존을 건드리지 않고서 노숙인들의 견해와 처지를 대변한다. 그것으로 외부 시선의 오해와 착각을 불식시키려 한다. 세기 초까지 이어졌던 한 시절의 살풍경을 시인은 담담히 전달한다.

> 허리 굽힌 아버지의 등에 닿은 허공
> 등에 닿은 허공에 흰 꽃잎을 붙인 무밭
> 아버지의 등에 닿은 허공에 흰 꽃잎을 붙인
> 무밭 너머
> 봄 아지랑이 사이사이 날개를 붙였다 떼었다 하는
> 나비의 무리
> 나비의 날개에 붙었다 떨어졌다 흔들리는 아지랑이
> 너머 현기증 나는 둑길과 하늘
> 사이에 끼어 있는 상엿집
> 뒷문을 열어 보면 갈대밭 위 요령 소리
> 걸어 나오는 할아버지 할머니
> 뒤엔, 연시 감 자국을 입에 묻힌 曾祖 할머니
> 상엿집에 닿아 있는 둑길을 잡아당기면
> 둑길에 닿아 있는 아지랑이
> 아지랑이에 닿아 있는 나비의 무리
> 나비의 무리에 닿아 있는 무꽃
> 무꽃에 닿아 있는 아버지
> 한 발짝 한 발짝 속으로 딸려 들어가는
> 風景

비운 소주잔
── 시「아버지로부터 시작하는 風景, 그리고 풍경 앞」[89]


아버지의 등은 허공에 닿고, 허공은 무밭에 닿으며, 무밭
은 봄 아지랑이와 나비에 닿는다. 아지랑이 너머 둑길과 하늘
과 상엿집이 보이고, 갈대밭에서 할아버지, 할머니, 증조할머
니 걸어 나오시고, 다시 둑길이, 아지랑이가, 나비 무리가, 무
꽃이, 아버지가 그 풍경 속으로 딸려 들어간다. 소주잔을 비운
다. 시의 화자가 고향 집 앞 들가에서 멀리 둑길을 바라보며
여러 순간이 겹친 기억을 떠올린다. 이젠 다시 볼 노릇 없이
선대의 자취를 담은 정경(情景)이다. 차례대로 피어오르는 연
상 사이로 아스라한 음률이 흐르는 것만 같다. 먼 데서 쩔렁쩔
렁 요령 소리 울린다. 설핏해진 봄 햇살을 받으며 취기도 얼근
히 올라온다. 옅은 만큼 꾹꾹 눌러온 그리움, 울음으론 내놓지
않을 서러움도 차오른다. 다사롭고 아름답다.

시집 『선사시대 앞에서 그녀를 기다리다』는, 낮은 생에 관
한 깊은 근심을 내장한 서경(敍景)의 시들과, 가계에서 비롯된
서늘한 서정(抒情)의 시들로 꾸며져 있다. 초현실적 묘사가 간
혹 눈에 띄지만, 장무령의 첫 시집은 리얼리즘의 영향 아래 있
다. 20세기에서 21세기로 넘어가는 사회 현실이 반영된 작품
으로 읽힌다.


---

89    장무령, 위의 책 70~71쪽.

## 지금의 시, 「사실-이다」

그로부터 20년이 흘렀다. 장무령의 시는 변화하였다. 새 시집 『모르는 입술』(청색종이, 2024)에 실린 시들은 평면거울처럼 이해될 수 없다. 거울이 깨져 있고, 파편들은 볼록하거나 오목한 형상이다. 초현실의 표현이 극대화되어 있다. 시적 주체와 대상의 관계는 이전의 시처럼 안정된 바탕에 있지 않다. 관계는 어긋나 있다. 단어와 문장은 상식적 의미를 지시하지 않으며, 표면의 말(parole)은 이면의 말(langue)을 따르지 않는다. 오늘, 장무령의 시어들은 어떤 정감을 표현하거나 의견을 드러내기 위한 것이기보다는 모순, 역설, 딜레마, 불화와 같이 착종된 사태의 내부에 다가서기 위한 탐색 도구에 가깝다.

갈등의 한복판으로 진입해 들어가는 탐색이 명료한 의식 상태로는 어려울 것이다. 만취 상태거나 꿈꿀 때와 같은 전의식(前意識) 상태에 자신의 몸을 맡겨 감각을 개방하면, 탐색하는 데 힘이 조금 덜 들 것이다. 오규원의 비의지적 자유연상, 김춘수의 무의미 지향의 시적 포즈와는 다르다. 장무령의 시에는 미묘한 긴장이 있다. 한편에는 도취에 기대어 감각을 개방하는 즐거움이 있고, 다른 편에는 착종의 심부를 벼려진 감각의 힘으로 탐색하려는 의지가 있다. 몸은 쾌락에 투신하고, 정신은 갈등에 투신한다. 장무령의 어떤 시편이든 예외 없이 몸의 일과 정신의 일이 분리되어 진행되는데, 그것이 긴장을 발생시키는 원인이다.

그의 시는 훼손된 신체에서 흘러나온 액상 이미지들로 가득 차 있는데, 갈등을 온몸으로 감당하다가 흘릴 수밖에 없는, 피할 수 없는 피 흘림과 같다. 이중과제를 수행하는 시 쓰기는 누구나 할 수 있는 게 아닌, 쉽지 않은 작업이다. 리얼리즘 경향에서 출발한 장무령 시인은, 비의지적 자유연상이나 무의미 지향의 시에 몰두하는 과정을 거쳐 자신의 시적 태도를 유동적인 형상으로, 고체와 기체의 중간상태인 액체성(liquidity)으로 확정한 듯하다.

발터 벤야민은 「초현실주의」(1929)라는 글에서, 20년대 유럽에서 활동한 일군의 시인들에 관해 이렇게 말한 바 있다. "깨어남과 잠 사이의 문지방이 마치 이리저리 넘쳐흐르는 수많은 이미지들의 발자국들로 밟히듯이 … [이 시인들에게] 언어는, 소리와 이미지가, 그리고 이미지와 소리가, '의미'라는 동전이 들어설 틈이 남아 있지 않을 정도로 자동기계적인 정확성을 갖고 서로 행복하게 맞아떨어질 때만 언어 자체가 되는 것처럼"[90] 그들이 인식하고 있다고 말이다. 언어와 이미지의 배열과 합치에서 미적 희열을 느끼는 이들은, 자신의 삶에 언어와 이미지를 가장 먼저 입장시키기 마련이다. 바로 이들이 초현실주의자들이다.

장무령은 이들과 유사하다. 그의 시에선 주체성, 무의미성, 초월 의지 등과 같은 이념적 지향을 찾아보기 힘들다. 대신, "자아를 느슨하게 하는 일"(벤야민)을 그 무엇보다 먼저 실행하려는 충동이 만연해 보인다. 그의 시에서 시적 화자와 시적

---

90　발터 벤야민, 「초현실주의」, 『발터 벤야민 선집 5-역사의 개념에 대하여/폭력비판을 위하여/초현실주의 외』(도서출판 길, 2008) 145~146쪽.

대상 간의 관계보다 중요한 건, 자의식을 풀어놓고 자아를 지우는 행위, 곧 시를 쓰는 행위 자체다. 그의 시 「사실<sup>-이다</sup>」[91]는 이러한 경향을 여실히 보여준다. 다소 길지만, 모두 인용한다 (각 연의 번호는 필자가 붙임).

> ① 숨이 멎고 터지는 사이로 단풍이 붉어졌다
> 단풍에 부딪히며 기차가 달렸다
> 도착역은 햇살처럼 부서져서 입구가 보이지 않았다
> 사실은,
> 단국대 천안 캠퍼스와 호수 사이 협궤를 달리는 기차가 있다
>
> ② 하루에 두 번 너는 내 방에 들어온다
> 잠든 적이 없는 이거나 깨어난 적이 없는 이라는 서술
> 어 어디도 아닌 이상
> 침대 옆 의자에 앉아
> 나를 내려다보는 너의 눈동자
> 흔들린다 너는 사실은
> 한쪽 다리가 주저앉는 의자에 앉아 있다
> (다리 하나가 부서지는 데서 사실은 시작된다 또는 다
> 리가 부서지는 데에서 사실은 마무리된다)
>
> ③ 너가 기울어진다
> 사실은 의자에 앉은 사실이 기울어진다

---

91   장무령, 「사실<sup>-이다</sup>」, 『모르는 입술』(청색종이, 2024) 15~18쪽.

45도 정도로 비탈진 위자 위
사실을 기차가 달린다
기차 소리는 스냅사진처럼 한 장 한 장 잘려진다
소리 한 장이 호수에 닿아 출렁인다
소리 한 장이 단국대 의대 건물 유리창에 부딪혔다 팅
겨진다

④ 분명 기차를 본다
나는 기울어진다
아무도 말한 적이 없다
어느 공문서에도 남아 있지 않다
때론 비사실적이다
기차가 달린다
너의 입술이 나의 입술을 벌린다
식도에 걸린 물질이야
생수를 넘길 때 아, 거기
이물질이야
너의 입술은 반복적으로 나의 식도를 맴돈다

⑤ 단풍 가득한 긴 골목을 걸을 때
내 옆에서 하품을 은하처럼 데굴데굴 굴린
내 앞에서 돌아보지 않을 뒤를 감각하는
너와 나는 정동 카페에 있다
카페 밖 단풍나무는 상처를 반복해 맨몸이 된다

낮은 등이 너와 나 사이의 바닥 아래도 딱딱해진다
식도를 넘어가는 커피가 아니다
식도에 박힌 딱딱한 속삭임이다
딱딱한 두 덩어리는 정동 카페에 있다


⑥ 카페에 들어온 적이 없어야 사실<sup>-이다</sup>
카페에서 나온 적인 없어야 사실<sup>-이다</sup>


⑦ 기차가 나를 향해 달려온다
나의 팔이 어디에서 늦은 밤에 도착한다
나의 다리가 어디에서 늦은 밤에 도착한다
너는 내 방을 열어 물처럼 나를 감싼다
나에게 팔이 붙는다 다리가 붙는다
몸은 물속에서 다시 만들어진다


⑧ 철로가 손가락 사이로 바람처럼 깔린다
기차는 나를 태우지 않는다
기차는 별빛처럼 반짝이며 나를 짓이긴다
나는 여기저기 흩어진다


⑨ 사실은 단국대 천안 캠퍼스와 호수 협궤를 따라 기
차가 달린다
가장 시끄럽게 지나간다
가장 기울어져서 지나간다

기울어진 내가 물컹물컹 흘러내린다

사실은 시작되고, 사실은 마무리되고, 사실은 기울어진다. 사실은 -n제곱 값을 갖는다. 그러므로 사실$^{-이다}$의 값은, '이다'라는 서술어와 함께 '사실'이란 명사의 실재성이 점점 마이너스 되어 지워지는 것이다. 사실로서의 성질(factuality)이 흩어지는 것이다. 그러므로 ①~⑨에 서술되는 사태는 사실성을 잃어간다. 호수와 캠퍼스 사이를 달리는 기차, 방 안의 침대와 의자, 카페와 단풍나무와 커피, 나와 너의 사실성도 옅어진다. "자아를 느슨하게" 하면 할수록 '나'의 행위와 상상과 욕망과 충동은 '자아'의 이성적 통제를 벗어나 외부 또는 타자와의 접촉 또는 만남이 자유롭다.

이 시는, 캠퍼스의 한 연구실에서 시작된 '열림'이, 기억장치에 기입된 과거의 이미지를 불러일으키고, 현재 지각된 시각·청각·촉각의 느낌을 충동의 흐름에 따라 결합되고 다시 흩어지는 과정을 전시하는 시라고 해석할 수 있다. 사실의 시간적 배열은 무의미하다. 어떤 사실이 최근의 현재인지도 중요하지 않다. 충동의 일어남과 사라짐에서 일순간 '자유롭다'는 느낌을 맛보는 쾌감이 무엇보다 중요하다. 글 쓰는 '나' 자신이 글 쓰는 과정에서, 글이라는 산물 안에서도 '나'를 지우는 무아지경(無我之境)에 이른다.

문제는 "기울어진 내가 물컹물컹 흘러내린다"는 마지막 문장이다. 언제나 문제는 다시 돌아와야 한다는 것이고, 잠에서 깨어나 일어나야 한다는 일이다. 그의 시에 자주 등장하는 액체성이 이 문장에도 나타나 있다. 완전히 개방할 수 없고, 더 깊이 쾌감을 농축시킬 수 없으며, 더 멀리 자유의 느낌을 확장시킬 수 없는 비애(悲哀)스러움이 배어 있다. 급기야 '나' 자신마저 피가 되어 흘러내린다니, 비통(悲痛)한 일이다. 생각건대, 너무나 홀로 작업하고, 오랫동안 홀로 피 흘려 왔기 때문은 아닌가.

잠에서 깨면 꿈은 사라지고, 문지방이 지워진다. 얻었던 언어와 이미지도 흩어진다. 아쉽지만, 다시 돌아가야 한다. 그래도 아주 짧은 순간이지만 '경계'에 머문 시적 체험이 분명히 존재했다. 어떤 형태, 어떤 속성으로든 '자유의 느낌'을 시인은, 그리고 이 시는 보존한 게 아닌가. 몸으로 느낀 자유의 물질감을 미량이나마 시의 내부에 보존한 게 맞다. 자유로 진입한 시인의 체험을 모두의 것, 공통의 것으로 상승시킬 수는 없는가.

다시 발터 벤야민은, 초현실주의의 모든 책과 시도가 추구하는 목표는 "혁명을 위한 도취의 힘을 얻기"라고 말한다. 그 힘은 "신비적이고 초현실주의적이고 환상적인 능력과 현상들을 진지하게 규명하는 작업"을 시작으로, "꿰뚫어 볼 수 없는 것을 일상적인 것으로 인식하는 … 변증법적 교차의 사고" 과정을 거쳐 "전방위적인 염세주의"를 조직함으로써 얻어질 수 있다고, 그는 주장한다. 그의 표현에 따르면, 염세주의는 "문학의 운명을 불신하고, 자유의 운명을 불신하고, … 인류의 운명을 불신하며, 무엇보다 계급 간의, 민족 간의, 개인 간의 모든 소통을 불신, 불신, 불신하기"[92]다. 초현실주의 문학이 세상을 바꿀 수 있다고, 벤야민은 믿었다.

초현실주의 시는 현실 너머를 지향한다. 그 너머는 자유의 실현일 수밖에 없다. 그러나 1920년대 프랑스의 초현실주의는 문화혁명으로 이어지지 않았고, 사르트르의 지적대로 '실패 또는 패배'로 귀결되었다. 사르트르는 「흑인 오르페」라는 글에서, 오히려 마르티니크의 에메 세제르, 세네갈의 레오폴 세다르 상고르 등 제3세계 시인들에 의해 초현실주의가 물질적 힘을 얻는 데 성공했다고 밝힌다.

우리 시 전통에서 초현실주의 시의 계보는 임화, 이상, 김기림, 오장환, 김수영, 신동문으로 이어졌다. 해외의 초현실주의는 문학운동으로 조직되었지만, 우리의 초현실주의는 늘 시인 개인의 고독한 작업에 머무르고 말았다. 그래서 장무령 시인의 작업에 더욱 주목하게 된다. 치열한 갈등의 정점에서 자유로 분출되는 시작(詩作) 활동이 조직적으로 이어지길, 그리하여 물질적 쾌감으로 맛볼 자유의 향연이 도래하길 기원한다.

_ 〈청색종이〉(2024년 여름호)

---

92  발터 벤야민, 앞의 책 162~165쪽.

# 진심의 이념과 서정

편무석 시집『나무의 귓속말이 떨어져 새들의 식사가 되었다』(걷는사람, 2022)

## 목적격 조사의 기능과 역할

편무석의 시에는 목적격 조사 '을/를'이 매우 자주 빈번하게 사용된다. 일일이 예를 들기엔 꽤 많은 곳에서 발견되므로, 전형적으로 보이는 몇 가지만 들어본다. "사소한 기적들을 살펴 통영을 통해 통영을 알게 됐고 몸에 습관처럼 밴 통영을 살면서 한번 가보지 않고도 은밀히 남겨둔 통영에 갇혀 통영을 살았다 … 통영을 깃대에 걸고 온 힘을 다해 끌어올려도 감당할 수 없는 역할을 요구하는 밤을 유유히 빠져나가는 날이었고 … 통영을 사는 눈사람을 덮친 바다는 비명을 음악처럼 흘렸다"(「통영」, 밑줄은 필자). 위 대목에서 사용된 '을/를' 가운데, '통영을 산다'는 표현이 눈에 띈다. 보통은 '통영에 산다'고들 하나, 시인은 '통영을 산다'고 쓴다. 시인에게 통영은 신체를 이동시킬 수 있는 물리적 장소 이상이어서 '~에'를 쓰지 않고 '~을/를'을 쓴 것이다. '통영'은 정신적 거처이자 장차 거기에 깃들 목표지점이며, 시작(詩作)의 목적이다. 그런 까닭에 시 「통영」은 본인에게 "가난의 만선을 누리는 낭만"을 만들어 준 '바람벽'의 시인 백석을 기리는 오마주로 읽힌다.

> 눈 먼,
> 바람소리로 별자리를 짚는다
> 쓸쓸함을 꺼내 뜰을 쓸면
> 싸리비 같은 걸음을
> 새들이 귀에 담아 소리를 익힌다
>
> 가끔은 뼛속에서 울음이 샜다
> 절벽에 볍어들이 꽃으로 피는 날이면
> 파도가 눈 밑까지 올라온다고
> 처마에 묶인 바다는 달아나지 않았다
>
> 물고기들이 파닥거리며
> 제 그림자를 밟고 있다
>
> ─「풍경(風磬)」

1연에서, 시적 화자는 바람소리로 별자리를 짚고, 쓸쓸함으로 뜰을 쓸고, 싸리비 같은 걸음을 걷는다. 목적격 조사 '을/

를'로 되었지만, 이유는 알 수 없다. 단, 새들은 소리를 익히기 위해 그 '싸리비 같은 걸음'을 귀에 담는다. 물론 소리를 익히는 새들조차 뚜렷한 의도를 따르는 것 같지는 않다. 비록 목적을 알 수 없고 분명하지 않지만, 1연 다섯 행에서 '을/를'이 점층적으로 반복 사용되면서 모양 없고 소리 없는 무색무취한 '목적'의 투명한 윤곽만큼은 선명하게 느껴진다. 이 '투명함'은 고행과 수련의 과정일 2연에서 뼈와 절벽과 꽃과 파도와 바다라는 물질적 이미지들의 격량을 거쳐, 3연의 '물고기들의 그림자'로 귀결된다. 그림자는 빈 것[空]과 꽉 찬 것[色]의 경계, 있음과 없음의 경계, 즉 있지도 않고 없지도 않은 '그 무엇'이다. 그렇게 시 「풍경(風磬)」은 얼룩조차 남기지 못할 '순간-존재들'의 여정을 아름답게 현현(顯現)한 시라고 말할 수 있다.

예의 목적격 조사 '을/를'은 다음의 시에서도 적극적으로 기능한다. "물살의 울음이 그물을 잡았을까/ 놓아둔 그물을 올리다/ 목이 감긴 그가 순해질 때까지/ 물은 물의 그물을/ 그물은 그물의 그를/ 그는 그의 배를 놓지 않았다"(시 「진문여, 혹은 아틀란티스」에서). '을/를'에 의해 물과 그물과 그와 배는 서로 얽혀 있다. 물과 그물과 배는 그가 상대하고, 물과 그와 배는 그물이 상대하며, 그와 그물과 배는 물을 상대하며, 물과 그물과 그는 배를 상대한다. 서로 이유가 되어[因], 한 자리에 얽혀 있다[緣]. 이 시에서 '을/를'은 대상들을 엮는 매개 기능을 하며, 조사(助詞)로서의 역할을 넘어 연결사/접속사의 기능을 떠맡는다. 바다와 어선과 어부가 가을의 수평선 저 멀리에서 이상향을 수놓는다. 이마가 빛나는 여자로 의인화된 바위가 미소지으며 이 '온순한' 풍경을 바라보고 있다.

앞서 본 바와 같이 편무석의 시편 곳곳에는 목적격 조사 '을/를'이 여러 장치로 쓰이고 있다. 「통영」에서처럼 물리적 대상 너머를 지향하고, 「풍경」에서처럼 투명한 윤곽을 묘사하는 장치로 기능하며, 「진문여, 혹은 아틀란티스」에서처럼 대상들을 엮는 연결자 역할을 맡기도 한다. 그런데, 어떤 시에서는 '을/를'이 독법을 적극적으로 방해하는 역할을 하기도 한다. 대상을 중첩시켜 지시 방향에 혼동을 주는 것이다. 경우에 따라 대상들을 무질서하게 나열하는 데에 '을/를'이 쓰여 읽는 이의 호흡을 가쁘게 하며 답답함을 느끼게도 하는데, 이 또한 일정한 시적 의도에 의한 것으로 여겨진다.

목적격 조사의 '불분명한' 활용이 빈번하게 나타난다는 건, 한편으론 시적 대상이 된 현실 상황에 대하여 시인 자신이 매우 비관적으로 판단하거니와, 상황 타개가 오래 이루어지지 못해 생겨난 조급함 때문이라고 할 수 있다. 세상에는 있어선 안 되는 사태가 일어나고, 그런 재난들이 똑같이 반복되면서 우리는, 그리고 시인은 지쳐간다. 급기야 '을/를'은 시인의 의미심장한 몇 편의 장시에서 '묵시(默示)의 어조'와 '은유적 표현'을 창안하는 기능마저 떠맡는다. 시적 대상과 주체를 빈번히 도치시키는 데 '을/를'이 활용되는 것이다. 시인에게 미래는 매우 어둡다. 그리고 이러한 "묵시의 어조는 그러한 은유에 의지하지 않고는 묘사될 수 없다."[93] 나아가 은유에 의지하지 않고는 세계의 침하를 견딜 수 없는 것이다.

---

93  크리스토퍼 노리스, 「묵시의 이본(異本)들」, 『종말론』(문학과지성사, 2011) 301쪽.

## 지구(地球)라는 이름의 공원(公園)

이 시집에서 가장 득의(得意)의 작품은 「공원」일 것이다. 이 작품은 여덟 연(聯)으로 이루어진 악몽의 몽타주(montage)다. 몽타주를 구성하는 이미지들의 심상과 의미는 모두 전복된다. 이미지들은 서로 충돌하고 갈등한다. 이미지들은 어떤 의미를 담으려 하지 않고 제각각 스스로 무질서하게 분출하며 탈선한다. 이를테면, "사막을 지나 지하철은 연착"한다. 이미 시의 첫 문장부터 실제 현실에서는 있을 법하지 않은 장면, 즉 대재난(disaster) 이후의 풍경으로 시작한다. 다음 문장은 "늘 한발 늦었지만 기억의 터널에서 마지막에 놓친 발자국이 샘이었고 목을 축이기엔 불결해 보였다"로서, 필요하고 또 있어야 할 것은 늘 뒤늦게 오고 그마저 망가졌거나 오염되어 있다. 의도와 소망과 기대는 곧 좌절에 이르고, 기억은 비틀려 있거나 깨져 있고, 시간조차 늘 어긋나 있다.

> 더러는 수건으로 목을 가렸지만 여기저기 튀어나오는
> 소리가 더 날을 세워 불편을 호소했다 눈치만 는 고양이는
> 웅크린 의자였고 역할을 다한 도구들이 얹혀졌다 등을 부
> 리면 가시만 곤두서는 화분 (1연)

컴컴한 터널 또는 축축한 맨홀 같은 장소에 깃든 무리가 형체를 드러내지 않은 채 소리로만 자신들을 표현할 뿐이다. 고양이는 사물화되었고, 화분은 공격적이다. 모두 제 본모습과는 다르게 변신해 있다. 터널 또는 맨홀 바닥에는 "캐어 맞춘

뼛조각들이 엉성하게 서성거렸다"(2연의 첫 문장). 다음 문장, "생각하는 것만 보고 듣는 골격은 얼마나 끔찍하고 간결한 흉기인가"(2연의 둘째 문장)로 미루어볼 때 앞의 뼛조각들은 인간의 것임을 짐작하게 한다. 나아가 자신이 '생각한 것만 보고 듣는', 자기 인식의 오류와 한계를 인지하지 못하는 유아적(唯我的) 태도는 곧 끔찍한 흉기, 즉 자기 파괴적 폭력의 기원이며, 1연과 2연에 전시된 폐허의 최종원인이다.

> 나무그늘이 나무를 삼키는 것을 보았다 더 큰 나무로 돌아와 평정했지만 두려움을 숨기지는 못했다 풀은 당황한 문상객처럼 허리를 굽혀 겨우 체면치레를 하고도 허둥거렸다 한낮의 전등불은 외벽에 부딪힌 비명을 쪽창 앞으로 하얗게 몰아붙였다 좀처럼 열리지 않고 온전히 하루를 걸어 잠그는 나무들
> 낡은 자전거가 아이를 훔친 줄도 모르고 천천히 지나갔다
> 물먹은 얼굴이 초록으로 떨어졌고 그 순간
> 초록은 미래의 공습이었다 (3연)

나무그늘과 풀, '한낮의 전등불'과 낡은 자전거가 주어의 위치에 있다. 사물들은 의인화된 주체가 되어 상황과 국면을 구성한다. 모두 두렵고 당황하며 허둥거리고 서로 몰아붙인다. '나무들'은 하루를 걸어 잠근다. 아이가 자전거를 훔치는 게 아니라 자전거가 아이를 훔친다. 핵전쟁 또는 기후붕괴라는

재난/재앙 이후, 인간은 대상의 지위로 퇴행해 있다. 그러므로 '물먹은 얼굴'은 당황과 불안과 공포로 부은 얼굴일 것이다. '초록'은 더 이상 싱그러움의 표상이 아니다. 푸른 초목은 낱낱이 몸체로 으깨져 '초록' 즙으로 변했거나, 시냇물과 강물과 바닷물을 온통 뒤덮은 녹조인 듯하다. 여기서 초록은 미래를 잡아먹는 세계종말의 색이 된다. "엄마 손을 놓친 아이가 고장 난 벨처럼 울었다."(4연) 미래의 표상이어야 할 '아이'는 앞으로 어떻게 되는 것인가? '시간'조차 수명이 다 되어 헐떡이고 있다. "시간을 쪼개 쓰는 벽시계는/ 낮은 계단에도 숨이 찼고/ 어떤 소리에도 간섭하지 못하고/ 덩칫값도 못하는 폭력일 뿐"(5연)이다.

> 고요한 꽃의 스피커를 맴돌던 새가 시곗바늘에 앉아 시간을 구부려 버렸다
> 낡은 자전거 바퀴에 감긴 울음을 조금씩 풀어내는 슬픔은 덜컹거렸고 전부 나사가 풀려 따로 놀았다 퍼지지 않는 날개가 혀로 변했고 서로가 서로를 끼워 맞춰 그럴듯해 보였지만 누구도 앉지는 않았다 (6연)

'고요한 꽃의 스피커를 맴돌던 새'는 인간사와 무관한 우주의 무심한 운행이다. 그렇게 해석할 때, 6연은 운행을 멈춘 인류-역사 최후의 형상으로 인지된다. 죽음의 새가 내려앉아 미래의 날개는 검은 혀로 바뀐다. 조문하러 오는 이조차 사라진 지 오래다. 그렇게 "오래된 미래가 터널의 입구에"(7연) 깔

린다. 아이와 함께 미래는 소멸했다. 이윽고 장례 절차만 남는다. "염(殮)은 충분히 언어를 기억해냈고/ 안개를 뭉쳐 입을 막았다". 마지막, "뒤돌아 붙은 젖을 짜던 엄마 냄새만 흥건"(8연)하다. '가이아'라는 이름의 어머니-대지는 흔적만 남기고 생을 다한다. 제목인 '공원'은 곧 '지구(地球)'를 뜻한다. 그러므로 시「공원」은 지구 종말의 서사시다.

예술사학자 맬컴 불은 이렇게 말한다. "영어에서 '끝(end)'은 종결 혹은 행위의 목표(목적)라고 할 수 있을 텐데, 종종 그 두 가지 모두를 뜻하기도 한다. 자신이 원치 않는 곳이 자신의 최종 목적지가 되기를 바라는 사람은 없을 테니까."[94] 시「공원」은 이런 두 가지 뜻을 모두 담고 있다고 생각한다. 작품의 표면에는 '세계의 끝'을 그리지만, 이면에는 '벼랑 끝으로 치닫는 세계의 운행을 멈추자'[95]는 창작 목적이 숨어 있다고 말이다. 부디 편무석 시인의 근심과 우려가 은유에 그치길, 우리는 바란다. 세상이 평화로워지기를 그 누구보다 시인 자신이 간절히 바랄 것이다. 바로 그 마음이 시「공원」에 함축된 진심이다.

### 서정의 거처

편무석 시인의 시들이 잠언이나 묵시록의 형식인 것만은 아

---

94　맬컴 불,「종말(end)과 목적(end)의 결합에 관하여」,『종말론』(문학과지성사, 2011) 9쪽.

95　문예비평가 발터 벤야민도 2차 세계대전의 와중에 비슷한 말을 남긴 바 있다. "마르크스는 혁명이 세계사의 기관차라고 말했다. 그러나 어쩌면 사정은 그와는 아주 다를지 모른다. 아마 혁명은 이 기차를 타고 여행하는 사람들이 잡아당기는 비상 브레이크일 것이다." -「「역사의 개념에 대하여」 관련 노트들」(1940년),『역사의 개념에 대하여 외-발터 벤야민 선집 5』(도서출판 길, 2008) 356쪽.

니다. 편무석 시의 본령은 어디까지나 서정(抒情)에 있다. 격하고 험한 세상 현실에 관하여 깊이 근심하고 사유한 결과로 얻어지는 이념형의 시편들은 곁에서 함께 살아가는 뭇 생명에 관한 깊은 애정에서 비롯한다. 시집에 수록된 시 대부분은 격한 외침, 눈물 어린 고백, 정겨운 대화, 근심 가득한 하소연 등을 얽어 자아낸 고아(古雅)한 서정시들이다. 바다와 섬을 이웃하며 오랜 노동으로 살림살이를 꾸려온 시인이 나무와 새들, 꽃과 파도 그리고 겨레붙이에게 매일매일 답장 없는 편지를 써온 결과의 산물이다.

> 물려받은 총부리는 어디에 써야 할지 난처할 뿐입니다
> 정말 무섭고 두렵고 원초적인 이름이 나무에서 유래했다
> 는 것을 이제야 좀 알겠습니다 나무는 나무가 슬퍼 가을을
> 낳는다 했습니다 … 거꾸로 선 꽃을 받아 적으며 읽는 소
> 리가 총구를 지나온 것처럼 시끄럽기 짝이 없는데 쉽게 풀
> 려 풀 수 없는 나를 지금 비극으로 쓰기에는 너무 낡았습
> 니다 그 순간이 너무 아프고 황홀해 낮빛 그대로 사랑한
> 폭력의 기술은 손을 떼지 못했고 나를 방아쇠로 당긴 무지
> 개는 허물어 버렸습니다
>
> ─「오래된 편지」 1연

유전된 폭력의 굴레 앞에 시적 화자는 무력하다. 그럼에도 나무의 곁에 머물며 그 유래를 깨닫고, 비록 거꾸로 서서 '비뚤어진' 꽃이나마 가까이 두고 '꽃의 글자'를 익히려는, 시적

화자의 노력[96]은 굴레를 벗어나기 위한 최선의 몸짓이다. 편지는 "… 슬픈 잠이 찢어지는데/ 어디서 만나야 지구를 둥글게 살까요" 하고 묻는 것으로 맺는다. 앞서 '통영을 산다'고 한 것과 마찬가지로 여기서도 시인은 '지구를 산다'고 쓴다. 시인은 '지구를 둥글게 살기'를 바라고 있다. '어디서 만나야' 그렇게 할 수 있느냐고 묻고 있다.

> 가을은 나를 앓고/ 나는 가을을 서럽게 타오르는데/ 우리는 얼마나 더 타야/ 잘 자란 안부를 꺼낼 수 있을까
>
> ─「포옹」에서

> 은근히 복용하는 걱정들/ 꽃의 사태는/ 쉬 진정되지 않았다 … 어디까지 익숙해야/ 나는 공손해질까
>
> ─「대설」에서

시인은 지구를 둥글게 살기 원하고, '잘 자란 안부'를 꺼내길 원하고, '공손'해지길 원한다. 어떻게 해야 그럴 수 있느냐고 거푸 묻는다. 끝나지 않는 물음은 답을 찾기 위한 고행으로 이어지기 마련이다. "초록의 떫은 말들을 곱씹느라 마디마디 굽고 터 곱은 손가락이 지어낸 이야기를 끼고 나무는 늙고 눈에 눈이 멀고 기억에 기억이 잡혀 뿌리는 생각도 못하고 멀리

---

96 '비뚤어진'과 '꽃의 글자'는 김수영 시인의 「꽃잎(二)」(1967. 5. 7) 4연에서 따온 말이다. "꽃을 찾기 전을 잊어버리세요/ 꽃의 글자가 비뚤어지지 않게/ 꽃을 찾기 전의 것을 잊어버리세요/ 꽃의 소음이 바로 들어오게/ 꽃을 찾기 전의 것을 잊어버리세요/ 꽃의 글자가 다시 비뚤어지게".

뻗은 어리석음에 억장이 무너지고 솔깃한 가지들이 말라 부러질 때까지"(「종소리」) 고행은 계속되고 또 계속된다. 결국, 시집 『나무의 귓속말이 떨어져 새들의 식사가 되었다』는 세상이 걸어오는 안팎의 싸움을 불사하면서도 평온함과 온순함을 잃지 않으려는 시인의, 고행과 수련의 산물이다.

> 놀이하는 고무줄에
> 저무는 해가 걸려
> 손을 털고 한참을 아쉬워했다
> 고무줄을 이으면
> 팽팽해지던 지평선 위에
> 사소한 일들이 거룩해질 때가 있었다
>
> ―「꿈에」에서

고된 나날에 불현듯 떠오르는, 꿈에서나 만날 어린 시절의 회상이 아련하다. 붉은 노을 아래 긴 그림자를 드리우며 동무들이 서 있다. 집으로 돌아가야 하는 아쉬움만 가득하다. 한 아이의 기억에 그날 그 순간이 강렬하게 각인되어 그날을 생각하면 거룩한 느낌이 든다. 그 순간은 나뭇잎 하나, 강아지 한 마리, 바람 한 점, 꽃잎 한 장, 그 어느 것도 없어서는 안 되는, 완전한 '있음'의 상태였을 것이다. 하늘과 땅이 있고 동무들과 내가 있다. 시간은 그 사이를 흐르다 그날 그 순간이 마치 정지된 것처럼 생생한 기억으로 보존된다. 너무나도 거대한 대상의 위력에 꼼짝없이 압도되어 저절로 일어나는 경외

(敬畏)의 감정은, 곧 숭고(崇高)다. 숭고한 아름다움이 온몸에 스며든 아이는 그 순간부터 남다른 감성으로 삶을 마주했을 것이다. 그 아이는 시인이 되었을 것이고, 문득 이유 없이 벅차올라 남몰래 많이 울었을 것이다.

> 버들잎 간판 아래/ 바람과 햇살과 사람들이 줄 서 있다/ 국숫발은 그곳에 자손을 퍼뜨린 나무
>
> —「버들 국수」에서

> 가난이 쌓인 가을볕 사이를/ 폐선이 되어 떠돌다/ 슬그머니 돌아와/ 낟알에 볕을 뿌리는 팔뚝에/ '사랑' 나비가 앉아 있다
>
> —「문신」에서

국숫집 간판 아래, '바람과 햇살과 사람들이 줄 서 있다'. 이미 그대로 아름답다. 국숫집, 즉 국숫가(家)는 묵묵히 식구를 낳아 기르고 사람들을 먹이니, 오래도록 튼튼히 제 자리를 지키며 매해 그침 없이 잎을 내고 꽃을 피우며 열매를 맺어 떨구는 거대한 나무 한 그루다. 편무석 시인의 서정을 낳은 또 하나의 거처가 바로, 아픔과 슬픔을 고스란히 삭여가며 무심한 노동으로 삶과 일상과 터전을 꾸준히 일구어내는 어머니-민중(民衆)이다. 반백 년 바닷일을 하다가 이제 골목이나 집 마당에 낟알을 내어 말리며 소일하는 저 노인의 팔뚝에 '사랑'이라는 문신이 새겨져 있다. 그 역시 아버지-민중으로서 시인의

서정을 만든 원천이다.

> 햇살이 닿는 곳마다 호랑이 발자국이 묻어 있다
> 사방에 연두의 깃발을 울리는 지신들
> 짝 잃은 산 까마귀
> 묵정밭 억새풀 새털구름 젖먹이도
> 팔십 먹은 소꿉동무도 오늘은
> 만장(輓章)이다
> 방문에 달빛을 문지르던
> 꽃 머리 올린 삼베 치마 속
> 훠얼
> 훨
> 찬란한 봄 마중,
>
> 나비가 집들이를 한다
>
> ―「빈집」

찬란하고 황홀하여 더할 나위 없다. 민중으로 살아, 내내 살붙이를 건사하다가 고스란히 자연으로 돌아간 이들에 바치는 찬가(讚歌)다. 천지신명(天地神明) 모두 모여 한 시절 산 넋과 함께 즐거이 한바탕 놀아보는 판굿이다. 점입가경(漸入佳境)하다. 이렇듯 죽음이 죽음답고 삶이 삶다울 때, 세상은 살 만한 곳이 된다. 시인이 보고 만난, 살 만한 지경(地境)이 조금씩 너르게 퍼져간다면 꿈은 더욱 숭고해질 것이고, 현실도 더

욱 조화로울 것이다. 악몽도 더 이상 꾸지 않을 것이다. 시인
의 노래와 이야기는 오래 멀리 전해질 것이다. 시(詩)를 만나
서로 알아보게 된다면, 당신의 '잘 자란 안부'를 전하기를.

_ 편무석 시집 『나무의 귓속말이 떨어져 새들의 식사가 되었다』
(걷는사람, 2022) 해설

# 「수학자 누Nu 15」를 읽는 오늘

함기석의 시 「수학자 누Nu 15」

(1연) 토성 쪽으로 연어들이 회귀하고 있었다 소리는 복숭아씨방 속에서 애벌레처럼 꼼틀거렸다 물속에서 달이 잉어비늘을 반짝일 때 죽음이 눈을 뜨고 내게 첫 물음을 던졌다 무자(無子)여 넌 왜 죽었니?

(2연) 나는 방파제에 앉아 어린 치어들이 뛰노는 바다의 유치원을 바라보았다 물속에서 죽은 별들이 반짝거렸고 바다는 붉은 게(偈)들을 게우며 놀라운 기침을 했다 시간의 역류는 계속되었고

(3연) 토성 쪽으로 연어들이 헤엄치고 있었다 나는 해

인(海印)의 등대 꼭대기로 올라가 하늘을 가로지르는 무한한 파도의 격랑을 올려다보았다 소리는 씨방을 뚫고나와 첫 날개를 파닥거리기 시작했다

(4연) 그때 죽음이 두 번째 물음을 던졌다 관음(觀音)아 고통 속에서 넌 왜 계속 윤회 중이니? 해저에 가라앉은 배와 죽은 잠수부들의 침묵이 바늘처럼 날아와 내 눈을 찔렀다 모든 게 꿈결 같았다

(5연) 수평선에서 거대한 수레바퀴가 돌고 돌았다 섬들이 둥둥 공중으로 떠오르자 수면 위로 색색의 사과들이 구르며 보름달처럼 빛났다 나무관세음보살~ 나는 극심한 가슴 통증과 함께 새벽에 쓰러졌다

(6연) 소리가 날아왔다 소리 뒤로 하얀 침대도 날아왔다 침대는 나를 태우고 목어처럼 날았다 저 깊은 어둠 속 어딘가에 응급실이 있다는 듯 공중을 날았다 그때 신의 육성인 듯 세 번째 물음이 울렸다

(7연) 아무것도 아닌 부자(不者)여, 이 가난한 세계를 무(無)엇으로 그릴 거니? 소리는 원을 그리며 날아갔고 난 해무가 짙게 깔린 천공사(天空寺) 뒤뜰에서 아비치의 아비치의…… 기나긴 전생을 목격했다

(8연) 모든 게 환영(幻影)이었지만 안팎이 모두 뼈이자 살이고 피인 나의 가난하고 아픈 뫼비우스 육체들이었다 나는 혀를 깊이 깨물고 하늘에서 땅으로 뛰어내렸다 눈을 떠보니 차디찬 어둠 속이었다

(9연) 무수한 시간과 공간이 응집된 복숭아 씨방, 양수와 피와 오줌으로 가득 찬 작은 방이었다 나는 눈조차 생기지 않은 작은 물고기였고 소리는 계속 우주를 돌면서 무한을 향해 날아갔다

(10연) 늙은 게 부부가 죽은 새끼의 빈 집을 밀며 이사 가는 달밤이었다 내 몸을 떠난 무채색 시간들이 다시는 삶으로 되돌아오지 말길 나는 간절히 기도했다 모천으로 연어(緣語)들이 돌아오고 있었다

— 함기석, 「수학자 누Nu 15」[97]

## 1.

1연을 이렇게 읽는다. "죽음이 나에게 묻는다. 넌 왜 죽었는가?" 2연은 이렇게 읽는다. "나는 바다를 바라보았다. 물속에서 별들이 반짝거렸다." 3연은 "나는 꼭대기로 올라가 파도의 격랑을 보았다."로 읽는다. 4연, "죽음이 또 묻는다. 너는 왜 계속 윤회중인가? 가라앉은 배의 침묵이 내 눈을 찌른다. 모

---

97   함기석, 『음시』(문학동네, 2022) 178~180쪽.

든 게 꿈인가." 5연은 이렇게 읽는다. "나는 극심하게 가슴이 아파 쓰러졌다." 6연, "저 깊은 어둠 속 어딘가에서 다른 물음이 울렸다."

7연은 6연의 물음에 대한 대답이다. "이 가난한 세계를 무엇으로 그릴 것인가?" 8연에서 '나'는 이렇게 깨닫는다. "모두 뼈이자 살이고 피인 나의 육체들이었다. 나는 혀를 깨물고 뛰어내렸다. 눈 떠보니 어둠이다." 9연, "나는 물고기였고, 소리는 무한을 향해 날아간다." 마지막 10연, "늙은 부부가 죽은 자식을 품고 이사한다. 나는 이 시간들이 다시는 되돌아오지 말길 기도했다."

## 2.

2연의 "어린 치어들이 뛰노는 바다의 유치원"이라는 말에 눈이 환해졌다. 뇌리에 파도, 포말, 햇빛이 아름답게 어우러졌다. 하지만, 4연의 "해저의 가라앉은 배와 죽은 잠수부들의 침묵"이라는 말에는 눈앞이 캄캄해졌다. 5연의 마지막 구절처럼 "극심한 가슴 통증"이 몰려왔다. 6연의 "소리"와 "하얀 침대", "응급실"이란 낱말들, 마지막 10연의 "다시는 삶으로 되돌아오지 말길"이란 말까지 읽어내려 가는 동안 넋이 빠져나간 듯했다.

그제야 1연에서 "넌 왜 죽었니?" 하고 눈을 뜬 죽음이 '내게' 물었던 뜻을 알았다. 2연부터 6연까지 "무자(無子)"인 '나'는 죽은 연유를 죽음에게 답하고 있었다. 어떤 죽음이 내 죽음인 까닭이다. 연유를 답하던 무자(無子)인 '나'는 4연에서, 문득 아수라의 소리를 감지한 '관음(觀音)'이었고, 7연에 이르러서는, 자신이 목숨을 소유한 부자(富者)이지만 또 그 목숨이 이미 살아도 산 것이 아닌 목숨이기에 아무것도 아닌 '부자(不者)'였음을 깨닫는다.

이중으로 구속되어 빠져나갈 수 없는 "이 가난한 세계"의 헐벗은 실태를 목격한 '나'는 8연에서, 물밑으로 가라앉은 아이들과 같은 육신으로 얽혀 있음 또한 뒤이어 깨닫는다. '또 다른 나'인 아이들의 죽음이 예고된 바 없이 감행된 부지불식간(不知不識間)의 일이라면, '무자이자 관음이고 부자인 나'의 죽음은 스스로 선택한 자진(自盡)이다.

9연은 모든 죽음이 다시 생(生)으로 부활하기 전에 한데 모이는 곳, 우주의 기원인 움푹 파인 곳 '옴(Ω)'이다. 이 '가난한 세계'에 태어나 무상하게 죽고 다시 같은 모습으로 아수라(阿修羅)로 나가는 윤회, 이 악무한(惡無限)이 끊기기를 10연에 이르러 '나'는 기도하고 있다. 최초의 사건에서 떨어져 나와 인간세를 관조하며 기도하는 '나'는 '수학자 누Nu'이다. '누'는 빛도 어둠도 없는 혼돈(混沌)이자 심연(深淵)의 이름이다.

### 3.

함기석의 시는 평단에서 초현실주의 시로 분류된다. 함기석의 시는, 어떤 낱말의 기표(記標)에 상응하는 기의(記意)를 다른 그것으로 치환(置換)하거나, 품사의 전위(傳位) 역시 자의

적으로 선택하여 기입(記入)하는 시작법 등에 따라 전례 없이 독특한 의미와 이미지를 생성하기 때문이다. 함기석 자신도 이렇게 말한다.

> 부사는 형용사로 전이되어 꽃에게 다가가고, 술어는 주어로 변신해 광장을 걸어 다닌다. 접속사는 명사 혹은 인칭대명사로 둔갑하고, 하나의 문장이 하나의 주어로 하나의 현실 사물로 몸을 바꾼다. 이러한 언어들의 운동에 의해 의미와 해석의 무한스펙트럼을 직조하는 텍스트, 주변환경에 따라 몸의 색을 바꾸는 카멜레온 텍스트가 탄생한다. 이때 나는 탄생의 이면에 서린 언어들의 비애와 고통을 본다.
>
> — 「046 카멜레온 텍스트」[98]

함기석의 언급은 다다이스트이자 초현실주의자였던 피에르 르베르디(1889~1960)의 말과 닮아 있다. "이미지는 정신의 순수한 창조물이다. 그것은 다소간 서로 멀리 떨어져 있는 두 현실의 비교가 아니라 근접 병치에서 탄생할 수 있다. 병치된 두 현실의 관계가 멀고 적절할수록, 이미지는 그만큼 더 강해질 것이며 – 감동적인 힘과 시적 현실성을 그만큼 더 많이 얻을 것이다."[99]

지금으로부터 정확히 100년 전 즈음에 유럽에서 개시된 다

---

98 함기석, 『고독한 대화』(난다, 2017) 86~87쪽.

99 앙드레 브르통, 『초현실주의 선언』(미메시스, 2012) 84쪽.

다이즘과 초현실주의는 관료주의·국가주의·군비경쟁으로 요약되는 유럽 사회의 반동적 조류에 저항하는 반문명적·반합리적 예술운동이었다. 그렇다면, 함기석의 문학은 어떤 현실을 드러내고, 또 저항하는가.

> 첨단문명의 현대사회는 인간을 무한한 정보의 홍수 속에서 정보의 노예로 전락시켜, 행위와 사고의 주연 주체가 아니라 엑스트라 주체로 격하시킨다. 대상의 실체들이 점점 흐려지다 마침내 대상들 자체가 실종되어 사라지는 현실, 그런 현실이 더 이상 이상하지 않은 이상한 현실에서 나는 욕망이 제거된 장난감 로봇처럼 똑같은 행위를 반복, 반복, 반복하는 인공의 기계고 괴물이다. 현대 사회에서 인간은 자동화 로봇으로서 엑스트라 주체다. 기계와 기계와의 감정 없는 섹스, 엑스트라들의 죄의식 없는 혈투, 괴물이 더 이상 괴물로 인식되지 않는 사회, 그로테스크가 지극한 평범함으로 전락한 첨단 문명 도시에서 환각과 망상의 이미지로 뒤덮인 <u>초현실의 시</u>를 나는 <u>극사실주의 시</u>라고 생각하곤 한다.
>
> ─「103 엑스트라 주체」[100] *밑줄은 필자

나아가 함기석은 "나는 내 시를 그들[초현실주의자]과 연계된 어떤 흐름 혹은 어떤 사조라고 규정하고 싶지도 않고 별 관심도 없다"고 말하면서 "나의 몸과 삶과 시가 동시에 미지를

---

100  함기석, 『고독한 대화』(난다, 2017) 206쪽.

향해 끊임없이 진행해나가는 에너지이자 파동이길 욕망한다"
고 말한다.

제1[101]·제2시집[102]으로써 절대 빈곤과 자신의 실존에 맞선 저항을 시작(始作/詩作)한 함기석은 '엑스트라 주체'들이 난무하는 현대 사회의 실상을 위상학(位相學)적 사유에 힘입어 제3[103]·제4시집[104]으로 극화(劇化)하는 데 성공했다. 현대사회와 현대인을 무대/도마에 올린 함기석은 어떤 창조를 보여줄 것인가.

제5시집[105]에서 함기석의 시는 상징(象徵)의 형식을 띤다. 구체적 질감을 지닌 기호(記號)로서의 시라면 과언일까. 물론 저항과 극화의 시들도 여전히 있되, 오래 더듬으면 그 질감이 느껴지는, 정갈히 먼지 내려앉은 상형문자(象形文字) 같은 시들이 많다. 이 시편들은 보기 드물게 정(靜)하여서 고적한 서정으로 빛난다.

한편, 「할머니의 안부」·「낯선 실내악」·「흑조가」·「폭풍 속으로 달리는 열차」와 같은 음유(吟遊)시편들이 바로 「수학자 누 Nu」 연작과 상통한다. 시(詩)면서 노래이고, 노래면서 시(詩)인 방향으로 시인은 걷고 있다.

공교롭게도 「수학자 누 Nu 15」를 읽는 오늘, 세월호(世越號)가 인양되었다. 먹먹하다. 이 시를 어린 죽음들을 애도(哀

---

101   함기석, 『국어선생은 달팽이』(세계사, 1998)

102   함기석, 『착란의 돌』(천년의시작, 2002)

103   함기석, 『뽈랑공원』(랜덤하우스코리아, 2008)

104   함기석, 『오렌지 기하학』(문학동네, 2012)

105   함기석, 『힐베르트 고양이 제로』(민음사, 2015)

悼)하는 노래로 듣는다. 시인의 건필을 빈다.

_ 〈딩아돌하〉(2017년 여름호)

# 반서정적 시인의 서정

박순원 시집 『그런데 그런데』(실천문학사, 2013)

스스로 "나는 반서정적"이라고 밝힌 시인이 있다. 바로 박순원 시인이다. 이 선언이 나오는 시의 제목은 점 두 개다. 「‥」. 이 점 두 개가 무슨 뜻일까? 그것을 알려면 그 시를 끝까지 읽어봐야 한다.

나는 반서정적이다 나는 꼭 무슨무슨적이 되고 싶었다
그중 반서정적이 되었다 경제적 미적 호전적 가족적 구체
적 낭만적 종교적 비종교적 정치적 심리적 다 그저 그렇고
반서정적이 그중 제일 마음에 들었다 서정적의 여집합 이
세상의 서정적이지 않은 모든 것들 나는 라면을 고르듯이
칫솔을 고르듯이 반서정적을 골랐다

나는 단지 반서정적일 뿐 세계적 국제적 국수적 법적
도덕적 애상적 심미적 골계적 정서적 애국적 산문적 음악
적 육체적 강제적 성적 여성적으로부터 벗어나 근대적 전
근대적 수학적 동물적 육감적 대륙적 미시적 거시적 중도
우파적 고전적 사교적 환상적 몽상적 시대착오적이 즐비
한 진열대에서 나는 흥얼흥얼 라면처럼 칫솔처럼

그리고 제목의 점 두 개는 각각 '반서' '정적'이다
— 「‥」

마지막 행에 그 답이 있다. 왼쪽 점은 '반서'이고, 오른쪽 점
은 '정적'이다. 이 시의 제목을 굳이 '반서정적'이라 하지 않고
굳이 두 자씩 하나의 점에 몰아넣고 시 본문에 그 점이 뜻하는
바를 밝히는 까닭은 무엇일까? 제목을 '나는 반서정적이다',
'반서정적'이라고 해놓으면 너무 선언하는 것 같아서일까, 아
니면 좀 쑥스러워서일까? 아무튼 제목은 그렇다 치고, 시 본
문을 보자. 시 첫 행에 시인은 "나는 꼭 무슨무슨적이 되고 싶
었다"며 자신의 욕망을 밝힌다. 시를 쓰는 이로서 자신의 시를
읽는 누군가에게서 '이 사람은 무슨무슨적이구나' 하는 말을
듣고 싶은 것은 당연하다. 자신의 시에 대한 오독이든 정독이
든 타인에게서 '고유의 스타일'을 지명 받는 일은 '시인'이라는
자격증을 부여받는 일이기 때문이다. 어떻게 쓰더라도, 이름
을 지워도 '아—, 이 시는 아무개가 쓴 것이로구나' 하고 알 수
있게 된다면, 그 시를 쓴 이는 '시인(詩人)'이라는 타이틀을 바

야흐로 손에 넣은 셈일 테니까.

그런데, 박순원 시인이 욕망하는 자신의 스타일은 '반서정적'이다. 넷째 행에 그렇게 밝히고 있다. "다 그저 그렇고 반서정적이 그중 제일 마음에 들었다"고 한다. 왜 그것이 제일 마음에 들었을까? 서정 일변도(一邊倒)의 한국시에 대한 반발 욕구 또는 도전 욕구 때문일까? 대체로 그런 것 같지만 시인은 정면 반발, 정면 도전은 싫은 듯하다. '서정적'인 것의 '여집합' 중에서, '이 세상의 서정적이지 않은 모든 것들' 중에서 '라면' 고르듯이 '칫솔' 고르듯이 '반서정적'인 것을 골랐다고 한다. '서정적'인 것에 대한 정면 반발, 정면 도전이 되려면, '서정적이지 않은 모든 것들' 중에서 가장 '반서정적'인 것으로 똘똘 뭉쳐 있어서 단단한, 그래서 서정의 무리들을 단박에 무너뜨릴 수 있는 '무기(武器)가 될 만한 것'을 심사숙고 끝에 선택해야 할 일인데, 시인은 그러지 않는다. 그저 '라면' 고르듯이 '칫솔' 고르듯이 매일 아침 쉽게 손에 넣을 수 있는, 간편한 일상용품 같은, 일회용품일 수도 있는, '생활에 용이한 도구'를 선택한다. '경제적 미적 호전적 가족적 구체적 낭만적 종교적 비종교적 정치적 심리적'인 것이 마음에 들지 않을 뿐, 그것들을 '적대시'하여 반발하고 공격하고 파괴할 의지란 없다. 그런 의지조차 박순원 시인은 마음에 들지 않을 것이다. 자신의 시는 절대 공격 무기가 아니라고 말할 것이다. 그냥 '나는 반서정적'이라는 입장 표명일 뿐, 결의에 찬 선언은 아니라고 할 것이다.

그런데, 또 재미있는 것은 1연에 나열된 '~적' 계열의 형용사들을 모두 모아놓고는 그 대당(對當)의 위치에 '반서정적' 하나만을 놓은 점이다. 왜 그렇게 했을까? 시인에게 '서정'은 불편한 것일까? 서정(抒情)은 말 그대로 정(情)을 풀어내는 것이다. 선택한 시적 대상에 시적 주체가 자신의 감정을 이입하여 대상을 시적 주체가 수용할 수 있을 만큼 능동적으로 변형하고, 그것으로 대상과 주체의 일체감을 이끌어내는 것, 그것이 서정시의 본령인 셈이다.

나는 눈이 멀지도
않았고 거지도 아니라서
너무 다행이다

태어나니까 민족은 독립했고
전쟁은 이미 끝나 있었고
월남에서는 이란 이라크에서는
아프가니스탄 소말리아에서는
계속 계속 전쟁이 일어났지만

나는 월남인이 아니라서 이란
이라크인이 아니라서 아프가니스탄
사람이 소말리아 사람이 아니라서
무엇보다

유태인이 아니라서 팔레스타인

사람이 아니라서 얼마나 다행이던지

나는 눈이 먼 것도 아니고
거지도 아니라서
다행이다

―「눈먼 거지」에서

　예의 박순원 시인은 이 시에서 시적 대상을 시적 주체인 '나'와 가능한 한, 멀리 떨어뜨린다. 서정적 몰입을 방지하기 위한 장치에 다름 아니다. 나아가 시적 주체는 '나' 자신이 눈이 멀지 않아서, 거지도 아니라서 다행이라고까지 말한다. 인류 보편의 휴머니즘 또는 이타적 박애주의 입장에서, 시적 주체의 태도는 무책임할 뿐만 아니라 몰염치하며 급기야 당당해 보이기까지 하다. 그런 입장에서 이 시의 시적 주체는 비난받아 마땅할 것이다. 하지만 우리가 그런 관점에서 이 시를 읽는다면, 이 시에 감추어진 사회·문화적 맥락을 놓칠 수밖에 없다. 생각건대, 그 어떤 시인이 자신에게 쏟아질 모든 비난을 감수하고 이런 내용의 시를 당당히 발언할 수 있겠는가? 그러므로 '반서정'을 표방하는 시인의 시작 태도를 염두에 둔다면, 이 시에는 '어떤' 풍자의 맥락이 있다고 여겨야 할 것이다. 시에 쓰인 문장을 이 '말'이 나오기까지의 현실적 상태와 직접적으로 연결시켜 이해해서는 곤란하리라. 극적 대비를 위하여, 비슷한 소재를 다룬 다른 시인의 작품을 인용해 본다.

눈 내려 어두워서 길을 잃었네

갈 길은 멀고 길을 잃었네

눈사람도 없는 겨울밤 이 거리를

찾아오는 사람 없어 노래 부르니

눈 맞으며 세상 밖을 돌아가는 사람들뿐

등에 업은 아기의 울음소리를 달래며

갈 길은 먼데 함박눈은 내리는데

사랑할 수 없는 것을 사랑하기 위하여

용서받을 수 없는 것을 용서하기 위하여

눈사람을 기다리며 노랠 부르네

세상 모든 기다림의 노랠 부르네

눈 맞으며 어둠 속을 떨며 가는 사람들을

노래가 길이 되어 앞질러가고

돌아올 길 없는 눈길 앞질러가고

아름다움이 이 세상을 건질 때까지

절망에서 즐거움이 찾아올 때까지

함박눈은 내리는데 갈 길은 먼데

무관심을 사랑하는 노랠 부르며

눈사람을 기다리는 노랠 부르며

이 겨울 밤거리의 눈사람이 되었네

봄이 와도 녹지 않을 눈사람이 되었네


이 시는 우리 서정시의 계보를 잇는 정호승 시인[106]의 작품

---

106   정호승 시인은 1976년, 〈반시(反詩)〉 창립 동인이었다. 〈반시〉는 1980년대, 시의 시대를

이며, 「맹인 부부 가수」(1980년)라는 제목으로 널리 사랑받고 있는 작품이다. 시적 화자는 '맹인 부부 가수'이다. 그것은 시적 주체가 이미 시적 대상과 분리 불가능할 정도로 일체감을 이루고 있음을 뜻한다. 서정시의 전형적인 구조이다. 시의 바탕에 가득한 휴머니즘의 맥락에서, 이미 시적 주체는 '사랑할 수 없는 것을 사랑'하고, '용서받을 수 없는 것을 용서'한다. 박순원 시인의 「눈먼 거지」의 시구를 차용하여 말한다면, 눈이 먼 데다가 거지이기까지 한 '맹인 부부 가수'는 '절망'에서 '즐거움'을 찾으려 하고, 무관심조차 사랑하는 '성자'의 모습에 다름 아니다.

그런데, '반서정' 시인의 입장에서, 서정시 「맹인 부부 가수」가 불편할 수 있다면, 무엇이 그렇게 하는지, 생각해 본다. 무엇보다 시인 자신의 실존이 그렇지 않다는 점이 우선 불편하지 않을까? 박순원 시인만이 아니라 정호승 시인까지도 '맹인'은 아니라는 점 말이다. 과연 정호승 시인이 그려낸 '맹인 부부 가수'의 성스러움은 실제 실존한 그날 그곳의 '맹인 부부 가수'의 그것과 같은 것일까? 나아가 '맹인 부부 가수'의 성스러운 고행은 정호승 시인의 이상적 관념의 작용에서 구성된 허구는 아닐까? 요행으로 '맹인 부부 가수'가 그해 그날의 추

---

연 동인지 운동에서 선구적인 역할을 한, 시 동인이었다. 〈반시〉 동인은 '반시 선언'에서 이렇게 말했다. "시의 언어가 이 시대를 살아가는 방법과 형식으로서는 전혀 온당하지 못하다는 생각이 지배되고, 문학이 이 땅을 위하여 과연 무엇을 할 수 있으며, 시인이 현재의 구원과 미래에의 예언을 위하여 무엇을 할 수 있겠느냐는 회의가 미만(彌滿)되고 있는 오늘날, 시를 통하여 우리의 삶을 지켜내고 개척하기란 실로 벅찬 일이 아닐 수 없다. 그러나, 참으로 어쩔 수 없이, 우리들은 시 이외의 어떤 수화(手話)도 갖지 못하였을 뿐더러, 시 이외의 다른 어떠한 적극적인 삶의 방법도 발견하지 못하였다. 시야말로 우리네 삶의 유일한 표현 수단임을, 시야말로 시대의 구권을 위한 마지막 기도(祈禱)임을 우리는 확신한다."

위와 절망을 무사히 건너고, 따뜻한 보금자리를 찾게 되었다 하더라도 다음해 봄과 여름과 가을, 그리고 겨울은? 또 그 다음해, 또 그 다다음해······. 정호승 시인이 언젠가 실제 보았을 그날 그곳의 '맹인 부부 가수'는 지금 어디에 있을까? 무엇보다 등에 업힌 아기는 지금 어떻게 되었을까? 잘 지내고 있을까, 아니면······?

서정시의 불편함은 '그것'이다. 그래서 차라리 상(相) 지음 없이 그냥 그 자리에 머물러 나와 타인 사이의 거리를 좁히지 않는 '반서정'의 자리가 더욱 윤리적이다. 비약하면, 결국 서정(抒情)은 실재에 폭력을 가하는 환상의 구조이다. 박순원 시인이 마음에 들지 않아 하는 서정은 아마도 그런 것이 아닐는지. 자신과 타자의 실존의 거리를 정직하게 인정하는 것, 타자의 현실적 처지를 쉬이 재단하지 않고 감정이입하지 못하는 자신의 처지를 솔직하게 표명하는 것, 그 지점에서라야만 타자와 나의 진실한 관계가 시작된다. 그래서, 박순원 시인의 세 번째 시집 『그런데 그런데』에 실린 모든 시는 수동적인 '비(非)서정' 시가 아니라, 적극적인 '반(反)서정' 시이다. 새로운 서정의 출발이다.

_ 〈충북작가〉(2013년 하반기호)